E.ALYSON RIBEIRO

O BÁLSAMO DO DESTINO

E. Alyson Ribeiro

O Bálsamo
do Destino

Copyright © 2018

Direção editorial Grupo Multifoco
Edição e preparação Fernando Barboza de Carvalho
Revisão Victor Mendes
Projeto gráfico e capa Bruna Ribeiro
Acabamento Gráfica Multifoco

RIBEIRO, **E. Alyson**

1ª Edição
Março de 2018
ISBN (versão impressa): 978-85-5996-8620

AGRADECIMENTO

Agradeço a Deus pela oportunidade de difundir a Sua Palavra por meio da literatura. Dedico esta obra a minha esposa Bruna Ribeiro, os meus pais, Edy Marino e Adriana Moreira. Sou grato a todos os professores que passaram por minha vida e ao engenheiro Helton Henrique Leite.

A maior herança que alguém pode deixar não é o ouro e nem a prata, mas, sim, a saudade. Guardo os ensinamentos que Maria Ribeiro (In Memoriam), José Moreira (In Memoriam) e Jamir Moreno (In Memoriam) me deixaram.

CARTA AO LEITOR

Este livro foi escrito quando o autor ainda sonhava com a aprovação no vestibular para o curso de medicina, portanto, é notório que a obra possa ter alguns equívocos relacionados a parte médica. Outra questão importante, relaciona-se com a visão arminiana com que a obra foi escrita, o autor era membro de uma igreja de seguimento pentecostal e essa história foi muito influenciada por essa forma de interpretar as Escrituras Sagradas. Atualmente, contudo, o autor corrobora com a fé reformada de influência calvinista. Apesar disso, o autor decidiu manter o texto conforme ele foi editado e publicado.

O livro físico foi publicado pela editora Multifoco com selo Birrumba e teve o seu lançamento realizado em abril de 2018. Desde então, obra ficou sob os cuidados da editora. Após alguns anos, a parceria entre autor e editora chegou ao fim. Por esse motivo, o autor decidiu disponibilizar a obra digitalizada na Amazon.

O autor.

SUMÁRIO

Vida

Eu preciso ir

Confiança

Festa

Manhã

Vingança

Aguarde

Panqueca

Noite Feliz

Fim de noite

Hematoma

Formiga

Vingança

Teste

Happy day

Amor

Telefonema

Clínica

Resultado

Valeu a pena

Oração

Fé

Receba

Sequestro

ACERTO DE CONTAS

O céu estava em contraste com a lua mais brilhante do ano. As luzes vindas dos prédios iluminavam aquela metrópole. Era lindo ver o vai e vem dos carros, era agradável notar os bares das ruas lotados e o acúmulo de pessoas nos parques e praças da cidade. O verão faz as pessoas dormirem menos. Apesar de uma noite alegre e agitada, alguns becos e ruas estavam desertos, nada se via e nem se ouvia; na verdade, percebiam-se apenas maltrapilhos recolhidos em seu canto querendo dormir.

Em um desses becos, se encontrava um prédio antigo em que o térreo possuía uma porta, onde logo acima havia uma luz vermelha indicando algo. O que seria? Quem era aquele homem que ficava vigiando a porta? A questão, de fato, não é o que seria aquele lugar, mas quem o frequentava.

Dentro dessa misteriosa porta, notava-se um grandioso bar; viam-se ali várias mesas de sinuca e algumas mesas redondas para a prática do pôquer; um balcão enorme com várias banquetas redondas almofadadas ficava em frente à porta.

Atrás do balcão continha uma prateleira com várias bebidas. Ouvia-se ali um fundo musical, uma espécie de blues. Pessoas bebiam e lamentavam sobre a vida. Homens apostavam toda a sua riqueza no jogo de cartas. Todos os rapazes que compunham a mesa central fumavam charuto cubano e estavam acompanhados de mulheres que puderam pagar. Embora parecesse comum, era notável que esse ambiente tinha os seus mistérios. Ao fundo do bar, próximo à caixa de música, uma nova porta era vista. Não ouse entrar nela! Se você abrir essa porta, sem ao menos tentar um telefonema, certamente, perderá a sua vida.

Atrás daquela passagem, via-se um ambiente cheio de prostitutas e homens contando o dinheiro recebido pelo tráfico, ali era o local em que Rubens Del Rey, mais conhecido como El Patrón, possuía para se drogar e administrar seu negócio com o crime. Rubens era mexicano, tinha a estatura mediana e era obeso; exibia um cavanhaque, usava óculos escuros e nunca o retirava na presença de ninguém, sempre dizia que quem um dia notasse a verdade de seus olhos seria morto; usava sempre ternos brancos e amava carros esportivos. Seus dentes eram amarelados, em seu rosto exibiam-se várias imperfeições, seu cabelo era curto e bem preto.

Em uma cama redonda, ficava todo o dinheiro consegui- do com o mundo do crime. Eram libras, dólares, euros, reais, pesos, guaranis, etc. Enfim, todo o tipo de moeda que o mundo continha. Del Rey usava cocaína enquanto os seus capangas ou contavam dinheiro ou abusavam de alguma mulher.

Sim, era um local de dor e nesse panorama tocou o telefone de Akira, um sujeito forte, alto e com várias tatuagens pelo corpo, entre elas a cruz de carvalho, pela qual ele tinha mais orgulho em mostrar, era oriental e sonhava em se tornar membro da Yakusa, uma organização criminosa japonesa. Na ligação, a voz pedia permissão para adentrar àquele local. Akira olha para El Patrón e pergunta:

– Mestre! – Era como Del Rey gostava de ser chamado por seus capangas. – O AK47 – esse era o apelido de Jonas, o responsável por capturar os viciados que deviam para Rubens – "está ali fora com aquele 'mulequeque deve dois mil pro senhor. Deixa ele entrá?"

Rubens soltou uma baforada do charuto cubano que fumava e acenou positivamente com a cabeça, permitindo a entrada. A porta se abriu e o AK47 segurava, pelo punho, um jovem moreno, alto, com ombros largos e musculosos, orelhas pequenas e cabelos levemente encaracolados. Esse jovem certamente poderia escapar de Jonas, contudo, a pistola 9 mm que o traficante portava proporcionara o receio no adolescente de dezesseis anos. AK47 chegou diante de Rubens e deu uma coronhada nas costas do moço, o que o fez cair de joelhos.

– Ora... Ora quem está aqui – disse Del Rey com seu sotaque espanhol, voz rouca e com pigarros na garganta. "Eu me lembro de usted... Comprou una vez mais de dois mil de la marijuana (isto é, de maconha) –Para levar até una fiestae depois no pagou".

– Fumegou mais uma vez o seu charuto, e olhando para o rapaz que estava de joelhos em sua frente e disse – Cadê lo dinero?

O rapaz estava olhando para o chão. Não tinha o dinheiro e não sabia como conseguir. Sabia que precisava de uma res- posta urgente ou seria surrado até a morte.

Del Rey olhou para Jonas, fechou a mão esquerda e, lentamente, socou a sua mão direita, isso era um sinal para AK47 bater no jovem. Sem perder tempo, o capanga chutou o estômago do rapaz que estava de joelhos, fazendo-o cair e ficar sem ar. Nesse momento, El Patrón se abaixou e disse no ouvido do rapaz caído:

– Cadê o dinero?

Del Rey nada ouviu, e perdendo a paciência pegou o cigarro e colocou a ponta acesa na nuca do jovem que, mesmo sem ar, conseguiu sussurrar um sentimento de dor.

– Cadê o dinero? – esbravejou El Patrón.

O rapaz ainda não conseguia pensar em nada. O desespero aumentava, começou a chorar, queria saber como pagaria. Até que teve uma ideia. Porém, quando ia abrir a boca para dizer o que pensara, foi surpreendido com chute na costela, o que o fez ficar sem ar novamente e sentir muita dor. E, percebendo que apanharia ainda mais se nada fizesse, mexeu suas mãos querendo chamar a atenção deles. Del Rey pediu para Jonas erguê-lo e olhou para o rapaz esperando ouvir algo. O jovem com muitas dores começou a dizer:

– O dinheiro está na minha casa. – fez uma pausa, pois ainda estava se recuperando – Amanhã eu trago aqui...

– Usted está me achando um idiota?! – Disse Rubens com um tom raivoso, ao mesmo tempo em que deu outro soco na boca do rapaz. – Te deixar embora para fugir? Quero o teu sangue na minha tequila, moleque.

– Você sabe onde é a minha casa – cuspiu o sangue acu- mulado na boca–, você sabe como me achar, você tem capangas em todos os pontos da cidade, em todos os hotéis, na rodoviária, no aeroporto, como fugir de você? – argumentou ousadamente o rapaz. Ele sabia que Del Rey gostava de ser bajulado e acertou na escolha das palavras.

–Muy bien! Até que ustedno es burro! Amanhã à noite quero

todo dinero que me deve... Ou usted morre! – olhou para Jonas e disse – verifique o bolso dele! Vê se tiene algo como garantia.

AK47 obedeceu e encontrou algumas chaves na calça do rapaz e as deu a Del Rey que as olhou e disse:

–Muy bien! Deve ser las chaves da casa dele! Isso serve!

– olhou para o rapaz que suava e sofria de dor e disse– No quieres que eu vá em su casa pegar o dinero, Certo? – O jovem balançou a cabeça negativamente, entrou em desespero, aquelas eram as chaves de sua casa. Sabia que se Rubens fosse até lá mataria todos, inclusive sua mãe, e isso se ainda não fosse ainda mais cruel. As dores que sentia desapareceram instantaneamente. Em contrapartida, o medo e o desespero o faziam sofrer.

Jonas levantou o rapaz e o pôs para fora daquele lugar. O moço estava aflito e com medo. O que fazer? Pensava. Suas opções estavam acabando e o tempo também. Não queria roubar nada em sua casa ou vender algo para poder pagar Rubens, mas não via qualquer alternativa. O relógio já apontava quatro horas da manhã.

Estava desorientado, havia prédios por todos os lados, aquele bairro era o mais temido da cidade, muitas coisas ruins aconteciam por ali, raramente se observavam carros e pessoas. Era comum ver os ratos se alimentando dos restos de comida depositados nas lixeiras.

Em meio a esse local obscuro, Benjamin decidiu ir para sua casa e escolheu ir pelo caminho mais seguro. Seguiu pela pequena praça Noêmia Antunes até o Bairro Sentinela e, após muita caminhada, foi ao norte em direção à avenida nove onde tomaria o metrô que o levaria para casa. O jovem sentia muitas dores conforme percorria todo aquele percurso. Ele ficava, a todo instante, imaginando uma forma de conseguir o dinheiro. Sentiu-se apavorado quando viu alguém ao longe, parecia uma pessoa muito frágil. Estavam sozinhos.Surgiu uma ideia, mas nem toda ideia é boa.

SURPRESAS

As ruas estavam vazias, o frescor da madrugada proporcionava uma temperatura agradável. Em contrapartida, o jovem que acabara de apanhar estava abalado, com muito medo e dolorido. Na verdade, imaginar o que Rubens poderia fazer à sua família lhe causava arrepios. O desespero tomava conta dele. Sua família era rica, seu pai era sócio majoritário de um conjunto de fábricas de parafusos e sua mãe era enfermeira.

Assim sendo, contar à sua mãe que precisava de dinheiro para pagar um traficante era humilhante. Não queria decepcionar a sua família. Vários sentimentos o envolveram. Pensou em se matar, mas isso não impediria Del Rey de entrar em sua casa e causar sofrimentos a quem cruzasse o seu caminho. Já não pensava em arrumar o dinheiro para salvar a sua vida, mas, sim, para salvar as pessoas que amava.

O rapaz caminhava claudicante e com muitas dores no peito. Ele andava cabisbaixo quando viu um senhor alto, afrodescendente, segurando uma sacola de pães. Era um alvo fácil para alguma atividade ilegal, por isso, não pensou muito. Sabia que aquele idoso não teria todo o dinheiro que precisava, toda- via, tudo que conseguisse a partir dali era satisfatório. Teve um plano: como era mais forte e mais alto do que aquele homem, bastava apenas abraçá-lo por trás e fingir que possuía uma arma ou faca. Desse modo, pediria todo o dinheiro que aquele senhor tivesse e, assim que conseguisse, fugiria.

O jovem se aproximou; aquele homem logo percebeu algo errado e decidiu reduzir seus passos, enquanto andava sentiu um calor sem precedentes. Ambos estavam quase frente a frente. O jovem não conseguia olhar para aquele idoso, contudo, o senhor começou a fitá-lo. O idoso possuía um semblante amigável, porém, sofrido, seus olhos eram levemente saltados, mas transmita um olhar de piedade, seus lábios eram grossos. Desse modo, quando o jovem passou pelo homem logo o abraçou, colocou uma de suas mãos no pescoço do velho e usou o polegar para apertar as costas do idoso.

– Passa toda grana! – disse o jovem – Vai logo! – enfureceu. Certamente, as pessoas ficariam nervosas com uma situação desse tipo, contudo, esse senhor chamado Jaime Max King não sentiu medo. Pelo contrário, teve uma atitude surpreendente e inusitada. Jaime sorriu. E o rapaz o vendo sorrir pensou estar assaltando um louco, um débil mental. Pensou em abortar a situação, mas precisava de dinheiro e prosseguiu.

– Seu velho! Dá logo o seu dinheiro! – E nesse instante apertou o pescoço do velho, ao mesmo tempo em que sentiu uma dor grave em suas costelas, porém, ignorou-a.

– Filho... Qual é o seu nome? – perguntou King tranquilo.

O rapaz ficou sem ação, até afrouxou o péssimo golpe de

mata leão que usara.

"Como alguém numa situação dessa pergunta o nome do assaltante?" pensou.

Mas para não demonstrar fraqueza começou a procurar a carteira nos bolsos de Max. Nada encontrava. Pensou em correr, mas, quando ia fugir, ouviu:

– Filho, qual é o seu nome? Quer ajuda? O que precisa?

Sua mente fervilhava. Queria fugir, mas alguém lhe cedeu ajuda. Pensou que seria uma armadilha, contudo, que perigo- pode oferecer uma pessoa de aproximadamente sessenta ou setenta anos? Achou estranho tudo isso. Mas o que teria a perder? O tempo? Ainda era de madrugada e nas ruas só eram vistos mendigos, prostitutas e alguns falsos guardas.

Jaime percebeu que o jovem nada dizia, sabia que poderia fazer algo, primeiro, para livrá-lo do assalto; segundo, até mesmo ajudar aquele rapaz de dezesseis anos. Por isso, subitamente disse:

– Por favor, solte-me e não me machuque. Eu o ajudarei!

O rapaz hesitou, todavia não teria nada a perder caso desse uma chance ao destino. Por isso, deu dois passos para trás e falou:

– Eu sou o Ben! – E abaixou a cabeça esperando uma possível atitude de Jaime.

"Que burro que eu sou!" – pensou o rapaz ao dizer seu apelido.

– Prazer, Ben! – estendeu a mão – Eu me chamo Jaime, mas todos me conhecem como Reverendo. – sorriu – Sou pastor naquela igreja – apontou para a igrejinha simples, toda de madeira e bem pequena; era retangular e possuía um jardinzinho ao lado –, venha comigo, comprei pão e leite. Vamos comer algo e assim você me diz como eu posso ajudá-lo.

Benjamin Johnson, popularmente conhecido como Ben ou, entre os amigos, por Cestinha, devido ser um excelente jogador de basquete, concordou em ir à casa do reverendo King. Os dois foram caminhando para lá e,apesar da situação incomum ocorrida, Max esboçava um sorriso.

No caminho mal se falavam. Benjamin se sentia um louco por aceitar o convite daquele homem, mas nada era perdido, em último caso furtaria algumas coisas, inclusive dinheiro, se encontrasse. Não seria em vão aquela visita, quem sabe "não roubaria alguns dízimos e ofertas que as pessoas depositavam ali", refletiu.

Chegando à igreja, Ben observou um lugar simples, a casa de Jaime era aos fundos do pequeno local de adoração. Era arrumada, tudo se encontrava em seu devido lugar. O aroma do café que Max fizera antes de ir à padaria deu as boas-vindas a eles.

— Sente-se meu jovem! – solicitou o reverendo enquanto apontava para a mesa.

– Não, obrigado! – disse seco o jovem Johnson.

– Por favor, não queira comer em pé – insistiu.

E assim, sentaram-se ao redor da pequena mesa de madeira. Sobre ela havia três pãezinhos, uma lata de margarina e uma pequena garrafa de café.

— Escuta aqui, por qual motivo você me chamou? – Peguntou Benjamin já planejando sair dali rapidamente. As dores geradas dos golpes que recebera estavam começando a ficar intensas.

– Por qual motivo você veio? – retrucou o reverendo.

Ben fora pego numa armadilha. Lembrava-se de que King lhe

oferecera ajuda, contudo, não sabia como dizer que precisava de dinheiro, que poderia morrer, além disso, que sua família poderia sofrer nas mãos de Rubens. O reverendo percebeu que Ben sofrera um espancamento e notou o semblante de dor nele. Sendo assim, abriu uma gaveta onde se encontravam vários remédios, pegou um anti-inflamatório e um copo com água e deu ao moço que não recusou.

Johnson foi se acalmando, começou a confiar no reverendo, apesar de ainda ter as segundas intenções de roubá-lo. Desse modo, querendo, também, se passar como alguém confiável, disse:

– Eu não sei como você poderia me ajudar, na verdade...

– fez uma pausa, começou a imaginar o drama que sofreria se não pagasse El Patrón e isso o fez ficar nervoso novamente – eu estou numa fria, minha vida não tem sentido, serei morto, matarão a minha família!

–Por que precisa de dinheiro? – perguntou o reverendo já deduzindo a necessidade do jovem.

– Para pagar uma dívida de dois mil com Del Rey.

– Meu Deus! – Max sabia da maldade de Rubens, já conhecera famílias dizimadas pelas ordens do traficante – Agora eu compreendo porque você veio me assaltar sem mesmo portar armas... Você está desesperado.

Cestinha ficou surpreso ao perceber a sua fragilidade, todavia, sua surpresa foi ainda maior quando o reverendo afirmou, sem dúvidas, que ele estava desarmado. E querendo permanecer como uma ameaça e intimidar King, indagou:

– Como você sabe se estou ou não desarmado?

– A ponta do objeto que você colocou em minhas costas era

deformada para ser uma ponta de faca e muito fino para ser uma arma de fogo.

Johnson subitamente teve um choque. Não sabia se ele fora muito imaturo ao abordar King, ou se o reverendo era muito esperto.

– Por isso você riu? – perguntou o jovem já querendo se levantar.

– Não! Eu ri enquanto agradecia a Deus por você não estar armado – tornou a rir o reverendo.

– Se esse seu Deus existisse não permitiria que um homem como o Rubens existisse! – Benjamin esbravejou.

O reverendo olhou calorosamente nos olhos de Cestinha e o questionou:

– Você acha que os traficantes, os drogaditos e assaltantes não deveriam existir? Você acha que Deus é o culpado de tudo isso?

– Acho! – respondeu sem titubear.

– Neste caso, em qual dos três grupos você se encaixaria: o dos traficantes, o dos drogados ou o dos assaltantes? Se você estivesse certo, Deus teria que eliminá-lo também?

Outra surpresa! O cestinha era viciado em drogas desde os quinze anos, quando por influência de um amigo experimentou maconha. Ele também era um traficante quando começou a vender drogas e, naquela madrugada, ele se tornara um assaltante ao abordar Max. Em sua vida, Benjamin sempre tivera dinheiro das mesadas que seu pai lhe dera, era com esse dinheiro que comprava drogas. Após algum tempo de consumidor, percebeu que o negócio de vender entorpecentes e outros tipos de drogas davadinheiro fácil.

O jovem Johnson não conseguiu responder à pergunta de Jaime, ficou calado, preocupado, novamente fora surpreendido por aquele senhor. Queria ir embora, mas com o dia amanhecendo não tinha esperança de conseguir algum valor em dinheiro sem ter que pedir para sua mãe. Ben não queria isso, pois novamente faria Agnes Johnson, sua mãe, chorar e entrar em crises de depressão. Por isso, precisaria confiar naquele senhor e depositar ali todas as suas fichas. Inesperadamente o celular de Benjamin tocou, era Rubens.

MEDOS E DORES

Ben ouvia de fundo uma música romântica, escutava também o som dos estalos que os beijos de Catarina, uma garota de programa, faziam em Rubens; ouviam-se sussurros, gemidos. El Patrón iniciou a conversa com Johnson:

– Hola hombre muerto! Já está com o meu dinero? Cestinha ficou sem reação. Não sabia se mentiria ou falaria a verdade, por um lado se dissesse que estava com o dinheiro, certamente, Rubens pediria para que ele o levasse até o seu bar, por outro lado se dissesse a verdade não conseguiria imaginar a reação de Del Rey. Preferiu dizer a verdade:

– Não estou com o seu dinheiro! – começou a pensar em alguma desculpa antes mesmo de ouvir Del Rey e disse– O Banco ainda não colocou o dinheiro em minha conta. Prometo levar os seus dois mil até o prazo estipulado!

Catarina ainda acariciava Rubens, beijava lentamente seu pescoço, sensualizava-se ao traficante, mas, sem querer, encostou em sua orelha, mexeu seus óculos e acabou vendo o segredo dos olhos do traficante. Rubens subitamente ficou possesso, retirou-a de cima dele e lhe bateu no rosto, fazendo-a cair. Catarina chorava, implorava perdão, mas Del Rey, sem piedade, retirou a arma que carregava na cintura e a sangue frio disparou três tiros naquela mulher.

Benjamin ouvira o grito de Catarina antes de morrer, ouvira os disparos. O jovem ficou trêmulo, sem reação. Rubens, após matar a mulher, continuou a falar com o jovem como se nada tivesse acontecido:

– Ha Ha Ha! – gargalhou – Odeio quando fazem algo que eu proíbo! Mas sabe o que eu odeio mais? – fez uma pausa, tragou um cigarro– Odeio quando me devem!

Ben não conseguia dizer nada, apenas ouvia.

– Quero meu dinero hoje! Caso o contrário... – gargalhou- terei o prazer de matar lentamente tu madre, empregada, usted e, quando o seu padre estiver aqui na cidade, matarei ele – desligou.

Cestinha ficou por alguns instantes sem reação. Não conseguia pensar, as últimas palavras ditas por Rubens ressoavam em sua mente. E, após alguns minutos, quando começou a voltar em si, observou sobre a mesa uma faca usada pelo reverendo para cortar pão. Sem titubear, pegou-a e partiu para cima de Jaime dizendo:

– Me dátodo o seu dinheiro! – o reverendo ficou olhando para Benjamin e manteve a sua tranquilidade – Vai, vai, vai! Cadê os dízimos que esses otários dão pra você? Cadê o seu dinheiro? Não quer me ajudar? Então me dá o seu dinheiro!

King não fez nada. Seu jeito de olhar ainda permanecia sereno e sem medo, apenas ficou preocupado.

– Acha que não tenho coragem de fazer nada? – Benjamin deu

um soco no rosto do reverendo que ficou um pouco zonzo e caiu

– Cadê a grana, cara?

Max estava com dores, não conseguia olhar o rapaz que estava na sua frente. De fato, foi um soco muito forte. Mas ainda assim, tentou se levantar e caiu. Benjamin ao ver a situação em que deixara o Pastor, saiu pela casa procurando o que poderia roubar. Precisava de dinheiro, mas não encontrava. Apesar de estar com muitas dores na costela devido ao incidente com Rubens na noite passada, Ben, mesmo com dificuldade, olhou todas as gavetas, retirou todas as roupas de Jaime do guarda-roupa e olhou os bolsos de cada camisa, calça e blusa, mas nada encontrava. Teve raiva, queria fugir dali.

King desmaiara e não viu quando o jovem Johnson saiu de sua casa. O rapaz quando ia abrir o pequeno portão de tela que compunha um pequeno cercado ao redor da casa e da igreja olhou para trás e viu o pequeno local de culto.

"Quem sabe ali não conseguirei alguma quantia em dinheiro", pensou. Foi até lá. A porta da Igreja estava fechada. Ben correu ao redor do templo, na esperança de que encontrasse alguma porta aberta, contudo, nada encontrou. Quando novamente ia embora, percebeu que o prédio da Igreja estava ligado à casa de Jaime, não pensou muito e adentrou ao lar de Max novamente.

O reverendo, mesmo meio tonto e com a vista embaçada, começou a voltar a si. Primeiro conseguiu sentar-se no chão e respirar um pouco, depois, se apoiando na mesa, tentou levantar-se vagarosamente. Foi nesse instante que Benjamin apareceu na cozinha. Repentinamente, o jovem correu até o reverendo e segurando-o pelo colarinho, gritou:

– Por onde eu entro ali na Igreja? Tem dinheiro lá? Cadê? Ben fecha os punhos e ameaça dar outro soco em Jaime, quando o reverendo lentamente levantou as mãos e olhando fixamente ao jovem, com os olhos lacrimejando proferiu:

– Eu não tenho dinheiro aqui.

– O quê? – Benjamin colocou as duas mãos no pescoço de Max, pronto para asfixiá-lo. – Por que você me trouxe até aqui seu velho metido a Pastor?

– Ben! Eu posso ajudar, deixa-me orar por você... Benjamin começou a apertar o pescoço de King e disse:

– Preciso de dois mil em dinheiro e não de oração! Que tal pedir para o seu Deus te livrar da morte agora.

– Você vai me matar? – perguntou o Pastor.

– Você mentiu pra mim, falou que ia me ajudar... Mas era com oração! Que merda de ajuda é essa?

– Assim como Rubens quer matá-lo, você também quer me matar... Então qual é a diferença entre você e ele? – disse King já quase sem ar.

Benjamin se estressou, ficou perturbado com a comparação, mas, mesmo assim, ainda deu uma bofetada no rosto do reverendo King e o empurrou na parede, fato que o fez cair novamente. Em seguida, o jovem fugiu.

Ben estava desamparado, saiu correndo da casa de Max, pulou o portãozinho, sentiu dores na costela e saiu sem rumo pela rua. Estava com medo, sentia-se sozinho, o dia já havia chegado, não conseguia pensar em nada. Teria de enfrentar aquilo que mais temia para salvar a vida de todos da sua família, então aceitou o desafio e partiu para sua casa.

ATITUDES

Benjamin Johnson não sabia o que fazer. Seus pensamentos explodiam em sentimentos e medo. Desejava mudar o foco das suas ideias, porém tudo o que via pelas ruas lembrava sua família. Sentiu-se só numa metrópole. Enquanto Cestinha voltava para casa, pensava em várias maneiras para explicar à sua mãe que necessitava de dinheiro para pagar as contas do tráfico. Sabia que a faria chorar, mas era necessário. Melhor chorar por alguns dias do que não ter dias para chorar. E, ainda, era melhor Ben pedir o dinheiro à sua mãe do que pedir ao Felipe Johnson, seu pai. O senhor Johnson era capaz de expulsá-lo de casa se soubesse disso.

Sua casa era grande, possuía a sala e a cozinha interligadas, separadas apenas por um balcão. A esses dois cômodos ligavam-se o corredor central que se direcionava à escada. Os quartos se localizavam no primeiro andar. Eram quatro. Sendo o do senhor e senhora Johnson o maior dos quartos. A cozinha também se ligava ao jardim e à piscina. O maior enfeite daquela residência era um piano que ficava na sala, ninguém sabia tocar, na verdade, somente a dona da casa possuía uma noção. Felipe Johnson era semelhante ao filho, tinha um temperamento forte e era traumatizado com o fato de ser adotado. Crescera num bairro de classe média e seu maior sonho era conhecer seus verdadeiros pais. Além disso, em razão de ser um empresário, raramente se encontrava em casa. Agnes deixara de acompanhá-lo em suas viagens de negócios devido ao nascimento de Benjamin.

Quando Ben se tornou um viciado em drogas, sua mãe se limitou ainda mais. Agnes possuía a pele branca e olhos castanhos claros. Conhecera seu marido nos jogos de basquete nos tempos de colegial, quando ainda era líder de torcida e Felipe era um jogador do time da escola. Quando ela descobrira o vício do seu filho sofreu muito e a depressão se alternava em seu interior, tudo dependia da maneira de agir de Ben.

Cestinha chegou em sua casa e procurou pelas chaves. Lembrou-se de que as havia deixado com Rubens e isso o fez ficar trêmulo. Bateu à porta. A secretária doméstica, Sheila, abriu e o viu todo sujo, com a camiseta vermelha de sangue, rosto inchado e boca cortada.

– O que aconteceu com você, Ben? – perguntou a fucionária.

– Eu me machuquei... Caí! – respondeu secamente.

Sheila sabia que isso poderia ser alguma briga, ou algo relacionado com os traficantes. Ela sabia sobre o problema de Benjamin com as drogas e, como não deduziu se o rapaz estava ou não sob o efeito de substâncias químicas, preferiu fingir acreditar nele. Por isso, permitiu a sua entrada.

– Minha mãe está em casa? – perguntou o jovem.

– Não! Ela foi ao médico – respondeu a funcionária.

– Vô tomá um banho... Assim que ela chegar diga que preciso

falar com ela. Não precisa me acordar, apenas diga que preciso falar com ela.

– Claro!

Benjamin, com um pouco de dificuldades subiu as escadas e foi até o seu quarto. Ali se despiu e foi tomar banho.

Estava cansado, com dores, queria dormir, mas naquele momento, almejava mais ainda conseguir o dinheiro sem precisar pedir à sua mãe. Abriu o chuveiro e, nessa hora, todos os pensamentos vieram. Sempre quando fazemos algo para nós mesmos é notório que nos sentimos bem. A água fria caiu sobre o corpo de Ben e o fez relaxar. Por um momento se esqueceu da dor na costela, dos hematomas que os socos e pontapés de Rubens e AK47 lhe causaram. Era renovador. Durante o banho, Cestinha se lembrou do reverendo Jaime e sentiu pena dele, não queria machucá-lo, mas fora necessário, afinal, estava apavorado. Lembrou-se do olhar amigo de Max e da simplicidade daquele homem, lembrou-se de que ele apenas queria ajudar, "mas será que a ajuda seria apenas oração?", pensou. O homem nada lhe fizera senão oferecer ajuda e como consequência viu sua casa toda desorganizada e, ainda, quase precisou de ajuda médica. Seria ingratidão de Benjamin? Seria desespero? A verdade é que Ben não permitiria que o reverendo o ajudasse, nem ao menos o deixou falar o motivo pelo qual desejou ajudá-lo.

O Banho terminou. O jovem Johnson resolveu dormir. Sabia que teria de esperar a sua mãe chegar e, assim, magoá-la ao dizer que não cumprira o juramento de nunca mais estar entre os traficantes. Era um sentimento horrível, mas era o único meio de conseguir a quantia em dinheiro de dois mil até meia noite: pedir à sua mãe.

Ben dormiu e sonhou longamente durante o dia. Pedira à Sheila que não o chamasse para almoçar. Sem ser incomodado, Benjamin dormiu muito bem, inclusive, perdeu a hora.

Acordou faltando alguns minutos para que os caixas eletrônicos próximos a sua casa se tornassem inoperantes. Sua situação era cada vez pior. Sua mãe já estava em sua casa, mas não haveria tempo para pegarem o dinheiro no Banco, uma vez que deveriam atravessar a cidade para encontrar um local 24h. Cestinha ao ver que faltavam cinco minutos para às vinte e três horas teve outra crise de pânico. Não sabia o que fazer. Não daria tempo nem de contar toda a história à sua mãe. Pensou que iria morrer, pensou que todos ali morreriam e o pior, morreriam por causa dele. Colocou rapidamente as roupas e desceu as escadas chamando por sua mãe. Seu cérebro parecia se esquecer da dor no corpo e principalmente da costela fraturada e inchada. Faltava uma hora até o encontro com Rubens. Sua mãe estava na cozinha terminando de fazer um lanche que levaria ao filho. Benjamin a abraçou e com olhos cheios de lágrimas chorou em seu ombro. Agnes não conseguiu compreender o porquê daquele choro.

– O que aconteceu filho?

– Mãe... – ele olhou para aquela mulher e percebeu os olhos dela brilhando e cheios de lágrimas, fazendo-o chorar ainda mais – Me desculpa ... Por favor... Por favor!

– Filho, desculpar pelo quê? O que aconteceu? – e reparando nele – Por que está todo machucado?

– Mãe... Eu coloquei a nossa vida em risco. Eu... Eu...

– Benjamin não conseguia falar, abraçou sua mãe ainda mais forte, fechou os olhos. Um filme passou pela a cabeça dele. Nesse filme, ele imaginou Rubens vindo à sua casa, todo armado.

Começou a imaginar a porta se abrindo e Del Rey junto com AK47, Akira, dentre outros capangas, entrando em sua casa e destruindo tudo. Ele imaginou El Patrón apontando a arma para sua mãe e quando ouviu o disparo em pensamento, seus olhos se abriram e deram de encontro com o relógio que ficava na cozinha. Faltavam 50 minutos. Benjamin se desesperou – Mãe eu coloquei a nossa vida em risco. Eu estou deven...

– uma pausa na fala, o telefone do jovem tocou. Ele percebeu as letras RDR, uma abreviação de Rubens Del Rey, na tela do seu celular, seu coração disparou, calmamente fechou os olhos e atendeu:

– Muy Bien niño medroso!

Benjamin sentiu calafrios ao ouvir aquela voz rouca de Rubens. Ele saiu da cozinha e foi para sala. Não sabia o que dizer e o que argumentar.

– Usted não veio pagar!

– Eu já estava indo, mas... – tentou dizer.

– Mas aí usted pede para um velho vir em seu lugar!

– Como?! – realmente Benjamin não havia compreendido.

– Não soy otário para ficar repetindo! – respondeu com cólera o traficante – Mas como usted és marica. Queria surrar a sua cara depois que me pagasse, mas tive que bater no velho mesmo!

– Meu Deus! – Benjamin imaginou que seria Jaime o velho a quem Rubens se referia.

–Há Ha Ha!!! – gargalhou – Só liguei para zombar de sua atitude infantil. Nunca mais aparece por aqui, senão te mato! – desligou. O jovem ficou preocupado com o reverendo King. Um sentimento de alivio misturado com remorso o envolvia. Realmente Max o ajudara como havia dito e, novamente, sofrera por meio de Ben. Não sabia o que fazer. Apenas deduzia que agora devia os dois mil ao reverendo. Mas o que ele pediria em troca? Com certeza não seria tão penoso e cruel quanto Rubens. Mas e agora? Mentiria à sua mãe afirmando que nada acontecera ou falaria a verdade? Essas questões tomaram conta de Cestinha.

Sua mãe estava debruçada sobre o balcão da cozinha ape- nas observando toda a conversa. Viu o que o filho recebera notícias boas, mas sabia que vinha de algum lugar ruim.

Benjamin olhou para Agnes, que não conseguia imaginar como o filho saíra do desespero à calmaria em questão de minutos, a mãe disse:

– Você tem alguma coisa para me dizer?

Ben balançou a cabeça positivamente, sorria. Ele mal sabia que as coisas ainda ficariam mais estranhas.

MÃE E FILHO

Agnes sorria para o filho ao perceber que aquilo que o afligira fora resolvido. Desconfiava de que o modo aflito como Benjamin estava era algo relacionado com os traficantes. O jovem Johnson sorria ao olhar para ela, mas estava entristecido. Esse sentimento paradoxal o envolvia até que a Senhora Johnson disse:

– O que aconteceu, meu filho? Por que chorava? Por que agora ri?

Ben resolveu mentir, não queria que sua mãe soubesse que estivera envolvido com traficantes. Pensou em algo e disse a primeira coisa que veio em sua mente:

– Não era nada! Já foi resolvido!

– Benjamin Johnson, você estava desesperado! Por que mente para mim? O que aconteceu? – perguntou num tom bravo e forte.

– Mãe, esquece! Já deu tudo certo!

– Por qual motivo você me disse que nós estávamos corendo risco? Antes de o seu telefone tocar você me disse que estava... – pensou – acho que está devendo?!

Ben se assustou e arregalou os olhos. Agnes percebeu a

agitação do filho e sabia que suas palavras o incomodaram.

– Benjamin, por favor, eu sou a sua mãe... – olhou amorosamente para o filho – não quero que você sofra. Diga-me o que aconteceu... – Ben tentou não olhar para a mãe, mas Agnes colocou a mão delicadamente no rosto do filho e o fez virar a cabeça até ficarem com os rostos frente a frente. Cestinha estava com os lábios inchados, o supercílio cortado e ao redor dos olhos notavam-se alguns hematomas. Agnes reparou nesses detalhes, mas tornando a olhar para o filho disse – Eu te amo! Pode cofiar em mim... Você pode até me dizer algo que me machuque, mas eu supero. Quero te ajudar, meu filho! Não pode ser tão ruim assim.

- No fundo, ela sabia que era algo muito ruim.

O jovem Johnson não conseguiria esconder a verdade da mãe. Por isso, olhou firmemente aos olhos de Agnes e disse:

– Eu fui para casa de praia do Michael.

A senhora Johnson se espantou e disse:

– Mas você me disse que nunca mais falaria com esse moleque!

– Na verdade, eu, o Michael e o Jhony, fomos pra casa de praia.

Agnes ficou brava, mas não queria demonstrar sua raiva para não perder o resto da história. Portanto, permaneceu neutra ao saber que o filho mentira e continuou com muito custo a ouvi-lo.

– Nós compramos cervejas, levamos algumas meninas e fizemos uma festa. Bom - Respirou fundo - antes de sair eu fui até o Rubens e peguei alguns baseados para...

– Alguns baseados! – Agnes ficou vermelha e gritando perguntou

– Quantos baseados?

– Dois Mil – respondeu.

A senhora Agnes ficou sem reação. O filho mentira e ainda comprou uma enorme quantia em drogas. Sua decepção com

Benjamin era grande. O filhou lhe prometera que nunca mais fumaria e usaria qualquer tipo de droga. Tal promessa ocorrera depois de que Ben fora pego no vestiário da quadra de basquete fumando maconha junto com Michael. Agnes queria chorar, mas tinha que permanecer firme, tinha que ouvir o filho. Sendo assim, respirou fundo e fechou os olhos por alguns minutos. Cestinha a observava em silêncio, sabia que estava errado. E, após controlar as emoções, a mãe disse:

– Filho... Você não me prometeu que nunca mais fumaria? Você não me disse que largaria os vícios e retornaria aos treinos de basquete? – uma pausa – Então esses dias fora de casa... Que eu pensei que você estivesse jogando basquete em algum lugar... Na verdade você estava... – aumentou o tom de voz – estava festejando, bebendo, fumando, fazendo sei lá o quê?!

–... – Positivamente.

– Mas como Rubens permitiu e deixou você pegar uma quantia dessas de drogas? – perguntou indignada.

– Eu expliquei que pagaria assim que chegasse da praia...

Ele sabe que somos ricos...

– Mas aonde você arrumaria dinheiro? E mais, pelo o que concluí, essa ligação era do Rubens dizendo a você que sua dívida fora paga!

– Sim... Foi!

– Foi o quê? Como você o pagou? Além disso, qual o motivo de estarmos em perigo? – Fez uma pausa – Ah! Já sei: ele ameaçou você e todos nós, caso você não o pagasse.

– Mãe... – suspirou – Quando voltamos de lá, pedi para que Michael me deixasse próximo da rua doze.

– Próximo aos bares, prostíbulos e boca de fumo?

Benjamin abaixou a cabeça e confirmou positivamente a pergunta. Após um semblante indignado de Agnes, Ben prosseguiu:

– Era quase impossível as pessoas me verem ali, por isso escolhi aquela rua. Eu chegaria em casa e você não desconfia- ria de nada... Foi isso que pensei – uma pausa longa, o jovem começou a se lembrar do sofrimento que tivera naquela noite – Aí o AK47...

– vale dizer que Del Rey tinha vários empregados em diversos pontos da cidade.

– Quem?

– O Jonas, um dos capangas de Rubens. Ele tem o apelido de AK47.

– Meu Deus!

– Bom, aí ele me viu passando e logo me apontou a arma. Ergui minhas mãos e tentei conversar, mas ele nem sequer me ouviu e logo me pediu para acompanhar ele senão me mataria– Benjamin não queria contar os detalhes e apenas resumiu – Rubens me bateu querendo o dinheiro, mas eu havia acabado de chegar e estava sem nada no bolso. Foi aí que eu combinei que levaria o dinheiro para ele hoje.

– Mas ele não te deixaria sair de lá fácil.– Argumentou sabiamente a mãe.

– Foi aí que eu dei a minha chave de casa para ele, como garantia.

– Você o quê?! – Agnes se enfureceu, ficou zonza. Seu filho a acudiu e a levou até o sofá da sala. Pegou um copo com água e a deu para beber. Após o incômodo, ela pediu para que ele continuasse o relato.

– Dei a chave e pegaria ela agora à noite quando eu pagasse ele.

– Mas se você não o pagou, como sua dívida foi paga então? Quem pagou? E quem está com a sua chave?

– Acho que está com o reverendo Jaime.

– Por quê? Nós nem frequentamos igreja e ele nem nos conhecesse! Como alguém paga uma dívida de uma pessoa estranha?

– Após sair da presença de Rubens, eu fiquei desespera- do querendo arrumar dinheiro. Eu não queria te pedir e estava disposto a fazer de tudo para que você não soubesse de tudo isso... Foi aí que vi o Jaime passando e tive a ideia de roubá-lo.

– Você ia roubar! – Agnes ficou enfurecida. Já não conseguia mais segurar a sua cólera e partiu para cima de Benjamin. Ela lhe dava tapas e socos, enquanto o jovem apenas se defendia e segurava as mãos dela – Quem te ensinou a roubar? Fumar? Beber? Fui eu? Foi o seu pai? – e quanto mais dizia mais tapas e socos dava.

Ben segurou as mãos dela e a impediu de continuar lhe batendo.

– Me solta! – Agnes, quando percebeu que já não tinha mais forças para se soltar, chorou amargamente. Olhava para o filho e chorava. E baixinho ficava dizendo – Quem te ensinou a fazer isso? Quem te ensinou a fazer isso? Quem...

O jovem nada dizia, apenas ficava em silêncio. E, ao peeceber o sofrimento de sua mãe, sensibilizou-se e a abraçou. Agnes se esquivou e disse:

– Saia daqui! Vá para o seu quarto! Não quero vê-lo hoje. Você comprou drogas, colocou a nossa vida em risco, fez coisas que eu e seu pai abominamos... saia daqui!

Benjamin abaixou a cabeça e saiu lentamente. Ao chegar às escadas, olhou para trás e viu a sua mãe no sofá. Escutou, mesmo que muito baixo, o som dos gemidos de dor que ela dava enquanto chorava. Ele não queria decepcioná-la. Não queria que ela descobrisse a verdade, mas teve de falar. Ele subiu as escadas à medida que via sumir a imagem de sua mãe,em posição fetal, chorando. Estava triste, sentiu-se inútil e desejou morrer. Ben entrou em seu quarto e viu uma tesoura.

O ENCONTRO

Benjamin Johnson amava jogar basquete, seu pai o influenciara. O jovem Ben era muito bom nesse esporte. Aos treze anos de idade, foi tido como "revelação" pela escola onde estudara. Ele sempre fora mais alto do que os demais alunos de sua classe e, por isso, Benjamin tinha algumas vantagens sobre eles nesse esporte. Era pivô do time, por isso, era um dos que mais fazia cestas durante o jogo. Só para deixar claro, o pivô joga mais próximo à cesta de basquete e por ser um dos mais altos do time é responsável por auxiliar a movimentação dos demais jogadores. Além de ser aquele que fica mais próximo da cesta, o pivô sempre possui uma leve vantagem sobre as demais posições do basquete para fazer pontos, devido a essa proximidade da cesta. O rapaz começou a jogar basquete com o seu pai, em sua própria casa. Ambos não gostavam de perder e isso fazia o jogo deles ficar ainda mais disputado. Ben recebeu o apelido de Cestinha, isto é, aquele que faz mais pontos numa partida de basquete, quando fora o artilheiro do campeonato escolar. Tinha um futuro promissor no esporte. Aos quatorze anos, conseguiu entrar para o time da escola.

Apesar de tudo isso, num certo dia de treino, um dos atletas chamado Michael levou dentro de sua bolsa alguns baseados. E, após o treino, dentro do vestiário, ele arrancou o cigarro da bolsa e ofereceu aos colegas. Todos, a princípio, recusaram. Mas, como ele sabia que no vestiário do clube apenas os jogadores e alguns membros da comissão técnica poderiam entrar, ele, sem titubear, pegou um isqueiro e acendeu a droga. Cada tragada lhe fazia rir, delirar. Todos os jovens que ali estavam temiam ser pegos, e alguns, inclusive, nem sequer terminaram de tomar banho e foram embora. Michael novamente ofereceu o baseado aos colegas dizendo:

– Vocês têm que experimentar! É uma sensação de paz, alegria. Você se esquece do mundo... – tragou e olhando para Benjamin continuou – pegue! Vamos lá! Só para experimentar, você não vai ficar viciado...

Ben titubeou. Todos os rapazes olhavam para ele esperando uma resposta negativa, uma vez que Benjamin era um modelo que muitos ali seguiam. Eles esperavam um "Não!" do Cestinha, mas ocorreu o contrário.

– Você tem certeza que não vicia Michael? – Ben perguntou.

– Você não consegue controlar o seu corpo? Você não é líder de si mesmo? – Michael questionou com tom de deboche – Você é um monstro dentro da quadra e acha que um cigarrinho te fará viciado?

O jovem Johnson se sentiu desafiado. Todos olhavam para ele apreensivos. Benjamin, percebendo que era observado, pegou o cigarro de Michael e quando estava para colocá-lo na boca, Jorge, o jogador mais novo do time e, também, o menos respeitado gritou:

– Não! Não faça isso, Cestinha! Isso pode mudar o rumo da sua vida!

Michael gargalhou alto. E, debochando de Jorge, disse:

– Cala a boca! Você acha que "um tapinha" que o Ben der vai fazer ele deixar de jogar bem? Será que ele é tão fraco que um cigarro vai derrubar ele? Que capitão é esse então?

Benjamin era o líder do time e as palavras de Michael o deixaram enfurecido. Ele pegou o cigarro e o tragou na frente de todos que ali estavam. Como nunca fizera isso, tossiu e rapidamente cuspiu. Nesse momento entrou o roupeiro Charlie e o pegou no flagra. Cestinha até jogou o baseado no chão, mas já não podia voltar atrás. Charlie, imediatamente, chamou o treinador Robert e comunicou o que vira. Todos os meninos ficaram apavorados e sabiam que algo de muito ruim iria acontecer, por esse motivo, foram embora e apenas Michael e Benjamin ficaram.

– Cadê os seus amigos Benjamin? – perguntou Michael.

Ben nada respondeu.

– Eu estou aqui! Sou o seu amigo! – argumentou num tom doce e envolvedor.

Nesse instante, chegou Robert. Ele olhou para os dois atletas e apontando para o banco pediu para que eles se sentassem. E. sem enrolar, já foi logo dizendo ao jovem Johnson:

– Você tem merda na cabeça? Que burrice foi essa que você fez Benjamin? Onde você arrumou isso?

Ben ficou cabisbaixo e não queria entregar o amigo.Permaneceu em silêncio.

– Eu fiz uma pergunta! Você não é homem para fumar? Então seja homem para me dizer onde conseguiu a droga? – disse o treinador num tom bravo e impaciente.

– Fui eu! – disse Michael.

– Você... – olhou bravo para Michael – você quem trouxe a droga até aqui? Por quê?

– Eu... Eu... Eu não sei! – Na verdade, Michael era irmão do Silas, um dos principais capangas de Rubens Del Rey. Michael assumiu o compromisso com o irmão de que o ajudaria a vender alguns baseados. Contudo, era necessário difundir o mercado da droga e aumentar os viciados. Por isso, Silas deu alguns cigarros de maconha para que Michael oferecesse a alguns de seus colegas, com a finalidade de viciá-los e, assim, aumentar seu capital.

– Aaaaa... Você não sabe?! – e olhando para Benjamin diz

– E você por que aceitou?

O jovem Johnson ainda permanecia em silêncio.

– Vocês estão fora do campeonato – e olhando para Ben- jamin concluiu – será uma pena não termos um cestinha no jogo,mas vocês mereciam punição maior. Além disso, os seus pais estão vindo aqui e eu irei falar com eles.

Ben se entristeceu ainda mais. Saber que ficaria fora do campeonato e, ainda, saber que sua mãe ouviria uma notícia desagradável sobre ele o deixou cabisbaixo. Robert pegou o cigarro que Johnson jogara no chão e pediu para que Michael o acompanhasse até o seu escritório. Benjamin ficou sozinho ali e começou a refletir sobre o que havia feito. O estranho para ele era saber que não estava tão arrependido assim. Era ruim ficar fora do campeonato e saber que sua mãe saberia que ele fumara. Mesmo assim, ele gostou dos pequenos instantes de prazer que a maconha lhe proporcionara. Em verdade, ele desejou tê-la naquele momento para se esquecer de tudo o que ocorrera. Algo muito estranho para um primeiro contato com a droga.

Após quarenta minutos de solidão entrou Robert e Agnes no vestiário. A senhora Johnson estava com olhos vermelhos, era certo que estava chorando. O olhar dela se encontrou com o de Benjamin e ele percebeu a tristeza de sua mãe, assim como a decepção e a sua dor. Robert sem delongas falou:

– Conversei com sua mãe sobre você! E ela me pediu para não comunicar ao seu pai sobre o que ocorrera – Robert e Felipe já jogaram basquete juntos e eram grandes amigos – Eu conheço o seu pai e sei do que ele seria capaz de fazer se ele soubesse disso. Sei também que ele ficaria decepcionado comigo se soubesse que eu estou escondendo um segredo dele, por isso, disse a sua mãe que desta vez eu não conto, mas se tiver uma próxima vez ou se eu souber que você tornou a usar isso novamente, seja aonde for, então eu comunicarei ao seu pai. Certo?

– Certo! – respondeu amargamente e temeroso.

Agnes e Benjamin saíram dali e retornam para casa. A senhora Johnson não conseguia imaginar que o filho usara droga. Era humilhante para ela. Sempre ensinou o filho a andar pelo caminho certo e desde pequeno dizia para ele nunca usar drogas. Ela não admitia isso, mas foi o que ocorrera. E o pior de tudo isso para ela era ter que esconder a verdade de Felipe, pois o marido sempre dissera que se o Benjamin colocasse algum cigarro na boca, certamente, o expulsaria de casa. Uma mãe nunca quer que o filho se envolva com as drogas. E Ben ainda não estava perdido, mas já tivera contato com a perdição. Agnes conversou horas e horas com o filho sobre o episódio no vestiário. Benjamin lhe ouvia e até mesmo chorava de arrependimento. Prometeu que nunca mais faria isso de novo. Após um longo abraço de mãe e filho e uma reconciliação, o sorriso de Agnes voltou a brilhar. Ben também sorriu, mas quando Agnes o deixou em seu quarto; sua mente logo se lembrou da paz que sentira quando tragou a maconha. Queria sentir aquilo novamente. E, com o dinheiro que recebia como mesada, continuou a nutrir seu vício às escondidas.

MATANDO O PASSADO

Ben olhava fixamente para a tesoura, afinal, estava angustiado. Sua vida poderia ser diferente se tivesse ouvido o seu colega e companheiro do time de basquete, Jorge. Decepcionar a sua mãe era algo que não conseguia suportar, ver a mulher que foi sua amiga, companheira e educadora chorar, o fazia sentir os piores dos sentimentos: o remorso. Seu pai quase não ficava em casa. Durante o mês, Felipe ficava apenas dois ou três dias. O resto do tempo, ele visitava as filiais que possuía. Por isso, Benjamin, em sua infância inteira, conviveu mais com sua mãe. Felipe Johnson era muito ocupado para a família. Certa vez, Agnes ameaçou deixá-lo devido à falta de presença na educação do filho, fato que o levou a tomar a decisão de ficar, durante o mês,uma semana casa. Ele até que queria estar com Benjamin, mas seu patrimônio era muito grande para se administrar.

A dor de Cestinha era nítida por ter colocado sua família em risco, e ter feito o que fez ao reverendo. Ele se sentou em sua cama e ficou por alguns instantes olhando para o espelho. Começou a refletir, lembrou-se do episódio de quando fumara pela primeira vez e sentiu nojo de si. Ele se olhava no espelho e ao fundo de sua imagem viu uma tesoura pontuda. Em sua mente Benjamin se lembrava dos detalhes da penúltima briga que tivera com a mãe devido ao vício:

"Na metade da madrugada, Ben chegou a sua casa com uma bolsa que não era dele. A casa estava escura e os passos do jovem Johnson eram leves. Queria chegar ao seu quarto sem ser visto. Agnes dormia no sofá, durante a noite tentou por horas falar com o filho, mas sem sucesso, o celular dele estava desligado. Desconfiando de algo, decidiu dormir na sala esperanto até que Ben chegasse. Foi o que ocorreu. Agnes não era tola. Sabia que o filho estava fazendo algo de errado e, ainda, sabia que pegaria facilmente no sono esperando-o na sala, uma vez que os antidepressivos ajudavam-na dormir. Contudo, o instinto materno a despertou. A mãe sabia que o filho faria o menor silêncio possível ao entrar na casa, por isso, trancou, pelo lado de dentro, todas as janelas e portas, com exceção da porta principal de entrada, e colocou no chão algumas panelas, brinquedos de criança e mais coisas que fariam muito barulho ao serem chutadas ou tropeçadas pelo filho, que certamente não as veria no escuro. A senhora Johnson sabia que o filho não acenderia a luz.

Desse modo, Benjamin chegou e logo tentou entrar pelas janelas, sem sucesso. Ele também tentou entrar pela porta da cozinha, mas também estava travada e nenhuma de suas chaves conseguia abrir. Foi nesse instante que entrou pela porta da frente, abriu-a lentamente, queria caminhar nas pontas dos pés rumo ao seu quarto. Sua visão estava turva, sua mente dopada, ele estava drogado. E, devido à baixa claridade, não viu a pilha de panelas que sua mãe propositalmente deixara ali. O barulho foi estrondoso, Ben se irritou e chutou uma panela em sua frente. Nesse momento Agnes acordou e acendeu as luzes. Cestinha colocou as mãos no rosto para proteger os olhos da claridade e sentiu uma grande dor de cabeça. A senhora Johnson o viu e logo perguntou:

– Filho de quem é essa bolsa?

– É minha mãe!

– Não pode ser sua. Ela está velha e rasgada, além disso, eu nunca vi você usá-la... Benjamin não minta para mim! De quem é essa bolsa?

– Eu ganhei do Michael – mentiu.

– O que tem dentro dela?

– Nada.

– Se não é nada, que mal há em abri-la?

– Afz! Para de ficar desconfiando de mim! Não tem nada aqui! – respondeu o jovem num tom bravo.

– Deixa-me ver então! – Agnes se aproxima do filho que se vira e não a deixa pegar a bolsa – Pare! Me dá essa bolsa! – disse silabicamente.

– Não...! – E numa atitude agressiva Ben empurra a mãe no sofá.

Agnes não se intimidou e pulou sobre o filho querendo lhe arrancar a bolsa. Benjamin a pegou pelo braço e a empurrou novamente, mas dessa vez a senhora Johnson conseguiu colocar os dedos em uma das partes rasgadas da bolsa; e no momento em que ia cair aumentou ainda mais o rasgo. Foi nesse instante que caiu uma bola de basquete e vários saquinhos plásticos com maconha dentro. Ficou nítido: seu filho estava vendendo droga. A mãe chorava amargamente ao olhar os saquinhos. Ben rapidamente os recolheu e correu para o seu quarto. A senhora Johnson não conseguia acreditar no que via. Já ficara depressiva quando soube que o seu filho fumara maconha. Sua dor era grande. Arrependeu-se de ter engravidado, isso é muito triste para uma mãe. Sonhava com o filho jogando basquete profissional ou pelo menos jogando basquete na universidade ou sendo qualquer coisa na vida, desde que, honestamente, mas percebera que o seu filho, na verdade, estava se tornando um traficante. Tentou por várias maneiras entender o porquê de tudo isso, mas nenhuma resposta lhe era mais óbvia do que a falta de um pai presente. A madrugada terminava e Agnes chorava ali no chão. A dor materna a consumia, não se sabe se o corpo desejou preveni-la da dor que sentira, mas ela teve sono".

Relembrando esse fato, Benjamin começou a chorar enquanto via em seu reflexo as lágrimas escorrerem do seu rosto.

Sentia culpa e medo. Ben sofria por saber que sua mãe estava doente e chorava, novamente, por causa dele. Ele percebeu que colocara a vida de todos da sua casa em risco. Não queria mais viver, afinal, ele era o empecilho daquela casa. Logo, levantou-se de sua cama e pegou a tesoura em seu criado-mudo. Seu olhar se fixava naquele instrumento. Estava desnorteado e confuso. Sabia que sua mãe o amava, mas até quando ela estaria disposta a esconder do seu pai o vício que ele tinha? Desejou dar um basta em sua vida. Ben abriu a tesoura lentamente e a posicionou em seu punho. Suava frio. Faltou-lhe o ar. Olhou para cima e disse:

– Morro pela minha mãe! – após dizer tais palavras, ele colocou a tesoura sobre o punho e... faltou-lhe coragem. Respirou fundo, olhou para o braço, tinha uma sensação de fazer um grande esforço para se cortar, parecia não ter força, sua mente lhe impossibilitava de cometer tal ato. Benjamin lentamente se deitou próximo à cama. Nesse momento se lembrou da promessa que fizera à sua mãe ainda no dia da última briga: "Agnes dormia no chão quando Sheila chegou para trabalhar. A funcionária ficou preocupada com o que vira. De fato, a cena era assustadora. Várias panelas jogadas no chão e Agnes em meio a elas. Laconicamente, Sheila se aproxima da patroa e tenta acordá-la:

– Dona Agnes! Oi... Bom dia!

A senhora Johnson abriu os olhos. Sua olheira já era visível, seu semblante era de tristeza.

– Aconteceu alguma coisa, Dona Agnes?

– Cadê o Ben? – disse assustada.

– Não sei, acabei de chegar!

Agnes rapidamente se levantou e subiu as escadas. Abriu a porta do quarto do filho e percebeu tudo escuro, o rapaz ainda dormia. Mesmo assim, abriu as janelas e foi logo retirando o cobertor de Cestinha. Ben evitava a luz. A senhora Johnson sem titubear começou a dizer:

– Acorda! Vamos! Quero falar com você! – o jovem colocou a cabeça sob o travesseiro, fato que a obrigou puxá-lo até retirar dele – Vamos levante-se!

Sem alternativa, Cestinha acordou muito mal-humorado e olhou para sua mãe e disse:

– Mãe, o que foi?

– Cala a sua boca e olha para mim! Já me cansei de chamar sua atenção e de me decepcionar com você... Já não aguento mais sofrer por causa de você e hoje mesmo ligarei para o seu pai e direi tudo a ele! Não quero nem saber se você será mandado para fora de casa... Chega Benjamin! Eu te amo, mas você não valoriza isso!"

Benjamin retornou em si. Cada momento que se lembrava da última briga o fazia se sentir mais problemático. Desejou um copo com água, seu coração batia rapidamente, suava muito. Sentado no chão de seu quarto olhou para uma foto em que ele, sua mãe e seu pai estavam. Lembrou-se das partidas de basquete que jogara com Felipe no quintal de sua casa. Sua visão estava turva. Continuou a lembrar das palavras "Eu te amo, mas você não valoriza isso!". Lembrou-se que após ouvir essa declaração de sua mãe, abraçou-a e caindo aos pés dela chorou e pediu perdão. Prometera que nunca mais fumaria. E que daria um fim à amizade com Michael. Recordou-se de sua mãe sorrindo e criando esperanças nele, e ainda, dela o abraçando e dizendo: "será a sua última chance!".

Cestinha já se encontrava no limite, seu coração acelerou, tornou-se a olhar no espelho, uma cólera o invadiu, gritou. Cortou apenas um dos punhos, o que culminou em uma lesão na artéria radial. Ele vendo o seu sangue jorrar, deitou-se. O corte, apesar de causar dor, para ele parecia um bálsamo suave que o destino lhe proporcionou. Nada doía, ele sentiu que ia morrer e que já não seria mais um estorvo para a sua mãe. Quando estava quase se desfalecendo, olhou para a porta do seu quarto e viu Agnes entrando. "Seria ilusão?" Pensou. Não houve tempo, ela correu em sua direção, mas poderia ser tarde. Benjamin fechou os olhos.

PAI

Benjamin Johnson estava zonzo, sua cabeça girava, sentiu-se fraco. Ben começou a olhar ao seu redor e percebeu que ali era um hospital. Olhou ao lado e viu um suporte plástico com soro, que lentamente o nutria. Estava tudo muito silencioso, as paredes de cor bege lhe transmitiam um sentimento agradável. Estava confuso, "estaria delirando", pensou. Cestinha percebeu um criado ao lado de sua cama, o qual continha um vidro com água e algumas bolachas. Pensou estar sozinho, pensou estar morto. Uma dor nas costas o incomodava, tentou se levantar e ao olhar para frente de sua cama viu o seu pai dormindo no sofá-cama. Arregalou os olhos, mas nem teve muito tempo de pensar quando veio uma náusea e o fez vomitar. Felipe acordou e viu que o filho estava passando mal. O pai se levantou rapidamente e chamou as enfermeiras.

Agnes, a enfermeira-chefe e mãe de Benjamin, é a primeira a chegar e ver o filho naquela situação. Ver que Ben estava vivo era reconfortante, saber que Cestinha poderia ter morrido, e que se não fosse uma ligação de Felipe querendo falar com o filho e o grito que o jovem dera, certamente, algo muito ruim teria acontecido.

A "mãe-enfermeira" colocou suas mãos nos ombros de Ben e disse:

– Tudo bem, filho?

Benjamin encostou o seu rosto no ombro de sua mãe e respondeu:

– Estou zonzo... e com vontade de vomitar... – olhou com medo para o seu pai e continuou – sinto muito por tudo isso.

Felipe estava ao lado de Agnes e só observava. Não sabia o motivo que levou o filho a querer tirar a própria vida e, por isso, perguntou:

– Filho, por que você fez isso? – disse o pai impaciente.

Cestinha olhou para a mãe com semblante desesperado, não sabia o que dizer e antes de começar a responder, sua mãe olhou para o marido e disse:

– Felipe, deixe o menino! Você não vê que ele está fraco? Depois que ele sair daqui, nós conversaremos com ele! – virou-se para filho ao mesmo tempo em que colocava suas mãos no rosto do jovem e disse, num tom alegre – por enquanto comemore o fato de podermos ver o nosso filho vivo!

O senhor Johnson não ingeriu muito bem aquelas palavras. Sabia que estavam lhe escondendo algo, mas preferiu sorrir falsamente até que pudesse compreender o que verdadeiramente ocorrera. Seus pensamentos estavam a todo vapor, desconfiava de tudo. Além disso, percebeu que seu filho não estava cheirando muito bem, não tinha certeza se aquele odor era algum remédio ou se era do próprio Benjamin.

"Por que um menino que tem tudo deseja se matar?", pensou o pai.

"Seria algum 'fora' que tomara de alguma menina? Ficou no

banco de reservas no time de basquete? Não. Ninguém se mataria por causa disso". – Felipe não conseguia chegar numa teoria possível ao que levara o filho a tentar se matar.

Ao ser repreendido pela esposa, o empresário olhou para Benjamin e lhe deu um beijo na testa e teve a sensação de que o jovem cheirava a cigarro. Ficou perturbado, todavia, não podia dizer muitas coisas naquele momento. Há muito tempo não beijava o seu filho, não o abraçava, não faziam nada juntos. Mesmo assim, tornou a olhar para Agnes e em seguida se despediu da esposa e saiu pensativo do quarto. Queria compreender tudo aquilo, não admitiria ficar sem respostas. Quando chegou aos corredores do hospital, Felipe resolveu ir ao refeitório. Seus passos estavam lentos, seu olhar vislumbrava o chão, sua mente não o deixava em paz.

Em sua direção vinha um senhor mancando e com o braço sobre uma tipoia; ele era moreno, cabelos curto e enrolados, lábios grossos e com um modesto bigode. Usava uma boina, calça social e camisa bege. Esse senhor fitou Felipe por um longo tempo, seu semblante foi de espanto, parecia não acreditar no que via, parecia que já vira aquele rosto antes. O empresário, então, olhou para frente e se deparou com os olhos piedosos, porém, bem inchados e com alguns cortes, do reverendo Jaime Max King. Felipe Johnson o observou com estranheza, nunca vira aquele homem, pensou que era algum doente que fora receber atendimento no hospital. E quando se cruzaram Jaime disse:

– Bom dia!

– Bom dia! – replicou o empresário enquanto torceu para que aquele homem não puxasse assunto.

– Por que o senhor está aqui?

Em pensamento Felipe queria dizer: "Não é do seu interesse!"–
Todavia, não foi mal-educado e contra a sua vontade respondeu:

– Meu filho está doente!

– O que ele tem? – perguntou o reverendo na expectativa de ter a
oportunidade de realizar um trabalho missionário, isto é, poder
orar a Deus pela cura de um enfermo ou em realizar um trabalho
pastoral.

– Cortou o braço! – e se esquivando da conversa disse -
Olha... eu tenho que...

– Vim visitar um jovem que cortou o braço... Mas nesse
caso ele tentou suicídio.

Felipe Johnson se espantou. "Será que esse estranho veio ver
o meu filho?", pensou. Mas nada disse, apenas continuou sério
olhando para Jaime.

– Deus tem um propósito na vida desse jovem... Por isso não
permitiu que ele morresse... – E percebendo o modo sério como
Felipe o olhava continuou – Você acredita em Deus?

O empresário queria comer, queria sair logo dali, mas aquele
homem iria visitar o seu filho. Quem sabe não poderia lhe
dar algumas pistas do motivo que levou Ben a tentar suicídio?
Sendo assim, resolveu conversar um pouco para tentar absorver
o máximo de informações.

– Se eu acredito em Deus? Desde menino eu fui criado sabendo
da existência de Deus... Pena que eu não o vejo, não o sinto e
nunca me encontrei com ele! – Sorri.

– Você já tentou falar com ele? – apontou ao céu.

– Você gosta de falar sozinho de vez em quando? – peguntou
Felipe debochando da pergunta de Jaime.

– Eu só falo sozinho quando converso comigo mesmo – riu –, eu mesmo pergunto e eu mesmo me respondo... Tenho cada debate entre mim e mim – voltando a ficar sério continuou –, mas quando dobro os meus joelhos, de fato, falo com Deus. Eu sinto a presença dele.

– Eu vou lhe confessar que até tentei – gesticulou como se fosse falar entre aspas – falar com Deus. Mas ao contrário de você, não senti presença de nada, apenas tive a sensação de ser um louco.

– Que bom! Você começou bem! – argumentou alegre- mente o reverendo.

O empresário ficou atônito, achou esquisito aquele homem achar bom ele se achar louco. Queria interromper a conversa, mas desejava chegar num ponto que falasse sobre Benjamin e, por isso, continuou:

– Como assim "Que bom!"?

– A Bíblia nos diz na primeira carta de Paulo aos Coríntios, capítulo 3, versículo 18 "Ninguém se engane a si mesmo; se alguém dentre vós se tem por sábio neste mundo, faça-se louco para se tornar sábio." – Max sorriu, enquanto observava o semblante assustado do senhor Johnson. – Se você se acha louco fazendo algo para Deus, então você, na verdade, é sábio. Felipe fora pego de surpresa. Não esperava que sua fala de deboche pudesse lhe render um sentimento paradoxal. Ficou pensativo, mas logo se lembrou do filho e mudou de assunto:

– Quem o senhor veio visitar?

– Benjamin Johnson! – respondeu King.

– O que você quer com ele? – perguntou num tom de interrogatório.

– Você o conhece?

– Sou pai dele!

O reverendo Max abriu um sorriso enorme e o abraçou enquanto dizia:

– Que prazer lhe conhecer senhor Johnson!

– Eh...! – disse tentando se esquivar – O que você veio falar com ele?

– Eu sou o reverendo Jaime.

– Reverendo?! Meu filho começou a frequentar igreja?! – expressou assustado.

– Se a resposta fosse sim... O que diria?

Johnson ficou sem atitude. Fora criado num ambiente familiar religioso, porém, sempre culpava Deus pelo sumiço de sua mãe. Seus pais adotivos nunca lhe falaram a verdade e sempre mudavam de assunto quando se referia a ele e à sua chegada ao lar deles. Na verdade, a mãe adotiva sempre ficava apavorada quando falavam desses assuntos. Felipe sempre pedia a Deus em suas orações para um dia encontrar com sua mãe, seu pai, ou ao mesmo saber a verdade. O tempo foi passando e o empresário perdera a fé. O seu trabalho o deixara sem tempo e isso o impediu de frequentar a igreja, somando-se a isso chegou um momento em que nunca mais orou e, assim, sua fé deixou de existir. Quando ouvia assuntos religiosos, num tom provocativo, sempre dizia coisas como "Se Deus fosse bom e existisse, o mundo não estaria assim!". A verdade é que Felipe Johnson acreditava ter se iludido com religião e, por isso, nunca levou o seu filho à igreja. Queria protegê-lo da ilusão que, segundo ele, um dia sentiu, queria preservá-lo de confiar em algo que, conforme pensava, não existia concretamente. Ao ser questionado por Jaime, logo disse:

– Diria que ele seria iludido como eu fui! E que Deus não atenderá ao pedido dele assim como ele não atendeu ao meu!

– Senhor Johnson, por acaso você julga Deus um gênio da lâmpada? Isto é, apenas um realizador de sonhos?

Felipe estava com fome e ficou perturbado com a pegunta. Sabia que ali nos corredores do hospital não era um lugar para ficarem horas falando sobre Deus. Por isso, cortou o assunto e perguntou:

– Você sabe por que o meu filho tentou se matar?

– Não!

– Deus não gosta de mentiras... – disse num tom provo- cativo e sarcástico.

– Deus também não gosta que zombem com o nome dele! Mas eu não estou mentindo... Pois não sei o real motivo que levou seu filho a querer se matar.

O empresário ficou sem graça. E tentando se desculpar

disse:

– Meu filho iria morrer se não fosse por uma ligação que fiz à minha esposa. Eu queria falar com meu filho e pedi para ela ir até o quarto dele.... Ela escutou um grito, correu e ao abrir a porta o viu ensanguentado e rapidamente fez os primeiros-socorros e o trouxe para cá... – fez uma pausa – quando pergunto a ela sobre o porquê do Ben fazer isso... Minha esposa muda de assunto ou diz que não é momento para falar "desses assuntos". Eu quero ajudar, mas não sei como! – Olhou fixamente para Jaime – se você souber de alguma coisa, por favor, me diga! – e querendo dar um fim no assunto de religião, sem magoar King, afirmou – E.... Eu não... Não sou mais dessas coisas de crente... Mas toda ajuda é bem-vinda então... Ore pelo meu filho.

O reverendo acenou positivamente com a cabeça.

– O quarto dele é o número 240... Foi bom lhe conhecer

Jaime... Com licença, vou almoçar!

– Espere! Tome o meu cartão, caso precise – o reverendo entregou-lhe o seu cartão com o endereço e telefone.

– Eu pedia para Deus algo tão simples... Eu só queria conhecer minha verdadeira família, afinal... – num tom irônico, afirmou – sou adotado! Mas acho que Deus estava muito ocupado para essas coisas... – saiu ao pegar o cartão.

King percebeu o desespero que Felipe sentia. Mas sabia que as coisas seriam difíceis. Dentro de si, Max tinha a certeza de que tudo isso ocorrera para que Deus pudesse mudar a história daquela família. Ele andou alguns metros e chegou até o quarto de número duzentos e quarenta. A porta estava aberta, Agnes estava sentada junto com o filho na cama, duas auxiliares de enfermagem limpavam o quarto. O reverendo retirou sua boina, bateu na porta; Benjamin ao vê-lo se espantou.

VISITA

gnes, quando viu o seu filho atônito ao ver a figura de Jaime logo disse:

– Quem é você? E o que você fez para o meu filho? – nesse momento, as auxiliares de enfermagem saíram.

O reverendo se assustou com a situação e ficou em silêncio observando o jovem. Sabia o porquê daquela situação, sabia que o jovem ficara arrependido e comovido ao vê-lo todo machucado.

– Você errou de sala... A ortopedia fica lá no primeiro andar... – disse a mãe querendo proteger o filho daquele homem misterioso.

– Olá! – sorriu – Eu sei aonde eu deveria ir... Se desejasse ir à ortopedia. Inclusive, ontem à noite fui lá.

– Ah sim que bom! Então se o senhor quiser sair...

– Eu vim visitar o Benjamin!

– Quem é você? Como soube que ele estava aqui? O que quer com o meu filho? – a senhora Johnson temia que Max fosse um dos capangas de Rubens. Ao perceber que o pastor nada dizia apelou – Fale ou chamarei a segurança.

King não sabia se Ben havia contato à sua mãe os ocorridos anteriores. Queria preservar o jovem. E olhando para Cestinha resolveu se retirar dali. Ao virar as costas ouviu uma voz:

– Reverendo!

Max ouviu que Benjamin o chamava. Agnes, por sua vez, ficou em silêncio somente observando. "Seria ele o reverendo a quem meu filho tentou roubar?", pensou a mãe.

– O que eles fizeram com você? – perguntou o jovem já sabendo a resposta.

– Nada! – sorriu – O que importa é que vim lhe trazer a sua chave.

A mãe ficou atônita e apenas observava tudo isso.

– Por que o senhor fez isso? Pra que correr tanto risco por mim? Eu não te fiz nada de bom... Eu tentei até te roubar – Começou a chorar –, depois, em sua casa, eu o agredi e, ainda, procurei o algo que pudesse levar embora...

Agnes temeu que Felipe aparecesse ali. Ela não sabia de toda a história. Ficou com muita raiva de Benjamin, mas, ao mesmo tempo, também ficou com pena.

"Por que aquele homem ajudou o meu filho?", a mãe pensou.

– O senhor ainda pagou o que eu devia, pegou a minha chave e ainda foi surrado por Del Rey e seus capangas... Por que fez isso, reverendo?

King apenas ouvia e num tom amigável disse:

– O maior mandamento de Deus é para amarmos a Ele – apontou para cima – com todo o nosso coração... E o segundo é que amemos ao próximo como eu mesmo me amo... Foi o que fiz!

Assim como Jesus deu a vida por toda a humanidade eu daria a minha vida por você.

A senhora Johnson não sabia o que dizer, preferiu, apesar de agitada, manter o silêncio. Ben, por sua vez, mesmo com dores de cabeça e um pouco de fraqueza tentava absorver toda aquela informação.

– Por que você tem tenta certeza na Bíblia? E se Rubens o matasse? – disse Agnes já não conseguindo ficar em quieta.

– Se ele me matasse eu morreria... – riu – O importante é que eu cuidei para lhe dar o dinheiro antes mesmo que me dissesse algo.

– Você apanhou por alguém que tentou te roubar! Você pagou a dívida dele – Apontou para o filho – e... pronto!

– Não! Claro que não!

– Ah sim! Você quer quanto por tudo isso? – perguntou a enfermeira pensando que Jaime tivesse interesses financeiros.

– Quanto? Você está achando que eu quero dinheiro? – deu uma gargalhada – senhora Johnson, eu só quero entregar a chave do jovem e convidar vocês para fazer uma visita em nosso espaço de adoração – olhou para Cestinha –, ele sabe onde é.

Agnes nunca frequentara uma igreja. Ela era do tipo de pessoa que se dizia acreditar em Deus, todavia, nunca dirigiu uma palavra sequer a Jesus Cristo. Ser convidada a visitar uma igreja era algo que lhe causava arrepios. Tinha medo! Medo de que acontecesse com ela aquilo que assistia em alguns programas religiosos na televisão: ser obrigada a dar dinheiro, ter o demônio entrando em seu corpo, receber falsas profecias de pessoas que se diziam pregadoras da palavra bé Deus. Enfim, eram medos que ocorreriam por causa de algumas pessoas que distorcerem a verdade. Muitos são enganados e, por isso, não conhecem verdadeiramente a Deus. A senhora Johnson era uma desses tipos de pessoas. Acreditava que se apenas fosse boa para os outros, certamente, quando morresse iria ao céu. Sendo assim, ao receber o convite do reverendo Jaime sentiu a razão gritar "Não!", todavia, o seu coração sussurrava "Sim...". "Não vou, não posso! Ir lá e ver as coisas estranhas que ocorrem nessas igrejas... Ai meu Deus!" – fez uma pausa em seu raciocínio ao perceber o paradoxo que gerara mentalmente. Isto é, dizer 'ai meu Deus' para algo que é do próprio Deus. Ela olhou para o filho e o viu com um leve sorriso, era a primeira vez que via Benjamin sorrir depois do acidente. Tornou a olhar para Max e o viu todo machucado. – "Como alguém pode estar disposto a dar vida por alguém que nem conhece? Acho que nem o Felipe faria o que esse homem fez para o meu filho.".

– Vamos sim, reverendo! – disse Ben.

Agnes que estava pensativa se assustou. E olhando para

o filho disse:

– Nós vamos?!

– Eh! Que tal conhecermos?

King apenas observava, e vendo que eles queriam falar sobre o assunto resolveu se despedir:

– Bom... Deixarei a chave do Ben aqui em cima – colocou as chaves sobre a mesa de madeira que estava próxima ao sofá-cama –, agradeça, por favor, à Sheila por me confirmar que vocês estavam aqui. Vou-me embora. Ficarei esperando vocês lá no domingo de manhã ou quando quiserem ir – e seguiu em direção ao Cestinha, olhou o seu punho enfaixado e em seguida o encarou e disse – Deus tem um propósito em sua vida, por isso você não morreu. Não foi coincidência o seu pai ligar e querer falar contigo bem de madrugada...

Agnes se assustou e se perguntou "Como ele sabe da ligação?".

O reverendo percebendo o espanto da "mãe-enfermeira" relatou aos dois que antes de entrar ali havia conversado com Felipe e para acalmar a situação disse:

–Calma senhora Johnson... Eu não sou nenhum adivinho, sou apenas um reverendo – riu – Agora sim! Até mais! Fiquem com a graça de Deus, vou-me embora! – e partiu até a porta, contudo, antes de sair, fez uma pausa colocou a sua boina, olhou para trás e disse – "Eu sou o caminho a verdade a e vida; ninguém vem ao Pai, senão por mim." Disse Jesus no livro de João, capítulo quatorze e versículo seis. Portanto, se vocês tiverem ouvidos, então ouçam... – e após dizer tais palavras saiu. Ben e Agnes ficaram se olhando após Jaime sair dali.

Ambos não sabiam o que dizer e o que pensar. Preferiram o silêncio. Benjamin se sentiu bem melhor após receber a visita do reverendo, mas ao se lembrar dos hematomas em sua pele, do braço sobre uma tipoia, logo ficava triste. Sua mãe percebia tudo isso. E tentando animá-lo disse:

– Como pode um homem ser assim? Mesmo você tentan- do roubá-lo, ele ainda te ajudou.... Por isso iremos visitar a igreja dele. – sorriu.

Cestinha, contudo, ficava alegre e triste. Lembrou-se do soco que dera em Max, imaginou as barbáries que El Patrón fizera àquele senhor. Contudo, isso já passara e uma nova oportunidade estava se abrindo. Benjamin queria ir à igreja, mas não com a intenção de adorar a Deus, mas sim para agradar ao homem que salvara a sua vida.

Tudo estava indo bem, até que Ben sentiu um mal-estar e se

deitou, sua mãe vendo que o filho não queria conversar foi checar a quantidade do soro. Nesse instante alguém bateu na porta, era o Michael.

AMIGO?

Michael mal entrou no quarto, Agnes cheia de cólera disse:

– Como você tem coragem de entrar aqui!? De vir aqui!? Você não vê que tudo isso é por sua culpa? Você não percebe que você só leva o Benjamin para a desgraça? – chegou próximo dele e o empurrou para fora.

– Ben... Amigo! Eu vim aqui para te ver, cara! – E se fazendo de vítima – Que isso, senhora Agnes... A enfermeira conhece os horários de visita, não é? – Debochou-se dela.

– Você não veio ver ninguém! Saia daqui... Ou melhor, saia da vida dele, suma daqui!

– Mãe... – sussurrou, Benjamin.

– Suma daqui seu moleque...

– Mãe... Mãe! – Ben gritou. Agnes apenas parou de empurrar Michael e olhou para o filho.

– Deixe o Michael... Eu vou falar com ele.

– Meu filho... Ele...

– Eu sei! Pode deixar comigo. Eu falo com ele.

A "mãe-enfermeira" não queria deixá-los sozinhos, pois Michael sempre conseguia fazer com que o Benjamin mudasse seu pensamento. Michael sabia como ninguém, ser vilão e ser mocinho, tinha o dom de convencer as pessoas. Por influência familiar ele sempre estivera ligado ao tráfico de drogas, por isso, via em Benjamin um alvo fácil para consumir e vender os seus produtos.

Agnes resolveu respeitar a decisão do filho, todavia, antes de sair avisou que dentro de quinze minutos estaria de volta. Quando ficaram a sós, Michael perguntou:

– Cara, por que você fez isso?

Cestinha tinha Michael como o seu melhor amigo, a ele contava tudo. Já o Michael ao Ben sempre inventava algumas histórias que pareciam reais e sigilosas.

– Eu... Estou cansado dessa vida! Fumar, beber, magoar

minha mãe...

– Eu também! Eu não quero mais mexer com drogas... Mas é um negócio lucrativo... Você e eu sabemos disso! Inclusive – Retirou seiscentos dólares da bolsa. – Aqui está sua parte com a lucratividade daquela festa.

Benjamin fitou o dinheiro e desconfiado disse:

– Qual foi lucro?

– Ben! Nós pegamos dois mil dólares de maconha e as vendemos na festa em minha casa na praia – enfatizou de maneira arrogante. – O lucro foi de oitenta por cento, eu fiquei com mil, pois a casa é minha e resto é seu.

– Cara, eu apanhei do Rubens por causa desse dinheiro... Na verdade, tudo isso só aconteceu por causa desse dinheiro... – olhou desconfiado para Michael – Bom, era para eu levar o dinheiro para o Rubens, mas você quem ficou com a grana, por esse dinheiro eu apanhei dos capangas de Del Rey, mesmo dizendo que arrumaria a grana, que daria um jeito de leva ela até lá, quase fui morto por eles. Dei um jeito e arrumei a grana do Rubens – Benjamin mentia, pois fora o reverendo quem pagara –, e por que eu recebo seiscentos dólares? Se eu deveria dar o dinheiro ao Rubens; eu tenho que receber uma boa quantia do lucro, mais os dois mil de Del Rey!

– Pois é, eu fui seu amigo, como sempre, e levei o dinheiro até o Rubens. Ele e os capangas pegaram o dinheiro de mim e me expulsaram dali... Já hoje pela manhã eu procurei você em sua casa, mas Sheila me disse que você estava no hospital. - Mentiu. Na verdade, Michael soubera pelo seu irmão, Silas, que o reverendo já havia pagado a dívida de Benjamin. E, por isso, os irmãos dividiram a parte que deveria ser paga a Rubens e a parte deles do lucro. – Que raiva daquele Rubens! Odeio ele! E todos aqueles capangas, eles me roubaram! – e fazendo um semblante de indignação disse – Desculpa Ben, se você quiser eu tento arrumar o seu dinheiro, mas eu só estava tentando ajudar... Você conhece El Patrón e sabe que ele seria capaz de me roubar! – fez uma pausa e continuou – era para você ficar com o dinheiro... Mas não se esqueça de que você me pediu para eu levar a grana comigo e que no dia seguinte você pegaria ela em minha casa...

Benjamin ainda estava com mal-estar. Às vezes, vinha uma forte dor de cabeça, depois misteriosamente ela parava. Cestinha tinha uma ótima oportunidade de se livrar de Michael, afinal, ele era a raiz dos males os quais o jovem Johnson estava passando, todavia, depois de sua mãe, Michael era a única família dele. Um dilema surgiu: quem é mais importante, a família ou seu amigo quase irmão? Apesar de Michael tê-lo colocado nessa situação, os momentos bons e de alegria que vivera foram propostos pelo seu amigo. Perder uma amizade significaria uma lacuna que deveria ser preenchida, sendo assim, o que substituiria Michael para Benjamin? O sorriso de sua mãe? A paz na sua casa?

"Minha mãe pode sorrir se não me ver junto com Michael e se eu não fumar e vender drogas. Então, não preciso terminar uma amizade para que tudo isso ocorra, basta eu me encontrar com Michael às escondidas e, de fato, dar um basta nesta vida de drogado.", pensou.

Michael parecia pressentir que seu amigo estava querendo deixar a vida de "funcionário do tráfico", por isso, precisava fazer algo, uma vez que Ben tinha dinheiro para consumir e disposição para vender.

– Toma aqui! – retirou mais mil e quatrocentos da bolsa

– Onde posso colocar? – procurava uma bolsa ou uma gaveta para esconder– Eu estou me sentindo mal pelo seu dinheiro que Rubens me roubou, aqui está.

"É uma boa grana que ele está me dando, puxa vida! Esse cara é, de fato, meu amigo", pensava Benjamin.

– Coloque aqui nesta gaveta! – apontou ao criado próximo da cama – Ninguém mexe aqui.

– Vou colocar toda a grana ali no fundo, tudo bem? – num tom de brincadeira o amigo disse – Não vá se esquecer do dinheiro aqui.

– Que isso!

– De nada! – Michael se lembrou de que Ben falava sobre não querer se drogar e o indagou. – Você me dizia que não quer mais mexer com... - fez uma pausa, diminuiu o tom da voz – droga?

– Eu já me cansei de ver minha mãe sofrer – Expressou com uma fisionomia triste.

– Qual é cara! É só você não usar muita drog...

– Michael, quanto tempo eu nãote vejo! – era Felipe – O que não é para o Benjamin usar muito? – falou ao ouvir o final da conversa.

APRESENTAÇÃO

Benjamin temeu o seu pai, pensou que ele ouvira a sua conversa com Michael e, por isso, apenas abaixou a cabeça. O seu amigo, contudo, sem titubear disse:

– Olá senhor Johnson, quanto tempo! – apertou a mão de

Felipe – Eu e Ben estávamos conversando sobre... Advinha...

– Basquete! – falou o pai.

– E temos outro assunto?! – riu – O Ben usa muita ata- dura – são faixas próprias para fazer curativos – em seus pés, ele teme uma contusão – Falava como se tudo isso fosse real, Michael era um lorde na arte de mentir - apertar demais essas faixas prende a circulação... Por isso que eu digo que essas coisas nos pés é uma droga para jogar... – rindo, olhou para Felipe – eu apelidei essas ataduras de drogas, pois, em minha modesta opinião, faz tão mal quanto uma droga de verdade – com um semblante sereno perguntou– não é verdade, Senhor Johnson? Aí prejudica o rendimento... – apontou para Ben – vai começar a sentir dores nos pés... – e, fingindo repreender Benjamin,disse – falei para ele reduzir o uso dessas porcarias – voltando-se a Felipe, mudou o semblante, deixando-o mais sério e prosseguiu – O que o senhor acha?

– Concordo com ele Benjamin, pare de usar essas – fez com os dedos o sinal de aspas – drogas... O tênis já protege bem! – em seguida, olhou para Michael, sem se desconfiar de nada e perguntou: – Vocês ainda treinam com Robert?

Cestinha ficou apreensivo, seu pai era amigo do treinador e a qualquer momento poderia encontrá-lo e perguntar sobre o rendimento deles. Eles foram expulsos do time.

"Acho que nem Michael poderá sair dessa", pensou.

– Nós treinamos... – Michael estava respondendo quando
o telefone de Felipe tocou.

– Só um minuto! – disse o pai.

Michael aliviado olhou para e Ben e disse:

– Salvo pelo gongo! – riu.

– Cara, vai embora! – Benjamin ordena apavorado – Quase que uma grande merda acontece aqui. Já estou com problemas demais.

Apesar de não ter gostado da forma como o jovem John- son falou com ele, Michael resolveu aceitar a ordem. Antes de sair, porém, o amigo aproximou-se de Cestinha e falou:

– Eu te espero na próxima balada! Vamos ganhar muito
dinheiro.

– Eu tô fora cara! Prometi isso à minha mãe. Ela, inclusive, não quer mais que nós sejamos amigos.

Michael sentiu raiva, queria dar um soco em Benjamin, mas sabia manipulá-lo, sabia do que o seu amigo gostava e como fazê-lo mudar de opinião. Além disso, o amigo não tinha nada a perder, portanto, se Cestinha não fosse à festa por bem, certamente, iria por mal.

– Você gosta de basquete, mulheres e... – Michael fez uma pausa, olhou para os lados e confirmando que não havia ninguém continuou – drogas. A festa será no Clube Carbono – mentia, pois ainda não tinha combinado o local da tal festa –, será a melhor de todas!

Cestinha ficou animado, era tudo o que ele gostava. Começou a pensar o quão interessante seria aquela balada. "Vou me acabar nessa festa!", refletiu, e, em seguida, perguntou:

– Quando será?

Após sorrir malignamente, Michael, em princípio se recusou a dizer.

– Ah! Eu me esqueci, você não quer mais essa... – sina- lizando as aspas com os dedos disse – vida! – e olhando com desprezo para Benjamin falou – Até algum dia, cara!

– Qual é a tua, cara? Se coloca no meu lugar, minha situação é difícil – Cestinha estava desesperado, uma vez que poderia perder uma grandiosa festa e, ainda, o seu amigo – Eu vou à festa.

– É! – Michael virou-se de costas para o jovem Johnson, deslocou-se até à porta e, antes de ir embora, olhou para trás e disse – Quando você sair daí, você me procura! – saiu sem dar qualquer chance de argumentação.

Benjamin temia magoar Michael, pois ele era o seu único amigo, na verdade, considerava-o um irmão.

Quando estava em casa, Cestinha só se entristecia. A depressão de sua mãe por causa do seu vício o deixava muito chateado e, para fugir da culpa, sempre procurava o amigo para usarem drogas e mergulharem nas alucinações.

Uma enfermeira bateu à porta, era Isabel, uma das melhores amigas de Agnes, mas que há muito tempo não frequentava a casa dos Johnson. Ela se aproximou do jovem e disse:

– Com licença... Olá Ben! Como está?

– Olá Bel – como todos a chamavam – Eu tive alguns enjoos, mas agora eu estou bem.

– Ótimo! Eu aplicarei um remedinho aqui – ela manuseou a seringa e a aplicou no jovem –, acho que já já você terá alta.

– Que bom.

Nesse momento, Felipe entrou no quarto, estava nervoso, bravo, seus olhos pareciam querer saltar do corpo. Cumprimentou secamente a enfermeira que o retribuiu com um sorriso e olhando para o filho disse:

– Acabei de falar com seu treinador, Robert.

ORIGEM

Michael Collins era filho de August Collins, o qual numa briga de facções fora morto por Rubens Del Rey, e Mônica, uma prostituta que fugiu de casa após ter dado a luz. Antes de ser morto, August era o chefe do crime e todos o temiam. Silas, o irmão mais velho de Michael, era filho de outra mulher com quem seu pai se envolvera; a saber, ao contrário de Mônica, a mãe de Silas fora morta quando uma facção inimiga baleou sua casa e ela, na tentativa de proteger o filho, abraçou-o até ser atingida por um projétil. Quando Michael nasceu, vivia no meio das "Bocas", portanto, o mundo do crime se tornara algo normal para ele. Aos dez anos de idade sua inocência já havia se perdido, seus pensamentos e ambições focalizavam-se em ser como o seu pai.

O jovem Collins era alto, cabelos castanhos e olhos azuis, sua fisionomia era desconfiada, sua boca era fina. Quando seu pai morrera ele possuía doze anos, foi a partir desse momento que o seu irmão se tornou seu tutor. Viveram por um tempo na rua, até que um dia Del Rey admitiu Silas como um de seus capangas, para El Patrón isso soava como um troféu, afinal, os dois filhos de August eram escravos dele. Aos poucos, o irmão mais velho começou a ganhar a confiança de Rubens e se tornou uma espécie de conselheiro do traficante e, claro, isso lhe rendia mais dinheiro. Desse modo, Michael, querendo ajudar o irmão, começara a ser um mensageiro de gangues, já que entre as facções havia um acordo de ser proibido matar crianças. Isso lhe possibilitava ganhar alguns trocados. Na escola, o pequeno Collins era excepcional, tirava notas boas e parecia estar alguns anos à frente de seus amigos de classe.

Fora ali que conhecera Benjamin e, como ambos gostvam de basquete, a amizade só foi aumentando. Michael frequentava a casa de Ben para jogarem. Aos quatorze anos ele entrou para o time de basquete da escola. Apesar disso, Collins sempre tivera inveja do amigo, uma vez que ele possuía tudo aquilo que ele nunca teve. Invejava a casa, o quarto, a família de Ben, na verdade, isso era o que ele mais tinha ciúmes. Benjamin era esperto e muito brincalhão, porém, muito inocente. Seu maior defeito era ser influenciado facilmente.

Agnes sempre fazia o gosto do filho, raramente o permitia tomar decisões. Cestinha sempre tivera aquilo que queria e isso deixava Michael enfezado. Collins, todavia, não demonstrava sua raiva, afinal, precisava manter a amizade para desfrutar de tudo o que o seu amigo possuía. Na verdade, Michael não se considerava amigo de Ben.

DESCOBERTA

Ao ouvir as palavras de seu pai, Benjamin começou a suar, ficou tenso, temia alguma coisa. O semblante do senhor Johnson estava triste e ao mesmo tempo inconformado. Isabel terminou os procedimentos e se retirou do quarto. Felipe não era de enrolar e já foi logo dizendo:

– Que campeonato você está disputando?

Ben não sabia o que dizer. Apenas ficou em silêncio, esperando uma repreensão de seu pai.

– Eu lhe fiz uma pergunta– olhou para o filho que não conseguia fitá-lo – Já que você não quer falar eu vou lhe dizer o que ele me disse – O senhor Johnson apertou os braços de Benjamin e num tom raivoso prosseguiu – Você foi expulso do time! – o filho ficou sem reação – Ele só não me disse o motivo, mas agora você irá me dizer... Fala! – Ben não conseguia falar – Fala logo! – o pai já não conseguia falar baixo.

Os olhos de Cestinha ficaram desordenados, sua boca começou a espumar, era uma convulsão. Felipe ficou preocupado, teve um sentimento dúbio, sentia raiva e pena do filho. Sem titubear apertou o botão de emergência, Agnes e Isabel chegaram às pressas e fizeram o procedimento para estabilizar o ataque. A "mãe-enfermeira" olhou para o marido e perguntou:

– O que aconteceu?

– Nós estávamos conversando e ele teve esse ataque –

respondeu o pai.

– Sobre o que falavam?

Felipe olhou desconfiado para a esposa e num tom irônico disse:

– Sobre ele ter sido expulso do time de basquete da escola.

Agnes temeu. "Será que Robert contou tudo ao Felipe",

pensou. Ela olhou para o esposo e disse:

– Amor, em casa nós conversaremos sobre isso.

– Você sabia disso e não me falou!

– Já faz mais de um ano.

Felipe riu, gargalhou.

– Você não me contou, por quê?

Benjamin já se estabilizava e Agnes chamou o marido para conversarem longe do filho. Isabel terminava os procedimentos.

– O que é mais estranho, Felipe: Eu não ter contado nada a você durante todo esse tempo ou você não saber o que aconteceu com o seu filho durante todo esse tempo? Afinal, depois de tantos anos que você e o Robert são amigos, hoje que você ligou para ele – Agnes estava brava e num tom intimidador continuou – Em casa nós conversamos.

Felipe odiava ser contrariado, mas sua esposa estava certa. Ele ficou com o semblante triste, talvez a sua ausência fora a grande causa da expulsão do filho do time. Johnson começou a andar de um lado para outro, saiu do quarto foi para fora do hospital, queria tomar um ar.

Enquanto isso, Isabel e Agnes se olharam e a "mãe-enfer- meira" disse:

– Acho que já não posso mais esconder. – olhou para o filho e prosseguiu – Agora ele terá que reconquistar o pai.

– Acho que vai dar tudo certo – tentou confortar a amiga.

– Tomara que tudo isso passe logo e que depois desse susto o Benjamin tome jeito na vida – ela pronunciou enquanto o filho ainda estava ofegante.

– Já era para o menino ter melhorado, será que alguma coisa na tesoura passou doença para ele? – perguntou Isabel querendo mudar o assunto.

– Pedirei ao doutor alguns exames, mas acho que tudo isso são dos picos de nervos que ele está passando.

Bel saiu do quarto, enquanto a senhora Johnson permanecia ali. Ela refletia sobre como sua vida mudaria após Benjamin deixar o hospital, era notório que precisaria de ajuda para o filho em relação ao o marido, para que quando ele descobrisse toda a verdade não o expulsasse de casa. Agnes sabia que mesmo com pouca idade, Ben já era maduro e que já fazia coisas de adulto.

– Agnes, com licença – era o médico responsável pelo caso do Cestinha.

– Doutor Curry! Por favor, entre.

– Como o seu filho está?

– Ele acabou de ter uma crise convulsiva – uma pausa –, ele e o pai estavam brigando.

– Vou pedir um exame de sangue e uma tomografia – solicitou o médico.

– Era exatamente isso que eu ia lhe sugerir!

O médico riu e em seguida falou:

– Vou encaminhá-lo ao psiquiatra para uma análise mais profunda. Tudo bem? E... Bom, você já sabe. Conforme os resultados dos exames, hoje mesmo ele terá alta.

Essa última fala de Curry a fez tremer, ela sentiu um leve "frio na barriga". De fato, realmente seriam dias difíceis.

– Muito bem, até mais Agnes! – despediu-se o médico. "E agora meu Deus... O que irei fazer!", pensou.

Sua mente estava a mil. Ela se lembrava da briga no dia anterior, do telefonema recebido, de ter aberto o porta e visto o filho todo ensanguentado e deseu desespero. Lembrava-se do Jaime, não conseguia compreender o que levaria uma pessoa a fazer o que ele fez. Foi nesse instante que ela teve uma ideia. Imediatamente começou a procurar algo. No prezado momento, Felipe entrou no quarto e a viu buscando por alguma coisa e sem delongas disse:

– O que você procura?

A "mãe-enfermeira" se assusta e diz que queria encontrar o celular do Benjamin, queria ver se o filho tinha o número do reverendo King. Felipe havia se esquecido de que tinha o cartão do reverendo e, por isso, resolveu ajudar a esposa revirando o pequeno guarda-roupa dali, porém, não encontrou nada. Em seguida ele abriu a gaveta do criado de madeira próximo à cama, a princípio nada viu, colocou a mão no fundo dela, sentiu algo, parecia um monte de papel. Pegou-os e quando os viu percebeu que se tratava de várias notas de dinheiro. Ele olhou para Agnes e perguntou:

– Isso aqui é seu?

Ela ficou espantada com a quantia de dinheiro, mas tentou passar uma imagem de neutralidade, apenas acenou negativamente com a cabeça.

Nesse momento Benjamin abriu lentamente os olhos e se deparou com o seu pai segurando o dinheiro que Michael lhe havia dado.

Nesse momento Benjamin abriu lentamente os olhos e se deparou com o seu pai segurando o dinheiro que Michael lhe havia dado.

SURPRESAS E REVELAÇÕES

A adrenalina que seu corpo produziu fora suficiente para fazer com que o Ben se sentasse na cama. Passaria por outra situação apavorante?

– Isso é seu? – Felipe perguntou para o filho.

Agnes não se manifestou, queria saber o que aquele dinheiro fazia ali. Cestinha, contudo, não sabia o que dizer. "Falar a verdade ou não?", questionou-se. Todavia, já não era possível esconder mais nada, o susto que tomara e a reação que tivera já o denunciara.

– Sim pai, isso é meu! – falou apavoradamente.

– Como isso veio para aqui?

– Michael me devia.

– Devia?! – ele olhou para a esposa que estava atônita. "Agora ferrou tudo!", Agnes pensou.

– Pai, é o seguinte, eu fiz muitas coisas de errado e eu lhe direi tudo quando sair daqui. Teremos muito o que conversar. Mas esse dinheiro deverá ser dado ao reverendo King – tentou amenizar a situação.

O senhor Johnson ficou surpreso com as palavras do filho, mas não compreendia o porquê desse dinheiro ir para Jaime, então perguntou:

– Como é? Michael te devia. E você deve a um reverendo? Foi por isso que ele veio aqui? Ele cobrou você?

– Não, pai! Ele salvou minha vida!

– Meu Deus! Tudo isso está muito estranho! – Felipe estava muito confuso – Um pastor salva a sua vida e, por isso, você quer pagar pela atitude dele?

– Por favor, pai, eu vou te falar tudo.

– Vou guardar esse dinheiro – olhou para a esposa –, você sabe de tudo o que está acontecendo aqui?

– Confesso que só sei parcialmente – ela estava esgotada e o seu ódio por Michael ficou ainda maior – "Ele teve coragem de vir aqui no hospital trazer dinheiro sujo para o Benjamin", refletiu. – Agnes saiu do quarto.

O dia estava tenso para Felipe, pois descobrira que sua família estava desorganizada. Seu filho tinha problemas e sua esposa, injustamente, suportava tudo isso sozinha. Sentia-se culpado, percebeu que poderia ter ajudado o filho se realmente tivesse mais presente em casa e com a família. Percebeu, também, que seja o que fosse que Benjamin tivesse feito de errado, ele tinha grande culpa no caso, por isso, estava disposto a não tomar decisões radicais.

"Já faz mais de um ano que Benjamin foi expulso do time da escola e eu nem percebi... Quem sou eu para julgá-lo?", pensou. Ben estava em silêncio assim como o pai. Nesse instante, Isabel entrou no quarto para retirar um pouco de sangue de Benjamin para realizar os exames laboratoriais. O clima estava pesado lá dentro. Muita coisa já havia acontecido num único dia. Todos estavam exaustos. Benjamin queria ir embora para resolver de uma vez o problema. Mas tinha que esperar a alta do médico. Seu pai e ele, enquanto ficaram a sós não se falavam, pareciam dois estranhos. Ambos sabiam que qualquer assunto que iniciassem, certamente, levá-los-iam a uma briga. "Espero sair daqui e resolver toda essa situação com o meu pai. Se for para me expulsar de casa que assim seja. Posso conseguir dinheiro, mas não será do jeito que Michael... Nossa! Por falar em Michael e a festa?!...– começou a se perder nos seus pensamentos – Não! Chega! Não farei mais bagunça, vou trabalhar, estudar, me dedicar ao basquete... Apesar de que eu mereço uma despedida... Será a festa! Terá basquete, algumas gatinhas e.... Ai meu Deus não! Não vou!",o jovem discutia consigo, mentalmente. Ben estava em conflito. Era uma dialética emocional, decidiu dormir, talvez o tempo passasse mais rápido. Felipe também cochilava na poltrona.

Algumas horas se passaram e o doutor Curry acompanhado do psiquiatra James Sherman adentrou o quarto. – Boa Tarde! Com licença.

Felipe tomou um susto e se levantou, assim como o Benjamin.

– Olá doutores! – o pai os cumprimentou.

– Esse é o doutor Sherman, psiquiatra que fará uma avaliação no Benjamin.

Curry pegou os exames. – Eu já falei com a Agnes e vou explicar para vocês, também. O paciente Benjamin Johnson não possui nenhuma alteração significativa e após avaliarmos sua saúde mental lhe daremos alta.

O médico James pediu ao pai para se retirar e, assim, deixá-lo a sós com o Ben. Felipe saiu do quarto e começou a andar pelos corredores do hospital. Como era um homem de negócios lia os seus e-mails com certa frequência. Um desses contatos o deixou distraído, ele andava sem olhar para frente e não percebeu uma fileira de cadeiras, a qual os pacientes se sentavam enquanto aguardavam suas consultas, e tropeçou. O susto foi maior do que a dor da batida, mas isso o fez olhar para o lado e notar uma senhora de aproximadamente setenta e cinco anos, com uma roupa de alfaiataria, muito simples, que o fitava. Ele querendo disfarçar disse:

– Puxa vida! Eu fico preso ao celular e me esqueço da vida. Aquela senhora nada disse, permanecia imóvel. Felipe pensou que ela estivesse com algum problema e, por isso, ignorou-a e ameaçou se retirar quando ouviu uma voz mansa e já cansada:

– Quantas vezes vivemos para o irreal e nos esquecemos

da realidade?

– Oi?! – ele disse surpreso.

– Você tropeçou numa cadeira real, porque alguma coisa virtual o fizera fugir da realidade.

–	Foi apenas um e-mail, que por sinal se referia a um assunto muito real.... Com muito impacto na realidade – riu subestimando aquela senhora.

– Quantos e-mails você recebeu até agora?

"Nossa, para uma senhora ela está bem moderninha", desqualificou-a e em seguida respondeu:

– Dez!

– Você já leu todos eles?

– Sim! E o que isso tem a ver? – perguntou secamente.

– Quantos anos têm seu filho ou sua filha? Qual foi o último presente que dera para a sua esposa?

– Meu filho tem treze... não, quatorze! Acho que é dezes- seis... –

caindo em si, confessou: – eu não sei qual foi o último presente que dei a minha esposa e não sei a idade do meu filho."Como ela sabe que tenho filho?", pensou.

– Você sabe o número de e-mails que recebeu porque você todos os dias visita sua caixa de e-mail, mas e a sua família, o seu relacionamento amoroso, quando você os visita?

Felipe fora pego de surpresa, aquela senhora o fazia ficar sem graça, sem reação. De fato, era vergonhoso não saber com certeza a idade de seu filho ou nem se lembrar dos momentos com sua esposa.

– Você precisa escolher o que precisa ser real na sua vida... – argumentou aquela senhora.

– Senhora Sophia – uma médica chamou aquela senhora para a consulta.

– Com sua licença – ela se levantou e acompanhou a médica. Felipe ficou atônito. Na verdade, não acreditou no que ti- nha acabado de acontecer. Como se já não bastasse tudo o que ocorrera durante o dia, ainda fora repreendido por uma senhora que parecia saber do seu problema com sua família.

Ele olhou a hora e percebeu que a consulta com o psiquiatra já poderia ter terminado, por isso, retornou até o quarto.

De fato, a consulta terminara e Benjamin recebeu alta do médico. Felipe, portanto, auxiliou na arrumação das coisas de Benjamin e esperou um enfermeiro os acompanhar até a saída. Como faltavam apenas quinze minutos para o término do plantão de Agnes, ambos se sentaram num banco que se localizava na entrada do hospital para aguardarem a saída da "mãe-enfermeira".

Nesse momento, uma menina de altura mediana, morena,

de cabelos levemente encaracolados, usava óculos, era relativamente magra, possuía um sorriso muito belo e meigo aproximou-se deles e disse:

– Senhor Johnson?!

O pai a olhou sem a reconhecer e disse:

– Oi...! Quem é você?

– Eu me chamo Victória Spencer... sou filha da Isabel, amiga da sua esposa.

"Filha de Isabel?! Nossa nem me lembrava de que ela tinha uma filha", pensou Benjamin.

Victória e sua mãe iam à residência da família Johnson, mas procuravam frequentar aquele lar quando Agnes estivesse sozinha.

Ben tinha apenas uma vaga lembrança do período de criança, de quando seus pais frequentavam o lar dos Spencer. Cestinha e Victória eram amigos de infância, já que Felipe era colega de Malcon, pai da menina. Um casal frequentava a residência do outro, todavia, os negócios do senhor Johnson cresceram tanto que já não havia mais tempo para amizades. Assim, somente Agnes e Isabel permaneceram amigas.

– Menina, como você cresceu! – Felipe estava muito espantado, pois ele só se lembrava dela na festa de aniversário de três anos da garota – Nossa, estou espantando... Faz muito tempo que não te vejo. Como está seu pai?

A menina ficou em silêncio, retirou os óculos e respondeu:

– Senhor Johnson, meu pai faleceu há um ano. Ele teve câncer.

Felipe ficou sem jeito, arrependeu-se do que falara. De fato, há anos não ligava ou trocava e-mails com Malcon. Nos dias que estava em casa, raramente, recebia ou visitava alguém. A exceção só ocorria nas férias quando toda família ia ou à casa dos seus pais ou à dos de Agnes.

– Eu sinto muito... Agnes não havia me comunicado sobre isso – na verdade, ela tinha falado, mas ele não era muito de prestar atenção naquilo que a esposa dizia.

Benjamin estava encantado com a menina, ela era linda aos seus olhos. Não sentiu por ela um desejo carnal, como tinha com outras meninas nas festas que ia, mas teve o coração amarrado no nome Victoria. Sentia seu coração acelerar, seu corpo tremia cada vez que ela se aproximava deles. Ela tinha dois anos a mais do que ele, mas o que importava? Afinal, se o amor é eterno, não seriam os anos que limitariam a paixão. De fato, quando você ama alguém, os anos são apenas detalhes nesse curto espaço de tempo chamado vida. Cestinha estava apaixonado, mesmo sem nunca ter desejado por isso. "Por quê?", pensava. Nas festas, ele deseja fazer amor com as meninas, todavia, com Victória ele queria construir uma história de amor. "Isso não é possível? 'Me apaixonar' tão rapidamente assim!", refletiu. Achou que estava muito sensível pela situação que passara, por ter uma costela quebrada, por estar cheio de hematomas, por ter o punho rasgado.

– Esse aqui é o meu filho Benjamin! Ele sofrera um acidente. – Felipe tentou contornar a situação.

– Eu já o conhecia por foto e pelas palavras que a senhora Johnson nos diz quando vai na minha casa.

Cestinha ficou receoso, pensou:

"Nossa, eu só dou trabalho para minha mãe, imagina o que ela falou para Victória e Isabel... Eu estou sem moral com elas". –

Sem graça, ele olhou para ela e disse:

– Oi...!

– Oi – cumprimentou ignorando-o.

– Muito bem! Estamos esperando a Agnes – expressou

Felipe percebendo o péssimo clima que estava ali.

– Eu espero minha mãe – falou a garota.

– Ah! Então elas sairão juntas? Posso levar vocês, querem uma carona?

"Diga não... Por favor, diga não!", temia o jovem.

Ben temia ficar próximo dela e essa possibilidade o incomodava, a saber, ele era espontâneo e conversador, mas, claro, sob o efeito de drogas. Naquele momento tenso,apesar de tudo o que passara, ele teve vontade de acender um cigarro.

A filha de Isabel tinha ojeriza do rapaz. Ela torcia para que a sua mãe recusasse a carona somente pelo fato de que, no carro, estaria próximo de Benjamin.

"Justo hoje resolvi vir de ônibus!", exclamava mental- mente a jovem, já que sempre buscara a mãe de carro.

Isabel, todavia, aceitaria o convite?

QUERIA NÃO ACREDITAR

As amigas e enfermeiras saíram do hospital, estavam exaustas e queriam relaxar. Agnes viu o filho e o seu marido esperando-as e, sem saber que Felipe já fizera um convite a Victória, dispôs a Isabel uma carona. A amiga relutou, mas como ela e a filha moravam longe dali e iriam pegar ônibus, caso recusassem, demorariam a chegar, por isso, aceitou o convite. Quando as colegas se aproximaram de Felipe ouviram:

– Eu estava falando com sua filha, Bel, como ela cresceu!

– riu – Enfim, que tal uma carona?

– Tarde demais Felipe, eu as convidei primeiro – respondeu a esposa.

Todos riram menos Victória e Benjamin.

A família Johnson possuía uma caminhonete prateada, quatro por quatro e muito luxuosa. Benjamin sentou-se no banco da frente, fato que o deixou parcialmente aliviado. Victória não estava se sentindo confortável, sentou-se atrás de Cestinha e isso não a fazia se sentir bem.

A raiva que a filha da Isabel sentia por Ben foi consequências dos dias em que Agnes fora desabafar em sua casa, pois a mãe sabia que, apesar do filho ter-lhe prometido que deixaria de usar drogas, ele estava se drogando junto com outras pessoas. Muitas vezes a senhora Johnson fingira acreditar na promessa do filho, contudo, era só para não confrontá-lo. Vá- rias vezes desejou contar ao marido o que estava acontecendo, todavia, Felipe possuía um temperamento forte e, por isso, ela temia perder o filho. Benjamin sempre fora mimado por ela, sempre teve de tudo, raramente ouvia repreensão de sua mãe. Já seu pai, quando estava em sua casa, tinha certa autoridade sobre ele, inclusive, eram nesses períodos que Cestinha ficava sem usar drogas, isso o deixava quase louco. E Victória sabia de tudo isso, Agnes não escondia os detalhes de suas amigas. A jovem muitas vezes quando ouvia a conversa, intrometia-se e sugeria uma postura mais rígida da senhora Johnson, desejava que ela contasse ao marido toda a verdade e, se necessário, internassem Benjamin.

– Então, Victória, qual curso irá fazer na faculdade? – per- guntou Felipe quebrando o silêncio.

– Medicina ou enfermagem... Quem sabe... Talvez biomedicina?! – respondeu a menina.

– Então quer ir para a área biológica igual a sua mãe? – disse o empresário e riu.

– Pois é, senhor Johnson... – malignamente ela perguntou

– e o Benjamin o que fará da vida?

Agnes e Isabel olharam apavoradas para ela, todavia, a garota as ignorou olhando a imagem de Felipe refletida no retrovisor frontal.

Ele olhou para o filho, notou o semblante pálido dele e perguntou:

– Pois bem, diga-nos o que fará da vida?

Victória estava rindo mentalmente, as enfermeiras, contudo,

ficaram aflitas.

Ben sentiu-se desafiado pela menina, ele não tinha certeza, mas deduzia que ela poderia odiá-lo. Desejando surpreendê-la e ao mesmo tempo provar que sua vida poderia mudar e, assim, tornar-se uma nova pessoa, respondeu:

– Não tenho certeza... Mas eu me esforçarei para ser engenheiro.

"Ah, cala a boca!", Victória pensou.

Agnes sentiu, após longos meses, orgulho do filho, isso a encheu de esperanças para uma possível mudança.

– Ou jogador de basquete, não é... Ou depois que você foi exp...

Felipe percebeu que iria tocar num assunto sensível e tentando consertar disse:

– Você desistiu do basquete?

– Não! – respondeu secamente.

O silêncio voltou a reinar naquele automóvel, todos tiham medo de falar qualquer coisa que pudesselevar a um assunto desagradável. Finalmente, deixaram em sua residência mãe e filha e prosseguiram.

Faltariam alguns quilômetros para chegarem. Benjamin já não estava suportando aquele silêncio e começou a se confessar:

– Pai... É o seguinte... – respirou fundo – eu e o Michael fomos expulsos do time de basquete...

– Isso eu já sei! – replicou.

– O que você não sabe é que eu estava... – sua mãe estava aflita, ela não queria que contasse agora ao seu pai, ainda mais depois de o dia ter sido bem carregado. Mas Cestinha fez uma pausa, olhou fundo para Agnes que disfarçadamente o repreendia e prosseguiu. – Fumando!

– O quê?! – Felipe começou a ter uma taquicardia, estava em cólera, queria parar o carro e dar uma surra no filho. Agnes interferiu.

– Calma, Felipe! Deixa o menino contar tudo... Não era o que você queria! E outra... Onde você estava que não percebera que o seu próprio filho estava precisando de ajuda? – ela sabia como ninguém que esse argumento o faria sentir-se culpado.

Ao ouvir a esposa, o senhor Johnson silenciou-se. Ben continuou:

– Michael... Levou no vestiário um cigarro de maconha e.... E... E me ofereceu. De imediato recusei, mas ele me desafiou. – Ben começou a se enfurecer – disse que se eu fosse um capitão de verdade não seria um cigarro que me derrubaria...

Eu... traguei... E bem na hora Charlie nos pegou no flagra! Todos foram embora, somente Michael ficou ali comigo.

Felipe não queria ouvir aquelas palavras, na verdade, desejava que tudo o que ocorrera naquele dia fosse mentira, fosse um sonho. No mesmo dia que seu filho tentou suicídio, ele descobre que o menino tinha fumado. Uma notícia dolorosa para um pai. Em sua mente ele ouvia as palavras de Agnes "Onde você estava que não percebera que o seu próprio filho estava precisando de ajuda?". O remorso tomou conta dele, não podia brigar com o filho. Com olhos lacrimejando, olhou o reflexo de Agnes pelo retrovisor e perguntou:

– Por que você não me contou antes?

– Eu sempre tentei lhe contar... Tive medo do que faria com o Benjamin

– E então você me esconde tudo isso... Agora eu entendo o porquê de o Robert não ter falado sobre a causa da expulsão de Benjamin do time... – Felipe estava arrasado, sentia-se cul- pado e vitimado. Ele olhou para o filho e perguntou. – Você continuou usando drogas?

– Sim!

Já não se segurou, a lágrima escorreu.

– Onde você arrumava grana para comprar as drogas?

– Eu... – suspirou – Eu vendia!

– Como é?! – disse silabicamente ao mesmo tempo em que olhou para Agnes e indagou – E você deixou! Você sabia e não me falou nada... Ele poderia ser preso, morto... – virando para o filho – Você está louco, muleque! Vendia drogas?! – Felipe berrava, estava enfurecido, desesperado – E eu fiquei sem saber disso durante quase um ano! Mais que merda, Benjamin, você não precisava disso!

Cestinha apenas escutava seu pai, sabia que teria muito o que ouvir.

Todos ficaram em silêncio, o senhor Johnson começou a relembrar de tudo o que acontecera no dia. Lembrou-se que, repentinamente, sentiu um desejo de ligar para o filho na madrugada, recordou-se do desespero de Agnes ao telefone, relembrou-se que imediatamente mudara o destino do seu voo para sua cidade, lembrou-se de King,seu fluxo mental parou, pois se recordou do dinheiro encontrado na gaveta.

"O que aquele dinheiro tem a ver com o reverendo?", questionava-se. Sem titubear olhou para o filho e perguntou:

– E aquele dinheiro... Por que pertence ao reverendo?

– Porque ele me salvou!

– Como assim?

Benjamin não conseguia responder ao pai, preferiu o silêncio. A senhora Johnson percebeu a angústia do filho e, com o olhar, repreendeu o marido.

Somente após uma hora e meia, eles chegaram em casa, pois o trânsito estava muito intenso. Benjamin queria se livrar da última pergunta e foi logo descendo do carro. Agnes, percebendo isso disse:

– Filho, vá tomar um banho!

Felipe não gostou, queria respostas, desejava descobrir tudo, mas naquele instante nada poderia ser feito. Apesar disso, estava decidido, no dia seguinte tiraria a resposta do filho.

A noite chegou e todos estavam cansados, principalmente a senhora Johnson que começou o dia já na madrugada ao ver o filho ensanguentado. O jantar já estava pronto, a família não ceou junta, Felipe foi o primeiro a comer, depois Agnes e Benjamin. O cansaço aumentara, todos foram dormir menos o senhor Johnson que se sentou na área da frente de sua residência e tomando um copo de uísque refletia sobre a vida. Seu celular tocou, recusou-se a atender. Sua vida estava desmoronando, o remorso o consumia. "Será que tudo isso seria evitado se eu estivesse aqui, se eu fosse mais presente?", pensou. O sono o dominou, por isso, ele subiu as escadas, adentrou no quarto, tomou um banho e antes de se deitar olhou para o dinheiro do Benjamin que estava sobre o seu criado e disse:

– Amanhã vou me encontrar com o tal reverendo King.

ENCONTROS

Nasce o sol naquela metrópole caótica. Carros, motos e ciclistas disputam espaços nas ruas, pessoas indo e vindo sem se preocupar com nada que não fossem delas. Felipe acordou com forte dor de cabeça, Agnes, contudo, já estava de pé há algum tempo. Era folga de Sheila, por isso, acordara para fazer um café, a "mãe-enfermeira" usava camisola alaranjada e chinelos quando fora abraçada por trás pelo marido.

– Bom dia, amor! – ela disse.

– Bom dia! – A luz da manhã fazia a cabeça de Felipe

doer – Estou com dores.

– Será que é enxaqueca? – deduziu a esposa.

– Pode ser. Eu quase não dormi no dia anterior e, de-

pois, ainda fiquei até altas horas pensando na vida e tomando uísque.

– Então é enxaqueca. Gostaria de um remédio?

– Sim, por favor.

Há tempos Felipe não reparava na beleza de sua esposa, sempre quando estava em sua casa quase não tirava os olhos do seu celular. Realmente, Sophia dissera a verdade sobre ele: o empresário vivia mais no mundo dos negócios do que na realidade. Naquela manhã, Agnes estava radiante, mesmo apresentando um pouco de olheira e um semblante cansado e triste.

Ela, todavia, não estava contente com seu casamento. Seu marido nunca estivera por perto, as dores e sofrimentos vividos até então por ela sempre foram amparados por Isabel. Que, por sinal, sempre aconselhava a amiga a continuar lutando pela família.

– Aqui está! – entregou-lhe o remédio.

Felipe tomou a medicação e comeu, junto com esposa, as panquecas que gentilmente ela fizera. Na verdade, há tempos não tomavam café da manhã juntos. Agnes sentiu uma pequena alegria em seu enorme coração. Seu esposo, contudo, não se importava com os pequenos momentos da vida. O agora, segundo ele, não estava nos gestos ou atitudes, mas sim nas possibilidades de ganhar mais. Senhor Johnson levantou-se, deu um beijo em sua esposa e pegou as chaves do carro.

– Aonde você vai? – Agnes perguntou.

– Vou dar uma volta... Preciso respirar um pouco... Des- pois de ontem, eu preciso de um pouco de ar para me manter na linha...

Agnes sabia que ele estava com muita raiva de Benjamin e, também, que só não fora mais radical porque se sentia culpado pelo desejo do filho em querer se matar. Por isso, concordou com o marido apenas dando um moderado sorriso. Felipe pegou o carro e saiu sem rumo. Vestira a mesma roupa do dia anterior.

Seu celular tocou, ele estacionou o veículo e procurando o aparelho nos bolsos acabou retirando um cartão, era o de King. Johnson o olhou por alguns instantes, todavia, seu celular não parava de tocar o que o fazia se contorcer até retirá-lo do outro bolso. Atendeu, era o empresário Yudi Yamada.

– Olá, Johnson!

– Bom dia, senhor Yamada.

– Sem enrolações, meu bom homem... Quero comprar sua empresa... E pagarei um bom preço por ela.

Felipe se assustou, pois numa hora daquela receber uma proposta do modo como Yudi fizera, segundo seus instintos, só poderia ser golpe ou piada. Mas de fato, aquele empresário de descendência oriental desejava comprar a empresa. Yamada desejava fazer uma espécie de holdings, isto é, como ele já era dono de outras indústrias de bens de produção, seu desejo era comprar o máximo de ações de um mesmo ramo industrial e, dessa forma, controlar a concorrência de duas ou mais empresas do mesmo negócio. Apesar disso, Felipe não tinha interesse na venda, ele gostava de administrar e negociar.

– Senhor Yamada, eu agradeço o seu contato, mas não tenho interesse em vender.

– Como não? Você nem ouviu minha proposta.

– Sou grato, mas não pretendo ouvir sua proposta, pois não a venderei... Se o senhor me der licença... – Felipe pegou o cartão de Jaime o olhou e disse. – Tenho algo muito importante para fazer.

– Você irá se arrepender, meu caro Johnson... – argumentou num tom intimidador.

– Pode ser. Até mais! – desligou o telefone sem esperar alguma resposta de Yudi.

Felipe estava decidido que iria até a casa do reverendo King.

***

Já havia se passado uma hora que Felipe saíra de casa. Agnes estava subindo as escadas quando se encontrou com Benjamin no corredor.

– Bom dia!

– Oi mãe. - Expressou o jovem ainda com muito sono.

– Dormiu bem?

Benjamin não gostava de conversar logo após acordar, isso o irritava, contudo, era a sua mãe, deveria respeitá-la, além do mais, as coisas não estavam muito favoráveis para ele. Respondeu:

– Mais ou menos. Eu me esqueci desse corte – apontou

para o punho – E quando virava meu corpo acabava ficando sobre o meu braço...

– Fazer o que,né? – disse a mãe.

Cestinha deu uma risada sem graça. Agnes, percebendo que o jovem queria ficar só, decidiu sair do quarto do filho quando ouviu:

– Cadê meu pai?

Olhando para trás respondeu:

– Foi dar uma volta... Disse que iria esfriar a cabeça... – fazendo um semblante sério prosseguiu – Você deverá se preparar, pois assim que ele chegar nós três teremos uma longa conversa...

Benjamin sabia que devia explicações a seu pai. Por mais estranho que se sentia e apesar de tudo o que passou, naquele momento desejou um cigarro e como ficara um dia inteiro sem fumar seu corpo clamava por nicotina. Cestinha esperou sua mãe entrar no banheiro e começar a tomar banho. Correu para o seu quarto. Abriu a gaveta do criado próximo a sua cama, pegou uma meia; ele estava tenso, olhava a todos os instantes para a porta. Retirou dela um cigarro, colocou-o em seu bolso e saiu. Desceu as escadas rapidamente, planejou fumar na garagem, foi até o local, todavia, não encontrava o isqueiro.

***

Felipe chegou até o endereço apresentado no cartão. Viu um local simples, todo de madeira. Sentiu pena. Estacionou o seu carro próximo à entrada. Notou a porta da igreja aberta e com passos lentos entrou ali. A figura do local o fazia se lembrar dos cultos que frequentava com seus pais adotivos. Teve uma epifania. Sentiu saudades deles. Apesar do amor que recebera Steve Johnson e Mary Johnson, seu maior desejo era conhecer sua origem, conhecer sua mãe. Seus pais se negavam a falar a verdade.

Johnson sentia uma paz na alma, por um momento se esquecera de tudo. De fato, ali ele estava "esfriando a cabeça".

– Sr. Johnson... que surpresa vê-lo aqui – disse Max ao entrar na igreja.

– Olá reverendo! – levantou-se do banco e estendeu a mão para cumprimentá-lo.

Após o aperto de mãos o reverendo falou:

– Por favor, vamos nos sentar... – estendeu a mão indicando o banco – Por que veio aqui?

– Meu filho disse que lhe deve um dinheiro... Por quê? O que aconteceu?

Jaime apresentava um semblante calmo, ao ouvir a pegunta riu e a respondeu:

– Seu filho só me deve uma visita em nossas reuniões...

– Por favor, reverendo, eu como pai necessito saber o que acontece com o meu filho... O senhor há de concordar comigo, um pai precisa saber de tudo.

– Sabe o que é estranho? Como eu, que conheci seu filho por esses dias, saberia de mais coisas do que você, que é pai dele?

"Todo mundo vem me falando isso desde que eu estou

nessa cidade!", exclamou Felipe em pensamento.

– Eu não sei... mas... eu trabalho muito e isso me afastou da minha família...

– Prossiga! – ordenou o reverendo.

– Olha reverendo... Não é estranho para mim, que sou pai, saber que um pastor todo machucado visita o meu filho e, depois descubro, pelo o meu próprio filho, que o tal reverendo emprestou uma certa quantia em dinheiro pra ele?

– Eu não emprestei nada ao seu filho!

– Tudo bem... – Felipe falou sem paciência – vou lhe explicar o que sei... Meu filho recebeu esse dinheiro de Michael – mostrou o bolo de dinheiro ao Jaime –, alegando que o moleque devia pra ele, mas tal dinheiro pertence, na verdade, ao reverendo King, isto é, o senhor... – apontou para King ironicamente – Eu achei tudo isso estranho, mas Benjamin me disse que você salvou a vida dele. E agora eu desejo que o senhor me explique como salvou a vida dele e o porquê esse dinheiro lhe pertence fez uma pausa, mudou a postura, abaixou a cabeça e disse num tom melancólico – Por favor...

Max teve pena de Johnson, contudo, também não queria prejudicar o Ben, visto que o menino ainda não contara as coisas ao pai. Foi prudente, olhou profundamente nos olhos do empresário e argumentou:

– Você provavelmente não deu tempo para o seu filho lhe explicar as coisas... Eu prometo a você, Sr. Johnson, que irei lhe contar tudo o que sei e que fiz ao seu filho, mas antes, o próprio Benjamin terá que lhe esclarecer algumas coisas... Lembre-se de que seu filho está desesperado, afinal, ele tentou suicídio... Seja paciente com ele... Algumas decepções ainda poderão ocorrer, mas tenha paciência... É seu filho... – fez uma pausa e prosseguiu – Sei do que pensa sobre Deus, mas no livro de primeiro Timóteo, capítulo cinco e versículo oito diz "Mas, se alguém não cuida dos seus, e especialmente dos da sua família, tem negado a fé, é pior que um incrédulo". – olhou maliciosamente para Felipe e perguntou – No que você se encaixa aqui... Em alguém que não cuida dos seus? Numa pessoa que não cuida da sua família? Em alguém que tem negado a fé?

Johnson ficou surpreso, pois teve um período de sua vida em que ele buscava os caminhos de Deus, porém, em seu modo de pensar, as respostas Celestiais deveriam ocorrer repentinamente e isso o afastou da igreja. Seu argumento era: "Se Deus é onisciente, onipresente e onipotente, então por que não resolve os problemas do mundo?". O reverendo ao dizer tais palavras o fez ficar reflexivo.

– Você já me disse que... – Jaime fez o sinal das aspas com os dedos – não fala sozinho – E retomando um tom mais sério prosseguiu –, mesmo que você me diga que não acredita na Bíblia... Você há de concordar comigo que ela exalta a família e nos ensina que devemos cuidar dela...

Felipe ficou ainda mais pensativo, uma vez que não esperava uma repreensão do reverendo. Mesmo assim, ele se levantou e disse:

– Obrigado pelas gentis palavras... – argumentou

sarcasticamente – Eu pretendo mudar meu jeito... Quero ter mais tempo para minha família!

– Então mude! Comece a mudança... Pare de adiar os planos que podem ser realizados agora!

Johnson estava incomodado, realmente as palavras do reverendo mexeram com ele. Veio buscar uma resposta e em contrapartida recebera lições de vida. Desejou voltar para sua casa, mas antes tentou mais uma vez indagar Jaime:

– Sobre o que aconteceu com o meu filho... O que você poderia me dizer?

– Posso lhe garantir que ele passou e está passando por uma situação muito difícil... Ajude-o, mostre a ele que você e sua esposa são os verdadeiros amigos dele, deixe-o confiar em vocês...

– Farei isso! – Felipe estava disposto a mudar.

– Ótimo!

– A conversa está boa, mas eu vou embora – o empresário se levantou – Reverendo, eu conversarei com o meu filho, mas após ouvir o que ele tem para me falar, eu também desejo lhe ouvir.

– Está combinado!

Johnson se despediu de King eseguiu até sua caminhonete, quando abriu as portas do automóvel ouviu:

– Senhor Johnson, tenha paciência com o menino... Ele fez coisas erradas, está sensível... Sua atitude poderá salvar a vida do seu filho...

O empresário fez um sinal positivo com a cabeça, entrou no carro, ligou o motor e partiu. Durante o trajeto de volta as palavras do reverendo soavam em sua mente. Refletia sobre o trecho bíblico citado por Jaime

"Sou um incrédulo! Na verdade, como não valorizei minha família... Então, sou pior do que eu mesmo! Ah! Esse negócio de religião é muito esquisito... Afinal, pior que alguém que não crê em Deus é alguém que não cuida da família... E eu me encaixaria em tudo o que há de ruim... – riu – Que bom eu não acreditar muito na Bíblia... Isso me faria ficar depressivo agora... Um dia acreditei em Deus, mas o que pedi em oração não aconteceu... A verdade, se eu ainda continuasse acreditando em Jesus, certamente, diria que ele está me castigando por meio do Benjamin... Mas o que poderia piorar agora?".

Após refletir sobre sua vida no caminho de volta à sua casa, Johnson chegou e abriu o portão da garagem. Não acreditou no que viu, "só pode ser mentira, isso não é real", pensou. Benjamin fora pego pelo pai em flagrante, estava fumando às escondidas, o jovem até pensou em esconder o cigarro, mas o cheiro e a fumaça formada na garagem o denunciaria, por isso, não escondeu sua atitude.

BEM-VINDO

Os olhares de Benjamin e Felipe se fixaram um no outro enquanto o automóvel era guardado. Senhor Johnson sem ao menos puxar o freio de mão, desceu cheio de cólera do carro. Ele estava cego de tanta raiva, o mundo parou diante dele e seus olhos só viam Benjamin. Agarrou o rapaz, retirou o cigarro do filho com um tapa e segurando o menino pela gola da camiseta disse:

– Você é burro! Já não bastou tudo o que fez?! Já não bastou todo o sofrimento que me fez passar?! – deu um soco em Ben, que rapidamente conseguiu colocar as mãos amenizando o impacto

– Você não consegue ficar sem essa bosta de cigarro?

O jovem o enfrentou:

– Como você não percebeu isso antes? Ah! Claro, você tinha outro vício... O seu trabalho...

– Moleque, cala a sua boca! Tudo o que você tem é por minha causa.

– Sim... Eu estou fumando um cigarro... Mas fiz isso aqui em casa... Ao contrário de você, vejo minha mãe todos os dias... – Benjamin sabia que esse era o único argumento que poderia amenizar a cólera de seu pai.

– Olhaaaa... Ele é um bom menino! Ele ama tanto ver a mãe dele que tentou se matar!

– Você não sabe de nada! – Ben gritou.

Felipe deu-lhe um tapa na face e disse:

– Se gritar, de novo, eu te arrebento a cara.

– Eu precisei fumar! Que mal há nisso? – expressou o jovem.

– Seu burro! Será que você não percebeu que ficamos ontem o dia inteiro no hospital por causa desse cigarro?

Nesse momento, Agnes chegou à garagem e disse:

– O que está acontecendo aqui?

– Esse idiota estava fumando aqui! – Felipe gritou.

Ela não acreditou no que ouvira e olhando para o filho perguntou:

– É verdade, Benjamin?

Cestinha ficou em silêncio, abaixou a cabeça e olhou para a mãe. Felipe sem paciência gritou:

– Fala pra ela! Vamos diga!

– Cale a boca! – o jovem falou para o pai, que perdeu o senso crítico e distribuiu vários socos no filho.

– Pare, pelo amor de Deus! – Agnes estava desesperada, gritava para que eles parassem a briga.

Após Felipe surrar o filho, ele olhou para o menino já machucado e disse:

– Quero você fora da minha casa!

– Felipe, não! – expressou a mãe.

– Não criei ninguém para ser drogado!

– Que bom! Você sabe que não criou ninguém... – disse ironicamente– Você nunca me ajudou a educar o nosso filho –

Argumentou Agnes.

– Silêncio! – Senhor Johnson gritou.

– Você quer mandar o menino embora de casa?! Quer que ele fique longe de mim assim como você?

– Cala a boca!

Agnes se enfureceu, correu em direção ao marido, ela es- tava possessa, seus olhos vermelhos,e gritou:

– Cala você a boca... Pois nesta casa você não manda!

Benjamin colocou uma de suas mãos no ombro da mãe

e disse:

– Eu vou embora...

– Não, você não vai! – disse a mãe desesperada.

– Por favor, vou ficar bem – Cestinha falou num tom tranquilo.

– Para onde vai? – Agnes expressou chorando.

– Em algum lugar... Ficarei bem! – olhou para o pai – Ele nunca fica em casa mesmo... Quando ele sair daqui, eu volto.

– Não volta! – respondeu Felipe.

– Ah! Tá bom... – o jovem piscou para a mãe.

Cestinha deu um abraço em Agnes e a beijou. A mãe sus- surrou no ouvido do filho:

– Você volta?

– Volto – respondeu no mesmo tom de voz.

Benjamin Johnson aproveitou que o portão da garagem estava aberto e sem olhar para trás saiu. Felipe apenas observava a tudo, foi notório que se arrependeu da atitude de expulsar o menino, mas era orgulhoso e não voltou atrás.

Agnes saiu da presença de Felipe, estava irritada, de coração partido, queria ir atrás do filho, "aonde iria?", pensava a todo o momento. Ela temia que Ben fosse se encontrar com Michael, afinal, se isso ocorresse, era, de fato, o fim. Estava desesperada, entrou em seu quarto, trancou a porta e começou a chorar. Seu marido, contudo, começou a ficar abatido.

Após algumas horas, Felipe pensou em procurar o filho, contudo, isso poderia significar uma redenção. Já não sabia o que fazer, já que o choro de sua esposa era ouvido por toda a casa. Um sentimento lúgubre tomou conta do lugar. Ironicamente, em sua mente vinham as palavras "Valorizar a família", vinha também o conselho de Jaime, "Sua atitude poderá salvar o seu filho". Temeu, uma vez que não sabia o que poderia acontecer com Benjamin após a expulsão. O desespero aumentou. Não sabia o que fazer; resolveu apelar, ligou para Jaime:

– Reverendo! – Felipe estava desesperado.

– Nossa! Calma... Diga-me o que aconteceu!

– Eu, assim que cheguei a minha casa, peguei o Ben fumando na garagem... Não aguentei... Bati nele e o expulsei de casa...
King ficou apreensivo.

– Eu preciso da sua ajuda! – Johnson falou com a voz embargada.

– Minha esposa não para de chorar, já não posso aceitar as coisas assim....

– O que pretende fazer, senhor Johnson?

– Eu... Eu... Eu não sei!

– Vá atrás dele, traga-o de volta para casa. – King sugeriu.

– Não! Isso me contrariaria... E ele poderia pensar ser mais autoritário do que eu...

– Sr. Johnson ele é seu filho... Você o expulsou de casa e ele saiu...

– tossiu. – Faça isso por sua mulher... Uma mãe ver o filho sair assim....

– Não o trarei de volta... Pelo menos hoje não.

– O que eu poderia fazer por você?

– Eu não sei... Mas me ajude!

O reverendo pensou num jeito de ajudar aquela família, imaginava o desespero da mãe em perder um filho. Ele sabia muito bem o que era perder alguém que amava.

***

Jaime Max King era casado com Lisa e ambos moravam aos fundos da atual igreja onde Max era reverendo. Possuíam uma vida agitada e comprometida com assuntos religiosos, faziam visitas, orações, ensinavam imigrantes a ler e a escrever, davam aula de música às crianças carentes. Apesar de amarem o que faziam, sonhavam com a paternidade. Sempre que estavam sozinhos, oravam a Deus buscando uma criança que pudessem fazer toda a diferença na vida deles. Sonhavam com ela, praticamente todos os dias no café da manhã ficavam descrevendo-a:

"Tomara que Deus coloque os seus olhos em nosso bebê"

– Max dizia.

"E a sua boca também" – apresentara Lisa.

Certo dia, finalmente, as orações foram atendidas e Lisa

King daria a luz a um menino. Foram meses de pura felicidade. As crianças que frequentavam a casa do reverendo sempre queriam sentir o bebê se mexer na barriga de Lisa. Era um alvoroço. A esposa de Jaime aproveitava a gravidez e dizia aos seus alunos de piano:

"Preste muita atenção, porque no final eu vou querer que você toque uma canção para o meu bebê".

Os pequenos alunos ficavam empolgados quando a criança se mexia no instante em que tocavam.

Uma noite tudo mudou. Lisa teve sangramento e precisou ir às pressas ao hospital. O médico a examinou e disse:

"Temos que fazer o parto imediatamente".

Sem titubear, levaram-na até à sala cirúrgica, não fizeram muitos exames. Lisa tinha alergia à anestesia, o que complicou ainda mais a situação. Sentiu dificuldade em respirar, suava constantemente, teve manchas vermelhas por todo o corpo e o pior: ocorreu um inchaço na região da epiglote, localizada na parte interna do pescoço, local de extrema importância na respiração. Essa situação impedia a passagem de ar. Os médicos fizeram todo o procedimento, o que amenizou os sintomas, mas o seu instinto materno só ficou alerta até o memento em que ouviu um choro, era seu filho.

A mãe apenas sorriu; sua visão começou a ficar borrada, tudo parecia estar em câmera lenta, ela viu uma mulher colocando o filho próximo dela. Lisa olhou para a criança e pensou "Tem a boca do pai". Já estava fraca, sem forças, ficou o máximo que conseguiu olhando para seu filho, mas sua batalha com vida chegava ao fim. Deu o seu último adeus a quem acabara de chegar. Lisa morreu.

***

– Tudo bem, senhor Johnson, eu irei procurar o seu filho... Se por acaso eu o encontrar o trarei para minha casa... Fique tranquilo! – Disse o reverendo tentando consolar Felipe.

– Obrigado, reverendo... Prometo que se o senhor encontrá-lo eu irei num culto seu...

– Por favor... Não fale algo às pressas, da boca para fora!– repreendeu.

– Sinto muito... – Johnson ficou feliz – Eu contarei a Agnes sobre sua atitude.

– Ótimo!

– Obrigado...

– Espere! – King gritou, na tentativa de interromper Felipe de desligar o telefone – Mais uma coisa... Alô!

– Oi?!

– Ah... Pensei que tivesse desligado... Enfim... – uma pausa e prosseguiu – Você não precisa ir à Igreja para falar com Deus... Tente falar com Deus para que Ele me mostre aonde poderei encontrar seu filho.

O empresário relutou a responder, mas achou chato negar, depois do favor que o reverendo iria fazer.

– Tudo bem!

– Até mais... – desligou.

Felipe estava mais tranquilo ao saber da disponibilidade do reverendo em ajudá-lo. Agnes ao saber que Jaime estava procurando Benjamin também ficou mais sossegada.

Se passaram três horas após aquela ligação de Felipe para Max, o desespero voltou a reinar naquele lar. O pai desesperado olhou para a esposa e disse:

– Eu não acredito que vou dizer isso... Vamos orar?

EU ENCONTREI

Agnes se surpreendeu com o convite inusitado do marido, ele que era um homem fundamentado na lógica, alicerçado na razão e agnóstico, agora, convidando-a para fazer uma oração, ela não poderia recusar. Recebera o convite positivamente, pois sentia que Felipe estava desesperado. Sem titubear, olhou ao marido e disse:

– Amor, você não precisa fazer isso se não quiser...

– Nosso filho está por aí...

– Vá atrás dele, então.

– Não, jamais! Ele tem que me respeitar...

A senhora Johnson, evitando uma possível briga, olhou com pena ao esposo e falou:

– Vamos orar!

– Então vamos... É...Você sabe como fazer isso? – perguntou a esposa.

– Eu não! – Espantou-se. – Olha, eu não sei como fazer isso, há muito tempo não frequento a igreja.

– O reverendo King me pediu para orarmos a Deus para que Ele – apontou para cima – possa auxiliá-lo a encontrar Benjamin...

Eu... vou tentar - Estava apavorado e com muito medo de algo tivesse acontecido ao filho, por isso, fechou os olhos e começou a dizer – Deus Confesso que eu não estou com muita fé de que o Senhor esteja me ouvindo, confesso que só estou fazendo isso porque não vejo alternativa. Sendo assim, se alguém está me ouvindo, por favor, cuide do meu filho... Sei que tive uma péssima atitude, mas estou arrependido... – Nesse momento, os olhos de Agnes lacrimejaram. Ela abriu um dos olhos e observou o marido. – Ajude o reverendo a encontrá-lo.... Se alguém merece ser repreendido... Esse alguém sou eu... – Ele olhou para esposa, que fechou rapidamente os olhos para não ser percebida pelo marido, e continuou – Amém.

Ambos ficaram por algum tempo sem se falar, o reverendo não fez nenhuma ligação para eles. O tempo passava e já estava anoitecendo, Felipe se encontrava impaciente. Já sua esposa estava passando mal, ela sentia uma enorme dor de cabeça, obrigando-a a ficar deitada no sofá da sala. Para o marido, ver sua esposa naquelas condições e saber que o seu filho estava desaparecido devido a uma atitude dele o fez se entristecer ainda mais, o sentimento de culpa, que antes já o dominava, naquele momento, ampliou-se. Felipe não conseguia mais esperar, decidiu fazer alguma coisa, declarou a Agnes que iria atrás de Benjamin. A esposa imediatamente se levantou, mas a dor pulsante que sentia a obrigou a se deitar.

– Por favor, amor, fique deitada – solicitou o marido.

– Eu... Queria ir com você, mas... Não consigo – sussurrou– Traga o nosso filho de volta!

– Eu prometo que...

O celular de Felipe tocou, era Jaime. Como se ocorresse um

milagre, Agnes se levantou do sofá cheia de esperança. Sem hesitar, o senhor Johnson atendeu:

– Oi!

– Boa Noite! – cumprimentou – Trago-lhe boas notícias... Seu filho está comigo e nós estamos indo para minha casa... O próprio Benjamin me disse que não deseja voltar em sua casa... Então disse ao menino para dormir em minha residência.

Felipe teve um sentimento dúbio, estava alegre por seu filho ser encontrado, mas triste ao saber que Ben não queria voltar para casa. Agnes notou o semblante atônito do marido e o cutucando perguntou:

– Amor, e daí?

– Ele encontrou nosso filho! – sussurrou.

A mãe se alegrou, sua dor chegou até desaparecer, que- ria comemorar, mas esperou a ligação terminar para saber os detalhes.

– Onde Benjamin estava? – perguntou o empresário ao reverendo.

– Ele estava sem rumo... Perdido na praça central... Seu filho estava faminto, então nós comemos um cachorro-quente... Benjamin me contou toda a briga de vocês e me pediu para não levá-lo, ao menos hoje, em sua casa.

Isso cortou o coração de Felipe mais uma vez, uma sensível tristeza tomou conta dele.

– Obrigado, reverendo!

– Senhor Johnson!

– Sim... – respondeu com a voz embargada.

– O senhor por acaso fez uma oração?

Felipe ficou envergonhado, mas querendo preservar sua arrogância respondeu:

– Eu até que tentei... Confesso! Mas já faz muito tempo desde que disse amém!

Jaime ficou contente e falou:

– Eu estava desistindo... Mas não queria ser responsável pela dor de uma mãe e de um pai... Eu estava do outro lado da cidade quando senti no coração que deveria procurar na praça... Levei duas horas para atravessar a cidade e chegar lá...

– Duas horas atrás! – Espantou-se, pois era o tempo em que tinha feito a prece.

– Por que o espanto? – Questionou o reverendo já desconfiando de algo.

– Coincidências da vida...

– Eu prefiro chamar de "o agir de Deus" ... Mas enfim, seu filho dormirá em minha casa e amanhã me convém termos uma conversa...

O empresário sorriu, pois estaria em sua casa no dia seguinte. Agnes conseguira pegar uma licença de três dias, desse modo, estariam aptos para uma conversa.

– Por mim, tudo bem!

Após o telefone ser desligado Felipe estava animado, sorria, tirou um peso enorme de suas costas. A senhora Johnson também se encontrava aliviada, era bom saber que o filho dormiria sob um teto. Contudo, ainda temia o que ocorreria no futuro e, por isso, disse ao marido:

– Como você reagirá daqui pra frente com o Benjamin?

– Amor, ele tem que nos respeitar... – Agnes olhou repreensiva ao marido que continuou a dizer – Tentarei reconquistar o meu filho... Prometo! Mas você deverá concordar comigo que não podemos mimá-lo... – segurou nas mãos da esposa – Tentarei ficar mais tempo aqui em casa e viajarei menos... Se necessário venderei parte das ações da empresa...

A mãe sorriu e abraçou o marido. Fazia muito tempo que não se abraçavam assim. Ambos estavam sentindo o cheiro um do outro, ambos estavam com uma alta pulsação, ambos se aqueciam com o calor do corpo do outro. Agnes colocou as mãos na face do marido e disse:

– Tente aceitar o nosso filho!

– Como assim?!

– Ele está fumando... É difícil vencer o vício... Se necessário, deixemos que ele... – Agnes achou melhor se silenciar, pois sabia que o marido relutaria em aceitar que Benjamin adquirisse tabacos para suprir a falta que as drogas mais perigosas fazem.

– Eu... – Ele compreendeu o que ela iria sugerir – Bom...

– Amor!

– Não sei se vou conseguir ver o meu filho fazendo isso!

– Vamos acolhê-lo e, se necessário, pagaremos um trata- mento para livrá-lo do vício... Mas, a princípio, para termos nosso filho aqui, temos que aceitá-lo com o problema que está... É melhor ele fumar aqui do que se encontrar com Michael. – Agnes se arrependera de mencionar o nome do amigo, uma vez que o seu esposo não sabia toda a verdade.

– Michael? Tudo isso é culpa dele pelo jeito.

A senhora Johnson resolveu contar tudo o que sabia ao marido. Desde a expulsão do time de basquete até última briga, além da ameaça de Rubens, enfim, tudo.

Felipe estava espantado. Percebeu que o seu filho estava

passando por um grande problema. Isso explicava o motivo que Agnes não ficara tão brava ao ver o filho fumando um cigarro, pois ao menos não era maconha ou outro tipo de droga que usara, pelo menos estava dentro de casa e não sendo espancado por pelos capangas de Del Rey, ao menos estava com a família e não em festas junto com Michael.

***

Quando chegaram à casa de Jaime, Benjamin estava exausto. Seu maior desejo era tomar um banho e dormir. Apesar disso, antes de entrar na residência do reverendo, sentiu um calafrio, sua mente reportou a madrugada em que bateu no reverendo e tentou roubá-lo. Sentiu-se mal por isso. Max percebendo um olhar tristonho do garoto disse:

– Fique à vontade... O que passou, passou!

– Eu sinto muito por tudo o que te fiz.

– Tudo bem!

– Por que você fez tudo isso por mim? Eu... Eu não consigo compreender. Eu te bati, tentei te roubar, destruí sua casa e você salva minha família, pagando minha dívida com Rubens e, ainda, apanha dele   E corre o risco de ser morto!

– Você está arrependido do que fez? – Jaime o indagou.

– Sim e muito! – argumentou com a voz toda embargada o rapaz.

–"Digo-vos que assim haverá alegria no céu por um peca- dor que se arrepende, mais do que noventa e nove justos que não necessitam de arrependimento.".

– Como?!

– Lucas 15, versículo sete... Se você se arrependeu de todo o seu coração de seu ato, ocorrerá alegria no céu.

Benjamin sentiu que fizera algo bom, há tempos não tinha essa sensação.

– Por favor, tome um banho! Eu lhe darei roupa para vestir e alimento. – expressou o reverendo.

– Obrigado! – entrou na casa, passou pelo local onde agredira King, fez uma pausa, olhou por ali algum tempo e foi até o banheiro.

Jaime sentia dores nas pernas, estava cansado por ter andado tanto, mas isso não o abateu em preparar um sanduíche e um suco antes de dormirem. O jovem Johnson, contudo, enquanto tomava banho sentia muitas dores na região da costela, na face e certa ardência no punho quando a água passava pelo local cortado. Apesar disso, sentiu-se bem por estar junto de King, ali ele estava em paz.

Após o banho, Benjamin colocou uma roupa dada pelo reverendo e foi até a cozinha. Max lia a Bíblia quando o jovem se aproximou:

– Olá pastor! Posso me sentar?

Jaime nada disse, pelo contrário fez um sinal repreensivo com as mãos para que Ben esperasse. Após concluir a leitura, ele olhou amigavelmente e permitiu ao rapaz que se sentasse. Cestinha achou esquisita aquela atitude, mas nada disse.

– Veja meu bom jovem... Na Palavra de Deus está escrito em Mateus, capítulo 11 do versículo 28 ao 30: "Vinde a mim, todos os que estais cansados e oprimidos, e eu vos aliviarei. Tomai sobre vós o meu jugo, e aprendei de mim, que sou manso e humilde de coração; e encontrareis descanso para vossas almas. Porque o meu julgo é suave e o meu fardo é leve." – Falou o reverendo. Em seguida retirou os óculos e retomou: – Sabe aquela oportunidade que todos queremos? Aquela de poder começar do zero e se esquecer de tudo de ruim que fizemos? Pois é, Jesus nos dá essa oportunidade. Muitos se acham sujos demais para buscar a Deus, todavia, quem precisa de médico são os doentes... – Olhou para o sanduíche sobre a mesa e disse – Por favor, coma um pouco e beba o suco. – Ben aceitou a proposta e o reverendo prosseguiu– Jesus disse que ele é o pão da vida e aquele que for até ele não terá mais fome... Muitas pessoas acham que tudo está perdido, que a vida não pode mudar e que o sofrimento persistirá... Não digo a você que uma pessoa ao aceitar a Cristo terá uma vida sem aflições, pois temos que carregar um fardo, o que lhe digo é que quando se aceitar a Jesus você encontrará descanso para a alma e paz para coração.

Benjamin ouvia com atenção o que o reverendo dizia, aquelas palavras começaram a tocar no coração dele, todavia, ele não queria absorvê-las por completo. Apesar de tudo, seus desejos eram paradoxais, sentiu falta de Michael, queria voltar a festejar, contudo, ao mesmo tempo queria dar a sua vida a Cristo. Ele queria a paz de Deus em sua vida, mas também os prazeres mundanos. Ficou em silêncio, ao mesmo tempo em que olhava para reverendo.

– Jesus ama o pecador, mas abomina o pecado... Cristo está disposto a perdoar os pecados daqueles que o aceitarem... Ele morreu na cruz para que nós vivêssemos... Em primeiro João, capítulo dois, nos diz que temos um advogado com o Pai, que é Deus, e esse advogado é Jesus, pois ele é a propiciação, ou seja, aquilo que reduzirá a ira de Deus, dos nossos pecados... – riu – Eu sinto muito fazer você ficar me ouvindo... Eu só acho interessante a oportunidade que Deus, por meio de Jesus, dá à humanidade de salvá-la... Isso me encanta.

Benjamin começou a ter pensamentos contraditórios sobre King.

"Para você é fácil falar de Jesus, é somente isso que você faz! E, ainda, para uma pessoa que não tem problema como eu tenho com os vícios, com o meu pai, por exemplo, é muito simples ficar falando palavras bonitas...", o jovem refletiu.

A madrugada estava se aproximando, Jaime olhou o jovem e sugeriu:

– Meu bom rapaz, caso queira dormir fique à vontade, eu tenho algumas coisas para fazer agora e terei que sair.

"Sair! Uma hora dessas?!", Ben pensou.

– Talvez você esteja achando estranho, mas têm algumas pessoas que não tem o que comer, eu fiz bastantes sanduíches... Eu vou levar um pouco para quem precisa...

– Posso ir com você? – perguntou o menino.

– Acho melhor você descansar...

– Por favor, eu não estou com tanto sono – mentiu.

– Neste caso, então vamos!

Benjamin estava próximo de conhecer o oculto da personalidade humana.

VIDA

Jaime e Benjamin saíram carregando um recipiente contendo os lanches que o reverendo fizera. A rua estava escura, algumas luzes dos postes ameaçavam se apagar, o vento era gelado. Não demorou muito para encontrarem as primeiras pessoas que necessitavam de alimento. O reverendo as conhecia pelo nome. Essas pessoas usavam papelões como cama e mochilas ou peças de roupas como travesseiros. Geralmente ficavam debaixo de viadutos, ruas sem saídas, becos. Algumas vezes dividiam espaços com usuários de drogas, com ponto de prostituição. A verdade é que todos que estavam ali tiveram algum problema na vida, alguns eram viciados em bebidas, outros em crack, alguns sofriam de depressão, outros sofreram algum trauma que os fizeram fugir de suas vidas normais. O maltrapilho mais conhecido do grupo de pessoas que ficavam num beco próximo à igreja era o Francis, todos gostavam de estar próximo a ele, pois possuía um violão e sua voz era aveludada, suas canções eram feitas na mais pura inspiração, afinal, tinha tempo e amava a música. Quando lhes faltava o que comer, Francis cantava nas praças por alguns trocados e tudo o que recebia era usado na compra de alimentos para aquelas pessoas.

Quando King o viu logo lhe deu um abraço:

– Francis! Tudo bem?

– Reverendo King! Que bom vê-lo aqui... – olhou para Benjamin – e ele quem é?

– É um amigo... Seu nome é Benjamin.

– Tudo bem, Benjamin? – estendeu a mão ao jovem que retribuiu o cumprimento.

– Vim lhes trazer alguns lanches...

– Aeee... Pessoal! Temos o que comer – bradou o maltrapilho músico.

As pessoas que estavam ali formaram fila para receber o lanche, Ben era quem servia àquele pessoal, enquanto Max os dava suco. De início, o jovem Johnson sentiu repugnância daquelas pessoas que eram sujas, maltrapilhas, que fediam,eram esfomeadas, possuíam os dentes estragados; ele teve ânsia e vontade de vomitar, mas para não decepcionar Jaime, permaneceu firme em sua tarefa. King, todavia, percebeu isso no rapaz e querendo ensinar algo o mantivera ali.

Após todos pegarem comida, Max ameaçou ir embora, estava cansado, queria tomar banho e dormir. Francis, contudo, falou:

– Pessoal! Vamos nos sentar em círculo... – olhou para o reverendo e Cestinha – Venham também!

Jaime não conseguia dizer não, inclusive, esse era um dos seus grandes defeitos. Desse modo, ele e o menino se juntaram àquelas pessoas e se sentaram. No centro da roda, havia um latão em chamas, Francis se acomodou numa cadeira. O mendigo pegou o seu violão, que por sinal ganhara de Max, e começou a tocar e cantar a canção 'Agnus Dei'. Todos se encantavam com ele, o fogo refletia em sua pele morena e fazia sua barba grisalha apresentar um tom amarelado. Sua voz era contagiante, ela penetrava a alma. Algumas pessoas se emocionaram, inclusive Benjamin, que ao ouvir o maltrapilho assoviar o refrão, sentiu-se abraçado por algo que ele jamais havia sentido. King percebera o estado de Ben e mentalmente começou a orar pedindo para que o Espírito Santo viesse sobre aquela vida e de toda a sua família. De fato, aquela música sensibilizou a todos.

Após o término da canção, Jaime olhou para o Cestinha e disse:

– Tudo bem?

– Não... – respondeu.

– Por quê?

– Eu me sinto estranho... Meu corpo está queimando... Será que estou com febre?

Jaime molhou sua mão no vapor d'água no vidro da jarra de suco e a colocou sobre o jovem. Estava aparentemente normal, mas não poderia dar bobeira, uma vez que Benjamin acabara de sair do hospital. Assim sendo, levantaram-se, despediram-se e voltaram para casa.

Ben estava atônito, tudo o que vivera naquela noite, certamente, ficaria em sua memória o resto de sua vida. Desejou mudar, almejou sair da vida de vendedor de drogas e usuário para adentrar numa nova perspectiva. Sonhava com uma vida melhor, queria alegrar sua família, nem fumar teve vontade naquela noite, "Será que estou mudando?", pensou.

Ao chegarem à casa do reverendo, Jaime se despediu do jovem e entrou em seu quarto para tomar um banho e dormir. Benjamin, contudo, adentrou em um modesto quartinho que King gentilmente organizara ao menino, retirou suas roupas e quando se deitou na cama, lembrou-se da canção cantada por Francis, sentiu seu corpo se arrepiar, estava feliz. Ben virou-se de lado e quando iria fechar os olhos, seu celular vibrou. Uma mensagem de Michael:

"Vou ser bonzinho com você! A festa será amanhã no Clube Carbono às 19h. Vamos botar pra quebrar! Já chamei as meninas, programei as bebidas e, claro, deixarei você vender alguns docinhos para ganhar uma grana".

Benjamin ficou atordoado, seus sentimentos estavam à flor da pele, a princípio não queria ir, não podia fazer isso depois de tudo o que estava acontecendo, seu pai jamais o perdoaria. Desse modo, imediatamente, respondeu:

"Não vou!"

Após dois minutos seu celular tocou, ele atendeu:

– Oi!

– Como assim você não vai? – perguntou Michael Collins.

– Cara, na boa, por favor... Não insista!

Collins percebeu que seu amigo, de fato, não desejava ir

e isso o enfureceu.

– Você vai, sim! Qual que é? Dá uma turbulência e você já quer saltar do avião?

– Não é isso... Quero mudar... Desejo para de fumar...

Michael riu sarcasticamente e disse:

– Uma vez que você entra no esquema, você só sai morto.

– Que esquema eu entrei? – ficou confuso.

– Você terá que vender as drogas na festa... Só restou você para fazer isso... E.... Bom... Meu irmão ficaria furioso contigo se você não vendesse os 'docinhos'.

– Michael, eu não quero mais vender!

– Tudo bem... Vou esclarecer sua memória... Silas é o braço direito do merda do Del Rey... E Silas falou que é para você fazer as vendas e eu administrar os serviços das mulheres que chamei – Michael mentia. – Em troca... Você receberá 20% de tudo o que vender e, ainda, poderá escolher com qual garota irá... – riu – Passar alguns momentos agradáveis, se é que você me compreende.

Ben não queria nada daquilo, mas temeu ser vítima de El Patrón novamente ou pior, temeu pela sua família. Sem mais força argumentou:

– Eu não tenho escolha?

– Tem... – Ironicamente – Você pode pedir permissão ao Rubens – Ameaçou erroneamente. Na verdade, Silas tentava criar o seu império do tráfico e se Del Rey soubesse disso, certamente, daria um fim nos irmãos Collins.

– Michael, como eu não tenho escolha eu vou... Mas por

favor... Me ajude a sair desse esquema! Você não é meu amigo?

– Sempre fui... Por isso estou te alertando a não ter uma atitude imbecil.

– Não quero prostitutas e nem usar drogas, também não

quero a minha parte...

– Claro... Como quiser meu bom amigo. – Michael ficou enfurecido com a decisão de Benjamin, uma vez que precisava dele para auxiliar nas vendas e para consumir os produtos. – Até amanhã. – desligou.

Benjamin estava apavorado e não sabia o que fazer. Sua noite até então estava tranquila, harmoniosa, contudo, após aquela ligação tudo mudara, o sono foi embora. Cestinha precisava de auxilio, mas naquele momento esperaria amanhecer para ver como King poderia ajudá-lo. Tentou dormir, mas o sono fugira. Um obstáculo estava em sua frente e precisava ser superado. Como iria à festa?

EU PRECISO IR

O sol saudava a todos com o seu brilho, as nuvens quase não eram vistas, os pássaros regiam o som da natureza. Para muitos, era uma manhã perfeita, mas para Felipe o dia começara turbulento. Sua secretária ligou às 8h em ponto e disse:

– Bom dia, Senhor Johnson!

– Olá! Por que está me ligando a essa hora? – perguntou com a voz confusa, devido ao sono que estava.

– Já são oito horas, senhor.

– Em que posso ajudar?

– O senhor tem uma audiência hoje às 14h.

O empresário saltou da cama.

– Como?! – parecia não acreditar – Eu não tinha nada disso em minha agenda.

– Pois é. Mas recebemos essa intimação no final da tarde, ocorreu um atraso na entrega das correspondências.

– Sobre o que se trata?

– O senhor está sendo acusado de formação de Cartel pelo empresário Yudi Yamada.

– Mas eu não faço parte de nada, como assim?

–Nosso advogado, o doutor Cosmo Carter, afirmou que a causa é ganha para nós, pois podemos provar nossa inocência perante a acusação, todavia, o senhor terá que ir ao tribunal hoje! "Yamada só pode ter burlado o sistema judiciário, como conseguiu armar tudo tão rápido?", pensou.

– Estarei aí em breve! – Johnson falou.

Agnes estava cochilando, mas ao ouvir a palavra "estarei" levantou-se rapidamente e ficou olhando para o marido que fez um semblante de insatisfação antes de desligar o telefone.

– Amor... Terei que ir sem ser a minha vontade.

– Por quê? – olhou dolorosamente para Felipe.

– Inesperadamente terei uma audiência hoje... – olhando para ela começou a explicar – Ontem um empresário muito rico e poderoso no mundo financeiro ligou para mim e se dispôs a comprar nossa empresa. Eu recusei e não me interessei pelo valor que ele estaria disposto a pagar... E... E antes dele desligar, me ameaçou dizendo que eu iria me arrepender por ter recusado – ficou preocupado e prosseguiu – Ontem mesmo recebi uma intimação, mas somente hoje que a secretária me comunicou... Achei isso estranho, pois as coisas demoram um pouco para acontecer no nosso sistema judiciário, mas você sabe: o poder do dinheiro não é?

Agnes compreendeu que o marido teria que partir, era assunto judicial e não estava nos planos. Ele fora pego de surpresa. Sendo assim, apressou-se em preparar um café a Felipe que foi tomar banho e se aprontar. O senhor Johnson queria ficar, desejava ver o filho, mas sabia que o menino estava em boas mãos. Além do mais, voltaria hoje mesmo ou amanhã pela manhã.

O casal tomou o seu segundo café da manhã juntos, Felipe precisava voltar à empresa, todavia, antes de sair disse:

– Cuide de nosso filho... O reverendo o trará aqui hoje. Diga que amanhã eu estarei de volta para dar um basta nessa situação.

– Sim, amor!

Felipe abraçou a esposa e, apaixonadamente, lhe deu um beijo longo. Uma atitude raríssima dele que significou muito para Agnes. Em seguida, partiu ao aeroporto para pegar o primeiro voo com destino ao extremo sul do país.

A senhora Johnson, contudo, sentiu saudades do marido, desejava-o de volta, mas dessa vez foi necessária a partida.

***

Jaime acordou um pouco mais tarde do habitual, isto é, às 6h, mas estava com muita disposição. Como de costume, ajoelhou-se e agradeceu a Deus pela oportunidade de viver mais um dia, também pediu para que o Senhor estivesse junto dele durante todo o dia e, sendo necessário, usasse-o na vida das pessoas para prevalecer a vontade do Criador. Seguindo seu método diário, foi até a padaria comprar alguns pães e retornou a sua casa. Além do dom da pregação, King era perito em fazer café, seu modo de preparar a bebida era distinto, ele mesmo comprava as sementes de café e as torrava, em seguida guardava o pó na geladeira, todos ao redor da igreja sentiam o cheiro delicioso da bebida. Quando coava o pó, extraía o liquido e, ao mesmo tempo, fazia com que muitos acordassem com o aroma produzido. De fato, era mais um dom que ele tinha. Benjamin acordou com cheiro delicioso que impregnava na casa. Ele colocou os chinelos e foi à cozinha. O reverendo o convidou a se sentar enquanto terminava de esquentar o leite. Cestinha estava diferente, era notório que não dormira bem, Max percebeu o seu estado e perguntou:

– Você pelo jeito não dormiu bem... O que aconteceu?

Ben estava farto de esconder as coisas, queria mudar, desejava alegrar sua família e, por isso, falou:

– Estou com problemas, reverendo.

– Você deseja compartilhá-los comigo? – pegou o leite e o levou até a mesa, em seguida se sentou e começou a cortar os pães.

– Eu recebi uma mensagem ontem em meu celular. Era Michael... O irmão dele é o braço direito de Rubens...

– Pode falar...

– Ele quer que eu vá até uma festa para vender drogas aos que estiverem lá... Eu recusei, disse que não... Alertei que sairia dessa vida... Mas ele me disse que o irmão dele falou pra mim vender – colocou as mãos sobre a cabeça – e se eu me recusar a vender, não haverá ninguém para fazer isso, logo Del Rey saberá da minha recusa e... Eu não sei.

– Nossa! Mantenha-se calmo, Benjamin.

– O que fazer? Terei que ir...

– Eu posso comunicar a polícia sobre a tal festa.

– Não! Eles descobrirão que fui eu quem contou. – o jovem olhou fixamente para o reverendo – Eu vou e venderei como eles desejarem. Michael é meu amigo e me disse que me ajudará a sair dessa vida.

– Benjamin! Você confia nesse tal Michael mesmo?

– Claro!

– Posso adivinhar... Ele quem lhe ofereceu o seu primeiro cigarro!

Surpreso Ben confirmou.

– Ele quem o levou para as festas, quem o apresentou para a primeira moça que você beijou. Michael quem lhe disse que uma bebida não lhe faria mal algum. Acertei tudo ou não?
Cestinha estava atônito, de fato Jaime acertou.

– Em primeiro Coríntios, capítulo 15 versículo 33 nos diz "Não vos enganeis. As más companhias corrompem os bons costumes" ... Benjamin, os seus bons costumes deixaram de existir a partir de quando?

– A partir de quando aceitei aquele maldito cigarro de maconha no vestiário da escola.

– Será que Michael quer o seu bem? – indagou o reverendo.
Na mente do jovem Johnson começou a passar um filme de todos os momentos que passara com Michael e ele percebeu que sempre o seu 'amigo' o fazia ter atitudes que não favoreceriam os bons costumes. Finalmente, Benjamin começou a ver com quem estava mantendo amizade.

Mesmo assim, precisava ir à festa, era a única opção segundo ele, para não ter sua família ameaçada. Mal sabia que Collins mentira. Max, contudo, relutava em aceitar, parecia prever que algo ruim poderia acontecer naquela festa. O reverendo disse:
– Não sei se será uma boa ideia você ir, Ben... Que tal contarmos para os seus pais... Deixe que eu fale com eles, assim poderemos chegar numa melhor conclusão.

Benjamin temia decepcionar os seus pais, no entanto, dessa vez não escondeu o problema, pelo contrário, contou-o a quem poderia ajudar e o reverendo estava disposto a auxiliá-lo. Sendo assim, após tomarem café da manhã, entraram no fusca branco, ano 1976, do reverendo, e foram até a casa do menino. Como será que conduziriam toda a situação?

CONFIANÇA

ram aproximadamente dez horas da manhã quando Benjamin e Jaime chegaram à casa da família Johnson. Cestinha estava receoso, tinha medo da reação do seu pai ao vê-lo, uma vez que o reverendo não contara que Felipe foi quem pedira para ele procurá-lo. Agnes os recebeu com muita alegria, ela abraçou seu filho e o beijou várias vezes. Ben retribuía o carinho da mãe. Max ao adentrar na residência disse:

– Que a Graça de Deus esteja neste lar.

A enfermeira respondeu:

– Amém!

Ela estava muito feliz, pois teve medo de nunca mais ver o filho. Em contrapartida, Benjamin se encontrava aflito, olhava várias vezes ao lado e para o corredor esperando a figura de seu pai aparecer. Agnes percebendo o desconforto do filho falou:

– Seu pai não está em casa... Ele teve que sair às pressas...

Ben ficou aliviado com a notícia.

Sheila vendo a visita correu para cozinha preparar alguma coisa para comerem. A mãe, contudo, solicitou ao reverendo que se sentassem na sala para que pudessem conversar. King aceitou o convite e, sem titubear, iniciou a conversa:

– Senhora Johnson... Tenho um assunto muito importante para lhe falar... Sei que a senhora desejaria saber os detalhes de como eu e seu filho nos conhecemos, mas isso não vem ao caso...

Benjamin e Agnes olhavam atentamente ao reverendo.

– Acredito que a senhora já sabe do problema de seu filho com as drogas comas drogas!

A mãe entristeceu-se e respondeu positivamente, balaçando a cabeça.

– Pois bem, ele está disposto a mudar de vida... Ele quer dar orgulho aos pais dele.... Mas... – Fez uma pausa e prosseguiu. – Ele está sofrendo ameaças de um tal de Michael... E, em tese, caso Benjamin não faça o que ele quer, o irmão dele poderá se vingar...

Agnes assustou-se, ficou pálida e perguntou:

– O que vamos fazer?

– Então, senhora Johnson... Era isso que eu vim perguntar para você e a seu marido... Como poderemos ajudar o Ben?

– Que tipo de ameaças o meu filho está sofrendo?

– Hoje à noite terá uma festa organizada pelo Michael e o irmão dele.... Porém, quem está por trás disso tudo é o Rubens... Eles desejam que o seu filho vá vender drogas aos convidados... Benjamin se recusou a ir, mas eles disseram que Del Rey poderia se zangar com essa recusa... E isso colocaria a vida de vocês em perigo!

– Ai meu Deus!

– Sendo assim, senhora Johnson, o que você acha que devemos fazer?

– Benjamin não vai! – disse numa tentativa de proteger o filho.

– Compartilho de sua opinião, mas devemos admitir que isso é arriscado.

– Vamos denunciar à Polícia, contamos sobre a festa e sobre a tal ameaça...

– Não! – Expressou Benjamin. – Mãe, eles descobririam que fui eu quem denunciou eles... – fez um semblante apavorado

– Rubens tem informantes que trabalham na Polícia... Não há como recusar.

– Nossa! Como eu gostaria que Felipe estivesse aqui! – expressou Agnes.

– Eu vou à festa... – Cestinha falou laconicamente, fazendo a mãe e o reverendo ficarem ainda mais assustados.

– Você não precisa ir! – King falou.

– Se eu não for... Todos aqui estarão em perigo! Se for
para acontecer alguma coisa, que ocorra comigo!

– Calma, Benjamin... Deve ter outra opção – pronunciou King.

– Não tem! Ou eu vou ou devo fugir da cidade!

– Que você fuja então. – Falou Agnes, sem titubear.

– O que o senhor tem a dizer, reverendo? – perguntou Benjamin.

– Acho que pode haver outra opção. - Seus olhos começaram a lacrimejar, sua voz ficou embargada – É horrível você saber que seu filho está vivo... Mas não saber onde ele está ou com quem está... Se ele está ou não passando frio... Eu...- Lágrimas escorriam pelos olhos de King, suspirou – Eu sei o quanto é difícil você procurar por alguém que tanto ama...

Benjamin e Agnes tiveram pena de Jaime, algo acontecera na vida daquele homem, de fato, ele sabia quais as consequências do desaparecimento de alguém. Ficaram por algum tempo em silêncio. A mãe ficou pensativa, pediu licença e foi ligar para o marido. Felipe estava atarefado, todavia, atendeu. A enfermeira sem perder tempo contou tudo o que ouvira de Max e Benjamin. Assim como ela, o marido temeu as circunstâncias. Ele também não tinha uma ideia, mas se sentia endividado com o filho, estava arrependido do que fizera e, semelhantemente a King, recusou a fuga do menino. Felipe pensou por alguns instantes e falou:

– Amor... Eu confio no meu filho. Leve o telefone próximo a ele e coloque no modo viva-voz. – Agnes obedeceu e, então, ele falou – Benjamin eu confio em você .. Sinto muito por tudo isso. Dessa vez, estou do seu lado, já que você disse ao reverendo que irá mudar... Tome a sua decisão e eu o apoio. – Desligou sem se despedir. Na verdade, temeu voltar atrás em sua decisão.

Jaime ficou feliz e percebeu que aquele lar estava entrando em harmonia, em contrapartida, temia a decisão de Ben.

– Então eu vou! – falou o jovem – Não usarei drogas, não me envolverei com nenhuma mulher... Vou e depois nunca mais farei mais nada para Michael, se necessário falo com Silas ou até mesmo Rubens.

O reverendo não aprovava a decisão, mas não poderia interferir, caberia à mãe aceitar ou não. Ele apenas a olhava ansioso por uma recusa.

– Confio em você, Ben! – expressou a enfermeira inspira- da pela atitude do marido.

Mãe e filho olharam para King esperando dele uma afirmação, contudo, ele disse:

– Não vou mentir que ainda acho que você não deveria ir...

Mas a minha opinião é a que menos importa aqui nesta família.

– Vou ficar bem, reverendo!

– Por favor, peça ajuda a Deus para auxiliar na sua decisão. –

expressou Max.

Benjamin era orgulhoso igual ao pai e dificilmente voltava atrás após uma decisão.

– Vou ficar bem!

Jaime ficou em silêncio, olhou em seu relógio e se levantou para partir, entretanto, Sheila apareceu:

– O almoço está pronto!

– Venha almoçar conosco, reverendo! – Agnes convidou.

Como raramente dizia não, King aceitou e, após uma oração de agradecimento, todos comeram.

Em seguida, King fez questão de lavar a louça, mesmo ali contendo uma máquina para isso. Na sequência, partiu, pois às três horas iria ensinar música às crianças. O reverendo passou o dia pensando nas situações adversas em que Benjamin poderia se meter. Todas as vezes que tinha um tempo, ele dobrava os seus joelhos e pedia para Deus livrar o menino de ir à festa, mas que acima da vontade dele, que o desejo de Deus prevalecesse. As horas se passaram, o crepúsculo indicava que aquela seria uma noite decisiva na vida de Benjamin. O céu estava colorido, o azul intenso da noite mesclava-se com o pôr-do-sol. Mais uma vez o destino reservava algo para Ben. O jovem se arrumou, colocou uma atadura do punho para proteger o corte e foi à festa.

FESTA

O clube Carbono era enorme, propício para festas. Tinha piscinas, quadras, quiosque central, alguns quartos. Sua estrutura lembrava uma fazenda, os detalhes eram todos de madeira, encontrava-se ali um excelente sistema de som, strobos, máquina de fumaça, palco de 360 graus, enfim, era algo moderno com detalhes rústicos. Silas queria conseguir alguns clientes com essa festa, por isso, convidou vários jovens os quais pagaram a entrada. A bebida era gratuita até às 22h, todavia, Collins pediu ao "barman" para adicionar LSD ou ecstasy líquido nos destilados e cervejas, pois assim as pessoas ficariam fora de si e, portanto, era mais fácil de retirar dinheiro e alguns pertences delas, além de que alguns indivíduos sentiam mais sede pelo calor e pela droga e isso aumentava a venda de bebidas.

Benjamin chegou nesse local, Michael ao longe o vira e abraçando-o disse:

– Amigo! Que alegria!

Ben manteve-se sério e falou:

– Me dê logo essas porcarias para vender!

O jovem Collins ficou bravo com o modo de falar de Ces- tinha, mas precisava dele e disfarçando disse:

– Calma... – estendeu o copo de Vodca que bebia e ofere-ceu ao Ben – Beba um pouco!

– Eu não quero! – Benjamin negou, mesmo sentindo muita vontade de aceitar.

– Vai negar um gole de Vodca?! – gargalhou– Está mudado hein! Mas a noite é uma criança, não temos muita água... Uma hora você beberá algo... – ficou em silêncio. Ben nada dizia e isso o enfurecia. Ele olhou para Johnson e falou– Espere aqui! Vou buscar o que você deverá vender – saiu.

Benjamin se sentia preso, queria fugir dali, mas temia por sua família. Michael, contudo, foi até um dos quartos e chamou uma prostituta de luxo, loira de olhos claros, sua estrutura física era magra e de musculatura levemente torneada, era muito bonita, antes de se prostituir sonhava em ser veterinária, mas sua vida mudara quando descobrira algo fatal: sua família a abandonara e, por isso, buscou na vida noturna um modo de ganhar dinheiro. Seu nome falso era Verônica. Collins não tivera dúvida em escolhê-la e, portanto, falou:

– Esse cara. – mostrou a foto de Benjamin pelo celular

– Deverá estar em sua cama está noite... – diabolicamente riu

– Sem camisinha.

A moça acenou positivamente, já estava alterada.

– Você receberá um bom dinheiro! – concluiu.

Em seguida, ele pegou uma mochila preta, abriu-a e viu vários tabletes de LSD, além de cocaína, cigarros de maconha e ecstasy. Michael nem verificou a quantidade de drogas que colocara para vender, na verdade, ele só queria ver Benjamin fazer o que já não desejava. Michael sorriu, chegou até o 'amigo' e disse:

– Aqui está! Vê se não vai usar tudo, ok? – riu amigavelmente.

– Quantos "produtos" têm aqui? – perguntou secamente.

– Não sei! Uns cinquenta eu acho... Você sabe o preço não é?

– Sim!

– Então venda tudo! – riu.

Benjamin se sentia muito mal fazendo aquilo, mas o que realmente o prejudicava e fazia com que ele ficasse ainda pior era a sede que começou a aumentar à medida que e a vontade de fumar voltava. Ele não podia se descuidar, pois, após a última conversa com o reverendo percebera que Michael não era seu amigo. As horas foram passando, algumas pessoas compravam as drogas que estavam com Cestinha. Ele já não podia mais aguentar de tanta vontade de tomar água e o cheiro de cigarro o fazia sentir uma vontade descontrolável de fumar.

Collins sabia que uma hora ou outra o jovem Johnson iria até o bar em busca de algo para beber. Por isso, querendo prejudicá-lo, combinou com o "barman" que se Benjamin fosse até lá eram para ele dopá-lo. Da mesma forma como ocorreu com Verônica, Michael mostrou a foto de Benjamin aos responsáveis do bar e entregou um vidro contendo uma substância chamada GHB, ácido gama-hidroxibutirato, conhecido como "ecstasy líquido". Essa droga possui um efeito euforizante e afrodisíaco, além de possibilitar uma diminuição da consciência, sonolência e até efeito anestesiante.

– Coloquem na bebida dele – Michael ordenou ao entregar a droga.

Ben estava sofrendo, sua vontade de fumar aumentava, principalmente ao ver os outros fumando, além disso, percebera que uma mulher muito bonita, de cabelos loiros e, praticamente, quase nua, fitava-o. Achou estranho, desconfiou dela e procurou não ficar olhando.

Já era madrugada, Benjamin não conseguiu aguentar e foi até o bar. Um dos "barmans" o conheceu e foi atendê-lo. Ben pediu água, mas o atendente foi informado de que não poderia vender "bebida pura" e, portanto, comunicou isso ao jovem. Cestinha solicitou água novamente, ele sorriu e topou lhe dar a bebida pura, agiu como se fizesse um favor ao Ben. O combinado era que Michael não soubesse disso. Johnson ficou aliviado. Um dos rapazes ficou na frente do jovem, enquanto o outro fingia pegar a bebida no freezer, quando na verdade, estava colocando o GHB dentro de uma garrafa de água. O atendente temeu exagerar e, por isso, não colocou muito. Os "barmans" pareciam amigáveis e conversaram com Benjamin sobre a festa. Os rapazes do bar perceberam que ele não gostava do Collins e querendo ganhar confiança do jovem começa-ram a falar mal de Michael. Ben fora pego na armadilha deles, a princípio, temeu beber a água, pois achou muito fácil abrir a garrafa, mas os rapazes eram bons na conversa. Desse modo, Benjamin bebeu pavorosamente, quando fez uma pausa para respirar sentiu um gosto salgado na água, jogou a garrafa no lixo e cuspiu parte do líquido que estava em sua boca.

Ao longe Michael observava Benjamin no bar e viu o instante que o 'amigo' bebeu a água. Ficou contente, Ben estava dopado. Imediatamente, Collins percebeu que Johnson estava querendo sair dali antes do efeito da droga prevalecer sobre ele, por isso, chamou Verônica e pediu para ela impedi-lo de sair.

Cestinha percebeu a contaminação, sentiu raiva dos "bar-mens", mas não tinha tempo de fazer mais nada, senão isolar-se dali antes que algo ruim acontecesse. Ele olhava para os lados, muitas pessoas estavam ao seu redor, as luzes já começavam a cegá-lo, seu coração dava sinal de taquicardia. Benjamin não sabia se os seus batimentos aumentaram devido à droga ou ao desespero que se encontrava. Procurou uma saída e a encontrou, deveria passar por muitas pessoas e assim prosseguiu. A cada passo sentia que estava perdendo a razão, sentiu seus músculos relaxados, começou a ficar com frio, começou a ficar eufórico. A saída estava próxima, seu coração pulsava incessantemente. "Preciso sair daqui... Sai da frente... Ai meu Deus! Não vai dar tempo...", pensava.

Quando já sentia a corrente de ar vinda de fora bater em seu rosto, sorriu, daria tempo de sair, mas quando menos percebeu uma loira de olhos claros entrou em sua frente, era Verônica. Ele se assustou ao vê-la, ela sem titubear o beijou. Já era tarde demais para Benjamin retroceder. Ambos se beijavam loucamente, Michael vendo-os se aproximou e os levou para um quarto. Benjamin e Verônica caíram em perdição. Michael, malignamente, observava- os para confirmar se usavam proteção, concluiu, não usavam. Ele saiu do quarto, riu, gargalhou. Acendeu um cigarro e gritou:

– Um brinde pro Benjamin! Meu grande amigo!

MANHÃ

Uma forte dor de cabeça fizera com que Benjamin acordasse. Tentou abrir os olhos, mas um pequeno filete de luz que passara pelo furo na cortina chegou até os seus olhos fazendo-o sentir uma maior aflição. Ele se virou de lado e percebeu estar sem camisa, assustou-se e, imediatamente, olhou por baixo da coberta, constatou estar nu. Temeu, sentiu um calafrio. Laconicamente foi virando-se para o lado oposto ao que estava. Percebeu estar ao lado de uma mulher. Ben ficou apavorado, fazia todo esforço mental, mas não conseguia se lembrar de nada. Apenas sentia dores no corpo. "Como vim parar aqui?", Refletiu. Mas estava óbvio para ele que era alguma cilada de Michael. Por um instante, a dor que sentia sumiu, estava preocupado, temia as ações que fizera durante a festa. Johnson lentamente pegou suas roupas e a vestiu, enquanto observava a mulher com quem dormira. Ela estava coberta, contudo, suas roupas estavam jogadas ao chão, logo o jovem deduziu que ela estava nua. Após se vestir, Benjamin queria ir embora dali, talvez sua mãe e seu pai estivessem preocupados com ele. Contudo, aquela mulher poderia lhe dizer algo de que não se lembrava, por isso, aproximou-se dela e gentilmente lhe cutucou os ombros desejando que ela acordasse. Verônica abriu os olhos e encarou Ben por alguns minutos, ele, todavia, olhava indignado para ela. Ela sabia que ele desejaria saber respostas e, assim, levantou-se deixando a coberta cair. Cestinha virou os olhos para não vê-la despida, ela riu e falou:

– Não era assim que você fazia ontem à noite – enrolou-se no edredom – Pronto pode olhar!

– Quem é você? O que aconteceu? – o jovem perguntou secamente.

– Eu me chamo Verônica e nós fizemos amor durante a noite.

Benjamin concluiu o que deduzia, sentiu raiva, mas precisava ter calma para descobrir mais detalhes.

– Como que nós viemos parar aqui?

– Você estava chapado... Eu também! – ela riu– Nós nos beijamos e as coisas esquentaram e pronto! – Disse tentando esconder que Michael planejara tudo.

– Pelas suas roupas, você...

– Prostituta! Sim, por quê? – expressou raivosamente.

– Eu não trouxe dinheiro.

– Alguém muito seu amigo pagou! – falou a mulher.

– Pois é Michael! – disse raivosamente.

– Olha! Eu não posso te falar muita coisa... O meu serviço aqui foi feito, já está pago, agora se você me der licença...

– Você é muito bonita!

– Nossa, obrigada! – agradeceu deduzindo que Benjamin estaria interessado que ela fizesse um novo programa. Ela foi se aproximando do jovem.

– Michael não pagaria uma mulher como você para mim...Mas para ele, sim.

Ela ficou radiante com os elogios. Ela sentou-se na cama e tentou mais uma vez disfarçar o que Collins planejara, disse:

– Considere isso um presente!

Benjamin era esperto, sabia argumentar, sabia tirar os segredos das pessoas, mesmo sendo um pouco tímido, mas ainda assim falou:

– Você é muito bonita para ser prostituta de uma festa qualquer, você deveria sair com homens ricos, poderosos, enfim, por que veio para essa festa?

– Por quê? – ela ficou sem resposta. Ameaçou fugir, Ben ficou na frente da porta.

– O que eu preciso saber, por favor... Façamos assim.... Você me conta tudo o que Collins planejou e eu fico lhe devendo um favor...

– Ah... Que bonitinho! – Verônica respondeu sarcasticamente.

– Eu tenho dinheiro... Você gosta disso, não é? – Benjamin se impôs – Você me fala o que eu tenho que saber em troca te deixo o meu telefone para me pedir um favor...

– Está blefando!

– Por que será que Michael quer me ferrar? – após dizer essas palavras, Benjamin desconfiou de que aquela mulher tivesse algum segredo que, realmente, iria lhe prejudicar. Ela não conhecia o jovem Johnson, mas sabia que Silas e o irmão pretendiam ser os maiores traficantes da cidade e isso envolvia eliminar qualquer obstáculo. Devido à maldade de Michael, ela deduziu que Benjamin poderia ser de alguma facção inimiga ou alguém muito importante que poderia acabar com os negócios dele. Aquele rapaz não podia estar blefando, mas ela querendo ter uma certeza falou:

– Como sei que você não está mentido?

– Como saberei que não irá mentir? – retrucou o jovem.

– Porque ninguém mentiria que está com AIDS à toa. – disse Verônica.

– Você o quê? – desesperou-se.

– Sim... Tenho AIDS e Michael dopou você e me contratou para que eu transmitisse a doença pra você, por isso, não usamos camisinha ontem... Ah! Ele até me levou ao médico antes, só para garantir que conseguiria transmitir algo para você.

Benjamin sentiu raiva dela, queria matá-la, mas precisava se conter. Respirou fundo, ficou louco e calmo, raivoso e sereno.

– Ninguém em sã consciência seria tão monstruoso o suficiente para ter essa atitude. – disse indignado.

– Não é estranho uma mulher como eu... Ser prostituta em festinhas?! – ela ficou com o semblante abatido.

– Você... Mas... – Não conseguia falar. Apesar de tudo, começou a sentir pena dela. Pois a considerou tão vítima quanto ele – como você tem clientes então?

– Eu os aviso para se protegerem... Mas ainda tem mês que tenho que fazer o serviço mais barato para ter como me manter nessa vida luxuosa...

– Por quantos dólares você fez esse absurdo?

– O suficiente para me manter por dois anos sem fazer qualquer tipo de programa.

Benjamin não conseguia culpá-la, mesmo estando com muita raiva dela.

– Eu estou com AIDS por sua culpa?

– Por incrível que pareça, têm pessoas que são imunes...– ela estava abatida, no fundo se arrependera do que fizera, mas já era tarde – Sobre aquele favor... Deixa pra lá. – olhou para Benjamin, sem se importar em estar nua, pegou suas roupas no chão, caminhou até a porta do banheiro, tornou a fitá-lo e falou – Sinto muito, mas agora poderei começar uma nova vida... – saiu. Benjamin estava desconcertado, a maldade de Michael fora enorme ao ponto de desejá-lo morto. Por isso, ele fizera tanta questão que o 'amigo' fosse à festa, sabia que a amizade deles estava perdida e não queria que terminasse sem conseguir aquilo que sempre desejara: Acabar com a vida de Benjamin Johnson. Ele ainda não se lembrava de nada o que ocorrera. Cestinha observava a cama toda desarrumada e a olhava por alguns minutos buscando uma pequena lembrança do dia anterior, entretanto, nada lhe vinha à mente. Do dia anterior, lembrava-se até o momento que saíra de casa, a partir daí, apenas uma nuvem negra. Ben abriu a porta e notou o salão todo bagunçado, havia ali algumas pessoas deitadas, outras passando mal e desmaiadas. Olhou para todos os lados procurando Michael, mas ele não estava lá. Seu telefone tocou, era Jaime.

VINGANÇA

– Tudo bem, meu jovem? – indagou o reverendo.

– Não. – Falou com uma voz embarcada.

– Por quê?

– Por favor, o senhor pode vir me buscar... Eu não tenho dinheiro, minha carteira sumiu.

"Será que ele teve uma recaída", o reverendo pensou.

– O que aconteceu, Benjamin?

– Eu vou lhe contar tudo... O senhor vem me buscar?

– Claro... Mas... Onde você está? – deduzia que o jovem fora para outro lugar após a festa.

– No Clube Carbono mesmo.

– Em breve estarei aí, então! – desligou.

Benjamin estava desconsolado, o medo de estar infectado era muito grande, achou que iria morrer. Como se não bastasse tudo isso, será que Jaime e os pais acreditariam nele? Ele não sabia como proceder, como abordar toda aquela situação. Cestinha só tinha uma coisa em mente, vingar-se de Michael, não importava como. Se fosse necessário morreria tentando e se Rubens encomendasse seu corpo, que assim ocorresse, mas

Collins teria que pagar pelo o que fez.

O local onde ocorrera a festa era rodeado de prédios. Por sinal, promovia admiração um espaço daquele bem no centro da cidade. O jovem Johnson encontrou um ponto de ônibus e ali se sentou para esperar o reverendo. Sua cabeça doía, sentia uma leve enxaqueca, tinha sede. Jaime parecia demorar uma eternidade para chegar. Enfim, ao longe se via um fusca. Benjamin sorriu, era King. O reverendo nem desligou o motor e Cestinha já estava dentro do carro. Max era precavido e, por isso, trouxe algumas bolachas e uma garrafa de água ao menino, que, sem titubear, tomou rapidamente todo o líquido. Aquele senhor apenas observava o jovem, percebeu que possuía algu- mas marcas no corpo, mas era impossível saber a origem delas. Nada falou, preferiu esperar.

Johnson, após comer e beber, sentia–se abatido, a imagem daquela mulher lhe dava calafrios, a fisionomia de Michael lhe causava fúria. O reverendo conduzia tranquilamente o seu veículo até a casa do rapaz, tudo estava em silêncio até que Benjamin disse:

– Eu peguei AIDS!

King teve um susto, jamais esperava ouvir alguma coisa

assim tão repentinamente.

– Nossa! Que isso? Por que está me dizendo isso?

– Porque eu fiz amor com uma prostituta com AIDS.

O reverendo ficou confuso, "fazer amor" e "AIDS" eram as duas expressões que ele não esperava ouvir daquele jovem e, ainda, tudo isso se somava a mais uma palavra indesejada "prostituta".

– Mas... Você... – enrolou-se com as palavras. Ben o

interrompeu.

– Eu fui dopado... Não me lembro de nada! A única coisa que sei é que Michael me dopou e pagou uma prostituta com AIDS para me seduzir e.... Enfim... Acordei ao lado dela hoje... Ela quem me disse tudo isso... – desconsolado, continuou – Michael pagou, segundo ela, uma quantia que dará pra ela se manter por dois anos sem fazer programas.

King, apesar de toda a sua experiência como pastor, estava apavorado, uma vez que orou quase durante a noite toda para que o Senhor protegesse o jovem, mas ao ouvir esse breve relato sua estrutura se abalou.

"Santo Deus, por quê? Agora que ele desejava mudar de vida... Até parar de fumar ele pretendia!", pensou.

Instantaneamente, King se lembrou de um versículo bíblico localizado em Salmos:

"Ainda que eu andasse pelo vale da sombra da morte, não temeria mal algum, porque tu estás comigo; a tua vara e o teu cajado me consolam".

O reverendo mentalmente indagava-se:

"Deus irá agir assim? Isso parece loucura... – refletindo um pouco concluiu– Mas como diz em primeiro Coríntios, capítulo um, versículo 25 'Porque a loucura de Deus é mais sábia do que a dos homens; e a fraqueza de Deus é mais forte do que a dos homens', a mim, portanto, só me restará orar e esperar.", concluiu.

Max olhou para o jovem e perguntou:

– O que você pretende fazer?

– Sei que o senhor não irá aprovar... Não estou nem aí – seus olhos avermelharam –, vou me vingar de Michael.

Jaime temia ouvir isso, era contra qualquer tipo de violência e, por isso, falou:

– Você acredita em Deus?

– Lá vem você... – expressou debochando. – Responda-me! – King falou num tom bravo. O que assustou o jovem que até então estava acostumado com o jeito manso dele.

– Sim... Sei lá... Acho que sim! – respondeu prontamente.

– Muitos dizem acreditar em Deus, mas se esquecem de que o Deus que eles afirmam acreditar nos está apresentado pela Bíblia – franziu a testa – e a Bíblia é a Palavra do próprio Deus!

– O que é que tem? – Ben estava confuso.

– Se o Deus que você... – Jaime fez um tom de deboche

– acha que acredita. – tornou num tom mais sério – É o Deus apresentado pela Bíblia... – sua voz ficou mais grave– Então ele manda lhe dizer... Conforme está escrito em Provérbios capítulo vinte, versículo vinte e dois: "Não digas; vingar-me-ei do mal; espera pelo Senhor e ele te livrará".

Benjamin se arrepiou por inteiro, seu coração acelerou, de fato, assustou-se com o modo que o reverendo lhe havia dito aquelas palavras. Ele olhava amedrontado para aquele senhor. Jaime também sentiu seu coração queimando, tinha certeza que de que Deus estava lhe usando para falar com o jovem. O silêncio reinou naquele carro. Após um longo silêncio, Benjamin vendo que já estavam próximo à sua casa falou:

– Estamos chegando!

– O fusquinha é lento. – riu e tornou a falar amigavelmente.

Benjamin não estava mais preocupado com a situação, de fato, as palavras ditas anteriormente pelo reverendo de alguma maneira o consolaram. Enfim, chegaram. Agnes e Felipe, ao ouvirem o barulho do fusca correram até a porta para esperar o filho. O empresário estava sério e preocupado, a enfermeira, entretanto, estava sorridente. Aquele clima calmo, entretanto, não permaneceria assim por muito tempo.

AGUARDE

Agnes como sempre fizera correu em direção ao filho e o abraçou, o jovem cheirava a cigarro, mas isso ocorreu devido ao ambiente que estivera. Felipe, meio sem jeito, estendeu as mãos para cumprimentar o menino. Benjamin sabia que na briga que tiveram anteriormente, ambos estavam alterados, por isso, aceitou os cumprimentos do pai. Aquele ato representou uma espécie de reconciliação deles. Senhor Johnson até que tentou manter uma postura rígida, mas não segurou a emoção e abraçou o Ben.

A enfermeira convidou a todos para entrarem, finalmen- te, conseguiram essa reunião. Jaime como sempre fizera, disse ao adentrar:

– Que a paz de Deus esteja neste este lar. Coincidentemente os três disseram:

– Amém!

Como sempre faziam, todos se sentaram nos sofás da sala e Sheila, sem delongas, correu para a cozinha preparar um almoço. Os pais apresentavam um semblante feliz, todavia,

King e Cestinha estavam preocupados. Sendo assim, o reverendo começou a falar:

– Todos nós estamos felizes pela família estar unida... Isso é muito importante para Deus. Devemos amar, em primeiro lugar, o Pai Celestial e, em seguida a nossa família... Portanto, – olhou para eles – estejam firmes e prontos para perdoarem e se amarem... – fez uma pequena pausa e refazendo um semblante mais sério prosseguiu – Agnes e Felipe... Não tenho uma notícia boa...

O casal que até então estava alegre, ao ouvirem o reverendo, começou a ficar preocupado. Senhor Johnson exclamou:

– Outra coisa agora! Não para de vir notícias ruins!

King iniciou o relato que Benjamin lhe contara no carro e no instante que chegou o momento de contar a porção trágica da história falou:

– Como vocês puderam observar... Benjamin fora inocente o tempo todo, suas ações foram provocadas pelos efeitos de psicotrópicos que Michael usou para dopá-lo. - Franziu a testa, respirou fundo e prosseguiu – A mulher com que Michael pagou... E muito bem... Para dormir com seu filho... Tem AIDS...

A enfermeira quase desmaiou, sabia mais do que todos que ali estavam os efeitos, o tratamento e a mudança de vida de quem possuía essa Síndrome. Apesar de saber que há tratamento, para ela seu filho recebera uma sentença de morte. Felipe permanecia imóvel, a notícia pareceu não ter sido processada por sua mente. A atitude da esposa o fizera temer, pois ela trabalhava na área da saúde e se uma enfermeira ficou apavorada diante de uma doença, conclui-se, portanto, que se tratava de algo aterrorizante. A mãe olhou para o filho e perguntou:

– Por que você não usou preservativo?

– Eu estava dopado! Não me lembro de nada. Eu só sei
que hoje acordei com uma mulher que se diz portadora de HIV
e que recebeu uma boa grana para transmitir o vírus para mim.

– Ela não estaria mentindo? – perguntou o pai.

– Não sei. - Ela me pareceu verdadeira – respondeu o jovem.

O silêncio começou a gritar naquela sala, todos ficaram preocupados com a possibilidade de Benjamin estar propenso à Síndrome da Imunodeficiência Adquirida. Jaime tentou acalmar os pais:

– Vamos ter fé! Benjamin pode não ter adquirido o vírus!

Felipe surtou ao ouvir King e questionou:

– Ah! Então esse seu Deus resolve permitir que meu filho tenha AIDS para que tenhamos fé que ele – apontou para cima – fará o quê? – ficou vermelho e cheio de raiva – Não consigo ter paz aqui! Primeiro, descubro que meu filho usava drogas; depois, ele tenta se matar; em seguida, pega AIDS? E chega você falando que eu tenho que possuir fé? – riu sarcasticamente – Vou ter fé no invisível... Para que ele salve o meu filho da morte...

Benjamin se assustara com o modo de falar do pai, desejou defender o reverendo, mas temeu seu pai. Agnes apenas olhava para Max, em seu íntimo a enfermeira concordava com as palavras do marido.

– Sabe no que eu tenho fé? Naquilo que eu vejo! Por isso... Vamos agora para onde for... E Benjamin irá fazer todos
os exames necessários, até mesmo aqueles que não têm nada a ver com essa doença. A ciência pode fazer alguma coisa pelo meu filho... Já o seu Deus – apontou o dedo para Jaime – não pode fazer nada...

– Calma! Por favor, senhor Johnson. – disse o reverendo

num tom amigável. – Jesus nos disse que aquele que tiver a fé como um grão de mostarda poderá dizer a um monte para ele se levantar e este sairá donde estava. Vamos ter essa fé!

– Façamos assim. Você ajude o meu filho com sua fé em

algo irreal e eu me basearei na ciência. – debochou.

– Você está desrespeitando o meu Deus... Eu creio que o seu filho não foi contaminado e afirmo a você que o exame dará negativo para HIV   Pois está escrito em Mateus capítulo 21, versículo 22 o seguinte: "Se crerem, receberão tudo aquilo o que pedirem em oração". Seu filho não está com AIDS...

– Do jeito que as coisas estão ele deve ter coisa pior   riu.

Jaime repreendendo Felipe falou:

–   Provérbios 12:18 "Há alguns que falam como que espada penetrante, mas a língua dos sábios é saúde". – olhou indignado ao pai e prosseguiu – Cuidado com que diz!

– Meu caro reverendo, o senhor é uma Bíblia ambulante, mas seria melhor se o senhor tivesse decorado os livros de medicina... Aí sim, me serviria! – Felipe olhou para todos e os chamou – Vamos! Temos que ir ao médico...

Agnes e Benjamin se levantaram; senhor Johnson nem desejou almoçar, apenas queria levar o seu filho ao médico. Apesar da pressa, a esposa falou:

– Querido, teremos que esperar dois meses para termos certeza absoluta! A doença tem algumas fases, se o Benjamin fora infectado, encontra-se na fase aguda. Demora cerca de um mês para o aparecimento dos anticorpos. Enfim, recomenda-se de 30 a 60 dias para realização do teste, apesar de ter outros meios que podem detectar antes, este é o caminho que não nos deixará com dúvidas.

– Como? – Felipe estava confuso.

– Nosso filho se encontra na janela imunológica, ou seja, temos que esperar o organismo produzir os anticorpos para que sejam detectados no exame. Pode dar falso negativo.

– Nããão... – bradou o marido.

– Sinto muito!

– Bom, neste caso... Vamos torcer para mais nenhum mal ocorrer... Vamos esperar.

Jaime estava chateado com o modo de agir de Felipe, mas no fundo tinha esperança de que ele dissera aquelas palavras apenas pela raiva que sentia, mas depois se arrependeria. O reverendo levantou-se do sofá, apertou a mão de Benjamin e falou:

– Vou-me embora! Tenha juízo... Você sabe o meu tele- fone caso necessite me ligar... Por favor, venha me visitar... Se necessário eu venho lhe buscar... Todas as quartas e sextas-feiras temos uma reunião em nossa igreja, aos domingos pela manhã temos culto – olhou para Agnes e Felipe – e vocês estão convidados!

O senhor Johnson quando estava irritado era insuportável, sua arrogância crescia, seu sarcasmo aumentava. E como aqueles instantes o deixaram bravo, ele respondeu a Jaime:

– Só vou à sua igreja se o meu filho não tiver AIDS...

– Então terei um enorme prazer em recebê-lo porque seu filho não está com HIV.

– É, está com câncer! – falou sarcasticamente e riu – Vai saber não é?

Agnes repreendeu o marido:

– Chega, Felipe, pare de falar asneiras!

King se entristeceu, desejou sair dali e após uma despedi- da simples foi embora.

Benjamin, após o risco de estar infectado, sentiu-se disposto a frequentar a igreja, queria aprender a tocar violão como Francis, certamente, ligaria para o reverendo vir buscá-lo.

PANQUECA

Já havia dias que Benjamin não via Jaime, não o visitava porque temia uma reação de seu pai. O senhor Johnson até gostava do reverendo, mas debochava dos ensinamentos que ele difundia. Mesmo assim, Ben tinha uma solução para se encontrar com Max, seu aniversário de dezessete anos se aproximava. Não queria uma festa, já que não possuía amigos. Cestinha desejava um jantar simples, porém, com as pessoas mais importantes na vida dele. Seus avós, seus pais, Victória, Jaime e, porque não, o Francis. Seus pais começaram a tratá-lo melhor, na verdade, mimavam-no e isso o deixava péssimo. Felipe se afastou da empresa durante o período de janela imunológica do filho; Agnes, contudo, frequentava o trabalho. Certo dia Benjamin estava na garagem com o seu pai, ajudando-o a lavar o carro quando falou:

– Pai... Meu aniversário está chegando!

– Pois é - disse Felipe num tom desinteressado.

– Gostaria que fizessem um jantar para comemorar, mas pretendo chamar poucas pessoas...

– Quem tanto você deseja chamar? – o senhor Johnson perguntou.

– Os vovôs e as vovós, Isabel e Victória, Jaime e o Francis...

Quando ouviu o nome de King, Felipe fez um semblante de reprovação, mas um nome ele não conhecia:

– Quem é Francis?

Benjamin não queria mentir, mas também não podia dizer que Francis era um maltrapilho, o pai certamente não compreenderia a situação, por isso, omitiu algumas informações:

– Ele é amigo de Jaime e eu o conheci quando dormi na casa do reverendo... – o pai mantinha um semblante de reprovação e Ben continuou – Ele toca violão, pai.

Felipe não queria nem mesmo que King fosse ao jantar, pois sabia que ele ficaria usando versículos bíblicos em quase todos os assuntos e isso o incomodava, todavia, chamar um amigo de Max poderia ser pior ainda, não o conhecia e temia que as coisas saíssem foram do eixo como aconteceu dias atrás entre eles. Mas para o empresário seu filho tinha AIDS, a falta de interesse em buscar informações sobre o assunto fazia com que Felipe pensasse que seu filho fosse morrer em breve. Agnes era a única pessoa que podia fazer o marido olhar diferente para a situação, entretanto, o senhor Johnson estava carinhoso com o filho. Por que acabar com esse afeto?

Somando os acontecimentos, Felipe titubeou antes de aceitar o pedido do filho. O jantar seria no sábado, isto é, no mesmo dia da data do aniversário. Cestinha se alegrou ao saber que o pai aprovou o desejo dele. Benjamin pediu permissão ao senhor Johnson para ir à casa de Isabel convidá-la. O empresário estranhou, uma vez que Agnes podia avisá-la no hospital, mas compreendeu que o filho não ia até lá para fazer um convite, mas sim para ver Victória. Senhor Johnson riu, pensou "Esse é o meu garoto", porém, repentinamente uma tristeza tomou conta dele ao se lembrar de que o filho, segundo ele, possuía o vírus HIV. "Você terá que conquistá-la duas vezes, primeiro conquistará o coração, depois a superação", refletiu.

Cestinha partiu caminhando até a casa da amiga de sua mãe, tinha conhecimento de que Isabel não estaria em casa, pois era dia de plantão. Contudo, a filha certamente estaria. Ele tinha consciência de que ela o odiava, sabia que ela jamais desejaria vê-lo. Benjamin chegou à essa conclusão pelo pouco que percebera no dia em que saiu do hospital, quando seu pai lhe dera carona. No entanto, aquilo que sentiu quando a viu, valeria o risco de ser mandado embora e humilhado. Foram alguns longos minutos até chegar onde queria.

A casa estava fechada, bateu na porta esperando que alguém viesse atendê-lo, mas ninguém saía.

"Talvez Victória me viu e não quer vir falar comigo",

pensou.

Ficou entristecido, pois havia andado muito para chegar ali. Tentou bater na porta novamente, mas sem sucesso. Chamava por Isabel, contudo, ninguém saía; se arriscou chamar por Victória, mas também sem êxito. Quando já estava prestes a desistir, virou-se para ir embora e notou que Victória estava atrás dele. Tomou um susto, fitou-a por alguns instantes, estava sem palavras, seu coração ardia. Ela, entretanto, fizera pouco caso do jovem. Não queria convidá-lo para entrar e, portanto, questionou:

– O que você quer? Ben ficou em silêncio.

– Olha! Eu não tenho tempo a perder... Diga o que você veio fazer aqui? – ficou ainda mais brava.

– Por favor... Não precisa se irritar... Sei que você não gosta muito de mim... E dou razão a você, pois errei muito nessa minha vida...

– E como! – replicou sem deixá-lo terminar de falar.

– Estou mudando... Percebi que errei, não vou fazer ninguém da minha família sofrer! – Benjamin falou se impondo. Victória olhou, cinicamente, para o jovem Johnson e falou:

– Por isso pegou AIDS? Para dar paz a sua família...

Ben ficou surpreso, já que não imaginava que sua mãe tivesse contado à Isabel sobre o que ocorrera. Ficou em silêncio. A menina, entretanto, manteve o olhar de desprezo. Com uma voz embargada ele falou:

– Você sabe tudo o que aconteceu para que eu suposta- mente estivesse infectado?

– Não me interessa!

– Fui dopado... Até agora não me lembro de nada... Michael fez isso comigo!

– Michael... Michael... Quem é Michael mesmo?! Ah! Sim o seu amiguinho.

– Eu não estou com AIDS... Confio nas palavras do reverendo King!

Victória ficou atônita ao ouvir o nome de Max, uma vez que ela e a mãe frequentavam todos os domingos a igreja que ele administrava. Espantada ela perguntou:

– De onde você conhece o reverendo Jaime?

Cestinha percebeu que agora ele poderia se impor e mostrar que realmente estava mudando, portanto, falou:

– Eu me tornei amigo dele! – ele ironicamente falou – É interessante você conhecer o reverendo e ser assim....

– Ao contrário de você, vou à igreja todos os domingos...

– Por acaso, Jaime afirma que devemos ter preconceito? Que devemos tratar mal as pessoas? O modo como você agiu e age comigo foi ele quem te ensinou?

Victória, pela primeira vez, ficou sem palavras, fez um semblante arrependido e ouviu do jovem:

– Ele me apresentou Jesus Cristo, confesso que ainda estou conhecendo-O, mas essa foi real razão que me fez iniciar uma mudança de vida... A saber, Jaime quem me buscou após a festa que fui... Ele sabia que eu tinha que ir até aquele lugar, pois ele estava em casa quando os meus pais me permitiram ir... Ele não queria que eu fosse, foi o único que se opôs, mas respeitou a minha decisão e a dos meus pais... Naquela festa não bebi, não fumei... Michael queria acabar com minha vida... Só me lembro de que acordei ao lado de uma prostituta que me revelou todo o plano de Michael e me disse que ele pagou pra ela um bom dinheiro, que por sinal ela não precisaria se prostituir por quase dois anos... Ela quem me contou ter AIDS... – fez uma pausa respirou fundo – Jaime me buscou no dia seguinte à festa... E me aconselhou a não me vingar de Michael e deixar que Deus fizesse isso por mim... Quando chegamos em casa, ele citou uma passagem bíblica e disse para termos fé...   Meu pai zombou dele... Mas ele tem fé em Jesus e afirmou que eu não estou infectado, pois ele crê no poder da oração... E eu acredito nisso, eu acho. - abaixou a cabeça.

Victória estava boquiaberta com o relato de Benjamin, ela segurava uma sacola de compras enquanto ouvia o jovem. Ele conseguiu mexer com ela, pela primeira vez aquela jovem não olhou com ódio para Ben, ao contrário, sentiu pena dele. De fato, ela não sabia os detalhes, Agnes apenas contou a elas que o filho fora infectado pelo HIV, na verdade, a mãe afirmou com plena certeza, ao invés de apresentar que havia a possibilidade de não estar infectado. Victória sorriu para Cestinha e o convidou a entrar, mesmo ainda desejando se opor a tal ato.

Para um jovem apaixonado, aquele convite significou muita coisa, mas o que teve mais valor do que ouro fora o sorriso que ela dera. Benjamin teve a sensação de que o mundo parou, tudo ficou escuro e somente uma luz brilhava, essa luz era Victória. Não teve dúvidas de que o seu coração a escolhera, não teve dúvidas de que, se necessário, lutaria até o fim por aquele amor.

Um conselho: se olhar para alguém e seu corpo ficar quente, mas seu interior sentir frio e o seu coração pulsar alegremente, acredite, você está apaixonado por essa pessoa. Assim sentia-se o jovem Johnson.

A menina abriu e segurou a porta até que Ben entrasse.

A casa era mediana em tamanho, muito organizada, com pisos de madeira, sala e cozinha separadas, um pequeno corredor finalizava numa escada, na parede desse corredor encontrava-se alguns porta-retratos com fotos de Victória quando criança, de sua mãe e seu pai, enfim, as imagens representavam alguns momentos em família. As escadas davam acesso a três quartos e um banheiro.

A menina convidou-o a sentar-se à mesa, pois ela iria preparar algo para comerem. Benjamin não querendo incomodar falou:

– Por favor... Não esquenta comigo... Eu apenas vim fazer um convite a você e sua mãe...

Ela olhou penetrantemente ao jovem, que sentiu o seu coração acelerar e teve um leve "frio na barriga". Novamente, admirou a beleza dela e desejava que o tempo parasse só para ficar olhando para a moça. Victória se aproximou de Ben, colocou uma de suas mãos sobre a pequena mesa redonda que havia na cozinha e falou:

– Farei panquecas... Você não gosta de panquecas?

– Eu... Gosto... Mas... – estava perdido na paixão, confuso

– É que...

– Você gosta ou não? Pode me dizer a verdade– esbravejou. "Se acalma Benjamin... Pare de se apavorar, ela vai acabar percebendo... Agora que ela começou a não ter raiva de você... Calma... Calma...", o jovem dizia mentalmente a si mesmo. Ele olhou para o lado, respirou fundo e respondeu:

– Sim... Eu gosto! Sei lá... Eu só não desejo lhe incomodar... Você até então me odiava e agora me oferece panquecas?! Achei estranho, sabe? – ficou sem graça.

"Cala a boca, cara! Pra que falar desse jeito...", sua mente gritou.

– Não... Não é que... – enrolou-se o jovem tentando consertar a situação.

A menina riu, percebera o embaraço de Ben. Nesse momento, começou a olhá-lo diferente. Já não possuía tanta raiva do jovem Johnson. E querendo demonstrar uma falsa raiva disse:

– Não vai se acostumando! É só hoje!

Ficaram se olhando, até que a jovem caiu em si e se virou para fazer as panquecas. Ambos ficaram envergonhados por aquele momento. Victória ficou ainda mais tímida. De fato, mesmo sem querer dizer aquilo, Benjamin estava certo, até vê-lo na porta da sua casa ela o odiava, agora até algo de comer fazia a ele. Ela se arrependeu do convite, mas já não podia voltar atrás em sua decisão.

"Que imbecil eu fui! Agora ele vai pensar que eu gosto dele.... Ele até que é bonitinho, mas..." – fez uma pausa – "Ele é bonitinho?" – Estava apavorada com os seus pensamentos. Ela se assustou ao ouvir Benjamin dizer:

– Vocês vão ao jantar em minha casa?

– Que?! – gritou apavorada. A pergunta do jovem Johnson a resgatou de seus pensamentos e percebendo o exagero ela falou

– Eu sinto muito... Estava pensando em outras coisas... Você me assustou.

– Perdão! – ficou em silêncio, mas sem esperar muito perguntou.

– Vocês irão ao meu aniversário?

Ela, querendo demonstrar erroneamente que ainda não gostava de Benjamin, fez um semblante de pouco caso e respondeu:

– Tenho que ver com minha mãe.

– O reverendo King vai, e o Francis...

Agora ela teve a confirmação de que realmente Benjamin conhecia o Jaime, pois o Francis frequentava a igreja e era muito amigo do reverendo. Ela, quando pequena, fizera aula de música na igreja e era o maltrapilho quem a ensinava. Sua curiosidade aumentou, questionava-se como Ben sabia da existência de Francis e não aguentando perguntou:

– De onde você conhece o Francis?

– Eu e o reverendo fomos por esses dias levar o que comer a alguns moradores de rua... Ele estava lá, inclusive depois o ouvimos cantar...

"Nossa! Ele realmente está tentando mudar... Até levar comida aos pobres ele foi...", refletiu a menina.

Benjamin aproveitou a oportunidade para se engrandecer e falou:

– Você já fez isso com o reverendo?

– Não...

– Pois é! Eu já! – esboçou um sorriso sarcástico.

Ela sentiu o tom de convencimento do jovem Johnson, mas não possuía argumentos para debater, apenas ficou em silêncio. Sentiu-se contente por Agnes, finalmente, saber que seu filho não lhe faria sofrer por motivos de drogas, mas ainda tinha um problema, a AIDS. E se ele tivesse infectado? Seria outro sofrimento, contudo, daquela vez ele não tivera culpa. O único remorso era que isso só ocorrera por uma consequência, por uma escolha, ou seja, pela amizade com Michael. Victória, novamente, foi movida pela curiosidade e perguntou:

– Você ainda usa drogas...

– Eu tenho muita vontade... Sofro com isso... Mas estou lutando para vencer a vontade de fumar... Beber nem sofro tanto... Mas, desde que saí do hospital, a única droga ilícita que eu usei me foi dada sem eu perceber, foi na tal festa.

– Faça isso mesmo! Se você soubesse quantas vezes vi sua mãe chorando aqui nesta mesa por sua causa... Continue assim.... Deus pode te preparar coisas grandes...

– Tipo uma namorada! – Benjamin falou sem perceber. "Cala a boca Benjamin... Nooossa... O que você falou?!" – A mente de Cestinha o repreendia aos berros. Ele ficou sem reação, sua pele mudou de tonalidade na hora. Victória percebeu que ele ficou sem graça e piorou, propositalmente, a situação ao perguntar:

– Quem seria a namorada perfeita que Deus poderia colocar em sua vida? Eu? – olhou instigante para o rapaz.

"Sim!", Benjamin gritava em seu interior, mas estava atônito, se pudesse voltar no tempo, assim o faria, contudo, teve que assumir o que dissera e tentando mudar de assunto falou:

– Acho que a panqueca está queimando. – fora salvo pelo cheiro de queimado.

– Ai meu Deus! É verdade! – disse a menina enquanto corria para apagar o fogo.

Foi possível salvar algumas panquecas e assim puderam almoçar. Apesar do esquecimento da menina e de algumas panquecas queimadas, o alimento estava muito bom. Durante a refeição, Victória se sentiu mais confortável perto de Benjamin e, por isso, perguntou:

– E se você realmente possuir o vírus...

– Então estarei com AIDS, o reverendo estará errado e a fé dele será inútil... Meu pai vai estar correto e jogará na cara de Jaime que a Bíblia é mentirosa... Ah! E eu estarei com AIDS... Já falei isso?

– Sim. – a menina fez um semblante de decepcionada.

– Mas eu estou com fé de que não estou com HIV... Eu senti uma segurança muito grande nas palavras do reverendo – cortou um pedaço de panqueca, colocou na boca, mastigou e, após engolir, prosseguiu–, tanto é que não vou me vingar de Michael, estou muito confiante no Deus de Jaime... Eu só estou com medo do meu pai ter me rogado uma praga. – riu.

– Por quê?

– Ele disse que do jeito que as coisas estão dando erra- do... – tornou a rir – é perigoso eu ter algo pior do que a AIDS...

– Seu pai tem que te abençoar e não amaldiçoar... – Victória expressou indignada.

– Ele só estava brincado... Eu acho.

Eles se entreolharam, Benjamin ria e ela estava séria. Ficaram por um longo tempo em silêncio, Cestinha acabou com a sua comida e a ajudou lavando as louças, pareciam amigos, nem parecia que até algumas horas atrás Victória tinha Ben como o seu maior inimigo. Para o rapaz, foi, sem dúvidas, o melhor dia de sua vida até então. Já não se lembrava de qual foi a última vez em que se divertira sóbrio, ou seja, sem nenhuma substância alucinógena em seu organismo.

O tempo avançou, era hora de partir, ele não queria, mas era necessário. Ambos não admitiam, mas desejavam ficar mais tempo juntos, entretanto, já era hora de ir embora e Benjamin se despediu dela com um aperto de mão e partiu.

Não ficou cansado de voltar a pé, na verdade, nem percebeu o tanto que andou, a imagem de Victória Spencer o animava, as lembranças do dia o faziam feliz. Finalmente chegou em sua casa, estava dopado, mas dessa vez com a substância certa. Seu pai ao vê-lo perguntou:

– E daí?

– O quê? – disfarçando.

– Falou com ela?

– Como assim? – sabia que seu pai falava de Victória.

– Ah... – riu – Ela é bonita, mas me pareceu que ela não gostou muito de você...

– Dei meu jeito! – brincou.

– Veremos como você se sairá com ela em sua comemoração no sábado.

– Veremos... – A partir daquele momento, Benjamin contou os segundos para que chegasse logo o sábado. Sem de- longas, ligou para os seus avós, ligou para Jaime e exigiu que Francis estivesse lá. O reverendo o alertou que raramente o mendigo deixava os seus amigos a sós, todavia, Ben insistiu, mas King não prometeu levar o amigo.

Os dias custavam a passar, contudo, chegou.

NOITE FELIZ

Joseph e Alice Wade eram os pais de Agnes e foram os primeiros a chegar. O casal era bem humorado, o pai dela gostava de usar camisas havaianas e chapéu, eram dele os olhos castanhos claros de quem ela herdara. Já sua mãe tinha cabelos curtos, sua fala era mansa, compartilhavam da mesma altura. A família Wade morava no interior, não suportaram a vida agitada de uma metrópole, eram religiosos e tementes a Deus. Alice era hiperativa e isso não a permitia se aposentar, era Professora de Biologia, amava o que fazia; Já Joseph era aposentado e seu hobby era pescar numa lagoa próxima à sua casa e assistir futebol na televisão.

Benjamin gostava dos avós maternos, amava visitá-los e ir pescar com o avô. Sua avó fazia uma lasanha como poucos. Agnes até que tentou aprender, mas Alice tinha o dom. Cestinha não hesitou em pedir para avó fazer o prato principal da noite, ela aceitou sem titubear, já que cozinhar era uma terapia para ela. Como uma parte dos seus avós já tinha chegado, Ben achou mais sensato tomar um banho e se arrumar, afinal, mais convidados estariam ali, inclusive, aquela a quem ele verdadeiramente queria que chegasse o mais rápido possível: Victória.

Agnes ficou com mãe na cozinha para auxiliá-la; Joseph se sentou com Felipe na varanda e ali iniciaram uma conversa:

– Uma noite muito especial, não é? – introduziu Wade.

– Pois é. Meu filho está com vida!

– E mais velho... – o avô riu, percebeu que o genro estava aflito e perguntou– Tem alguma coisa acontecendo que você deveria me contar?

Senhor Johnson não queria dizer nada sobre a situação de Benjamin, sabia que podia contar com o apoio do sogro, mas tanto ele quanto sua esposa Alice tinham um defeito, ficavam muito preocupados, quase neuróticos quando ocorriam algo com Benjamin, isso atrapalhava as coisas. Desse modo, o empresário preferiu mentir:

– Não está acontecendo nada! Estamos bem...

– Graças a Deus por isso...

– Ééeéé... Graças a Deus por tuuudo isso... – falou ironicamente ao mesmo tempo em que esboçava um sorriso.

Joseph percebeu o tom de voz do genro, mas preferiu manter o silêncio enquanto observava ao longe um carro com faróis redondos fazendo um barulho incomum.

– Só pode ser um fusca! – deu um palpite.

Felipe sabia que era Jaime quem estava chegando, por isso, disse com plena certeza:

– É um fusca... O senhor está certo!

Os dois homens observavam a carro se aproximando e na sequência olharam o reverendo estacionar o veículo, havia mais alguém com ele, Felipe deduziu ser o tal Francis e, de fato, era ele.

Max e o amigo se aproximaram da porta de entrada, o dono da casa se colocou em pé e os cumprimentou. Johnson olhou para o sogro e o apresentou ao King. O avô ficou alegre, pois nunca imaginou que aquela família pudesse ter um conta- to com um reverendo.

"Já é um passo importante para se converterem", deduziu Wade.

O maltrapilho naquela noite se vestia de modo que não parecia um morador de rua, já que havia tomado banho, penteado o cabelo, feito a barba.

Após as cordialidades, o empresário os convidou a entrar. Jaime como sempre fizera ao adentrar o local falou:

– A Graça de Deus esteja neste lar.

Dessa vez, apenas Joseph e Francis disseram amém.

Felipe indicou que era para eles se sentarem ali na sala, pois buscaria uma bebida a eles. Senhor Johnson querendo provocar, falou ao reverendo:

– Quer Uísque, vinho ou cerveja?

– Por favor, ficarei grato com um copo de água. – Max respondeu.

O anfitrião olhou os demais ali presentes esperando uma resposta deles:

– Eu quero uma cerveja. – falou o avô.

– Faz muito tempo que não tomo refrigerante, por favor, caso tenha o senhor poderia me servir um copo? – Perguntou educadamente o maltrapilho.

O dono da casa apenas acenou positivamente com a cabeça e foi até a cozinha buscar as bebidas.

Benjamin desceu as escadas e viu Francis e Jaime, rapidamente foi ao encontro deles e os abraçou. Notou a elegância do morador de rua e agradeceu a presença dele. Cestinha trajava calça jeans e sapatos pretos, usava uma camisa social de cor clara e um blazer por cima.

Um barulho na porta, alguém chamou lá fora, o coração do jovem acelerou, correu para atender, no entanto, eram seus avós paternos, isto é, Steve e Mary. Foi um momento ímpar, os avós alegraram-se ao reencontrar o neto. Eles se abraçaram e em seguida foram convidados a entrar. Todos se cumprimentaram, mas houve algo estranho com Mary quando viu o reverendo King. Aquela senhora ficou pálida, assustada, suas mãos tremeram ao cumprimentar Jaime. Max percebeu que alguma coisa estranha estava ocorrendo, todavia, não se manifestou. Achou estranho o semblante da avó paterna, ficou ainda mais intrigado por ter a sensação de já ter visto aquela senhora em algum lugar, ele até que desejou perguntar, contudo, achou mais prudente permanecer em silêncio, pelo menos por enquanto. Mary era, assim como a nora, enfermeira e antes de anunciar a aposentadoria fora diretora de um grande hospital, por enquanto, não pensava em voltar a trabalhar já que não fazia muito tempo que decidiu descansar. Seu esposo, Steve, era engenheiro civil e ainda permanecia em atividade.

Sendo assim, Agnes havia preparado algumas bruschettas como entrada do jantar. Ela levou até à sala e colocou sobre o aparador, ao lado do refrigerante e da jarra de água que o marido colocara ali. Estava um clima agradável, as mulheres se reuniram na cozinha e os homens conversavam sobre política e esporte. Quando o assunto foi música, Benjamin sem titubear disse que Francis era músico, todos olharam para ele, fato que o deixou tímido. Nesse momento, Ben solicitou ao mendigo para que tocasse uma canção, ele ficou ainda mais sem graça, mas após uma grande insistência ele olhou para o piano que estava ali na sala e pediu permissão a Felipe para tocar. O anfitrião concedeu e o maltrapilho perguntou:

– Tem alguma canção que vocês gostariam de me ouvir tocar?

Steve gostava de Elvis Presley, inclusive deixava as costeletas apenas para tentar se parecer com o cantor. Sem hesitar pediu:

– Toca "Always on My Mind" do rei do rock.

Francis sorriu, estalou os dedos, respirou fundo. Como há muito tempo não via um piano, tocou a cada nota dele para relembrar o som delas. E olhando para todos acenou positivamente, fechou os olhos e começou a tocar.

As mulheres saíram da cozinha e foram até a sala para ouvir melhor. Francis começou a cantar. Sua voz estava diferente, Benjamin se impressionou com a facilidade do maltrapilho em conseguir modificar seu timbre.

Essa era a canção que Mary e Steve dançaram quando se conheceram pela primeira vez. Ele, querendo relembrar aquele momento, estendeu a sua mão para a esposa, deixando-a envergonhada. Assim, começaram a dançar. Todos olhavam aqueles dois apaixonados, aquela música pareceu reviver algo que há muito tempo estava perdido, isto é, as lembranças. É triste saber que tudo o que começou terá que terminar, essa angústia ocorreu quando a canção chegou ao fim. Todos aplaudiram o casal e a Francis. Seguindo os pedidos, quando Felipe iria solicitar uma canção alguém bateu à porta.

"Finalmente!", Benjamin pensou. Mas dessa vez não

foi atender.

Agnes foi até a porta e, quando a abriu, viu que era Isa- bel e sua filha, as três se cumprimentaram e se abraçaram. Ao ver Victória, Benjamin ficou paralisado. A menina usava um vestido longo e preto, saltos altos, seus cabelos estavam soltos, uma leve maquiagem ressaltava seus olhos, naquele dia, usava lentes de contato ao invés dos óculos. Ela veio em direção ao jovem que ficou apavorado, na verdade, ele achou que a beleza dela era tanta que ele não podia ser digno de vê-la ou de estar próximo a ela. Victória sorria, o tempo parou para os dois, em especial para Benjamin. Seu corpo jorrava adrenalina, sua pupila dilatou, seu coração pulava de alegria, suas pernas ficaram bambas. Ela ficou próxima do aniversariante, estendeu as mãos e disse:

– Meus parabéns...

– Obrigado...! – não conseguia disfarçar que estava encantado.

Victória sorriu.

– Você está linda...

"Não fala isso! Ela vai pensar que você só a convidou por interesse... Fica quieto!", sua mente gritava.

– Não... É... Que... – Cestinha, enrolou-se.

– Obrigada pelo elogio, você também está elegante...

– Você acha? É... Que... – o fato de não conseguir falar muita coisa o obrigou a dizer– Ah! Obrigado.

Bel também deu os cumprimentos ao jovem. Em seguida, segurando a filha pelas mãos foram para próximo das mulheres. Agnes correu até à cozinha para verificar se a lasanha não estava queimando e, após conferir, retornou à sala.

Jaime fez questão de cumprimentar as novas convidadas. Isabel ficou surpresa com a presença do reverendo, não acreditava na mudança de Ben como a filha havia lhe contado, mas ao ver Max e Francis ali percebeu que a filha estava falando a verdade.

Cestinha olhava disfarçadamente para a menina e ficava tímido quando numa dessas olhadas ela percebia a ação. Victória sabia que Benjamin a olhava e sabia que ele ficava sem graça perto dela, apesar de o mesmo, claro que em menor grau, acontecer com ela quando notava a beleza do aniversariante. A menina achou o jovem bonito, estava elegante. Dentro dela as coisas começaram a ficar turbulentas, todavia, ela sabia disfarçar, ao contrário de Ben.

Todos queriam ouvir mais uma canção tocada por Francis, novamente ele sugeriu para que alguém lhe indicasse uma música. Joseph que até então estava sentado, levantou-se e falou:

– Eu quero pedir... – olhou amorosamente a sua esposa e prosseguiu– Love of My Life, Queen. Teve um momento de nossa vida que quase nos separamos... Então eu cantei essa canção para ela... – apontou para Alice – que é mulher da minha vida... A partir de então, prometi a ela que nunca mais a deixaria... – olhou para Francis e perguntou – Você sabe tocar essa canção?

– Sim!

– Vocês me permitem cantá-la? – perguntou o pai de Agnes.

Em coro, sem titubear, todos disseram:

– Sim!

Era uma festa e todos estavam se divertindo. Pela habilidade do músico dava a entender que todos os dias ele tocava piano, mal sabiam que há anos ele não acariciava os teclados desse instrumento sublime. Francis já fora músico profissional, sua vida inteira fora destinada à arte dos acordes e das notas. Apesar disso, uma decepção amorosa o fez querer desistir de viver, quase se jogou de uma ponte. Três mendigos que passavam no local o impediram de cometer suicídio, foram eles quem o apresentaram a Jaime. A partir daí, ele virou um guardião dos moradores de rua. Afinal, fora isso que escolhera, desejava ter as estrelas como lamparina e o céu como teto. Max sempre lhe dava as assistências necessárias, tais como comida, remédio, roupas, um lugar para tomar banho quando desejasse; todavia, raramente ele ia até o reverendo, sempre ocorrera o contrário.

O mendigo começou a dar início à canção; Wade fechou os olhos e começou a cantar. Sua voz mudara, a verdade é que todos não esperavam uma interpretação tão bonita e diferente da versão original. O piano e Joseph faziam um belo par.

Victória e Benjamin se entreolharam, de alguma maneira

a letra se encaixava para aqueles dois.

Já não tinha mais jeito, uma chama começou a acender no coração daqueles dois. Ben não ficava encarando-a muito, pois ele temia uma reação negativa dela. Quando o seu avô chegou ao trecho da canção que diz "Amor da minha vida...", outra troca de olhares entre os jovens, agora mais profundo. Um esperava uma resposta do outro, mas que resposta? Aquela que confirmava que eles estavam apaixonados?

Chegou ao seu fim aquele belo momento, todos aplaudiram Francis e o cantor. Joseph e Alice se beijaram apaixonadamente. De fato, aquela noite estava romântica. Todos continuaram a conversar, o músico se retirou do piano e se sentou próximo ao reverendo. Alguns instantes se passaram, Mary anunciou que o jantar estava pronto. Os presentes se sentaram à mesa e Joseph sugeriu ao reverendo que fizesse uma oração de agradecimento. Sem titubear ele falou:

– É com muita alegria que estamos aqui para comemorar o aniversário do jovem Benjamin Johnson... Fiquei muito feliz pelo convite e, desde já, quero agradecer ao casal por me receber... Oremos – Todos fecharam os olhos, somente Felipe se recusou a fazer isso–"Senhor meu Deus e Pai... Deus que criou o céu e terra... Graças eu lhe dou pelo alimento que iremos comer... Pai, continue abençoando a todos que aqui estão e em especial o aniversariante... Que a sua vontade prevaleça sobre este jovem... E que mais datas como essa possamos comemorar para a honra e glória do seu nome... Que assim seja... Amém".

Todos menos Felipe disseram:

– Amém!

Assim saborearam aquele prato feito com muito amor e carinho. A noite estava perfeita até que Felipe resolveu confrontar Jaime.

FIM DE NOITE

Tudo estava encaminhando para um final de noite alegre, memorável que fariam todos os presentes desejarem outros jantares como aquele. Todos os que ali estavam se dirigiram à sala para conversarem mais um pouco. Estava bom, até que Felipe, um pouco alterado por ter tomado uísque, falou ao reverendo:

– O senhor não irá falar nenhum versículo bíblico hoje? – riu e olhou para Isabel que estava ao seu lado – Você tem que ver esse cara, ele é uma 'Bíblia ambulante'.

Jaime percebera que o anfitrião estava bêbado e, para evitar algum embate entre eles, achou melhor ir embora. Ao ser provocado pelo empresário, Max apenas riu e se levantou para se despedir de todos. Mas Felipe falou:

– Sinto muito! Fique mais um pouco... Só não fale asneiras para o meu filho como anda fazendo. – gargalhou.

King, pacientemente sorriu. Steve olhou para o filho e o repreendeu:

– Acho melhor VOCÊ parar de falar asneiras...

– Eu só acho que ele deveria ter um filho para enchê-lo de asneiras... E não fazer uma lavagem cerebral no meu filho. – Felipe falou.

Todos ficaram atônitos. Mary ficou atordoada com o que ouvira e sem pensar falou:

– Ele tem um filho! – falou seguramente.

Outra surpresa para todos, inclusive para Steve e Jaime. Ela percebeu o comentário indevido que fizera e tentou consertar:

– Pela idade dele.... Acredito que ele tenha filhos... esposa... Não é reverendo?

Uma dor tomou o peito de Jaime, lembrou-se de sua es- posa Lisa e de sua dramática história. Tentava disfarçar, mas uma lágrima caiu de seu rosto, suas lembranças o consumiam. Agnes vendo aquilo se manifestou:

– Vamos mudar de assunto...

– Não! Por favor... – disse o reverendo – Vocês são ami- gos... A palavra de Deus nos diz em Provérbios 27, versículo seis o seguinte "Fiéis são as feridas dum amigo; mas os beijos dum inimigo são enganosos" ...

– Eu não disse que ele é uma 'Bíblia ambulante'. – interrompeu Felipe, mas logo foi repreendido pela esposa.

Max sorriu, mesmo com um semblante triste, e prosseguiu:

– Esse versículo me ensinou que é melhor uma repreensão de um amigo do que um abraço de um inimigo. Considero-os meus amigos, por isso compartilharei com vocês um pouco da minha história... – fez uma pausa e começou a falar – Minha esposa passou um momento difícil durante o parto de nosso único filho... Ela se manteve viva até os instantes em que a criança nasceu – dos seus olhos escorreram lágrimas, sua voz já se encontrava embargada –, uma das enfermeiras que ajudou a fazer o parto me disse que ao ver nosso filho, minha esposa olhou para a criança e disse "Tem a boca do pai" ... – fez uma pausa, respirou fundo – Não pude ver se essa boca se parecia com a minha... – ficou pensativo.

Todos os que estavam ali presentes ficaram tristes pela história de Jaime, realmente estavam comovidos. Mary era a mais comovida com a história, estava com um semblante sofredor, ela olhava para a boca de Jaime e de Felipe, mas nada expressava, estava apenas observando, por isso, manteve o silêncio. O reverendo prosseguiu:

– Eu estava ansioso para ver minha esposa e para olhar o meu filho amado... Eu queria sentir o bebê, tocá-lo, beijá-lo.... Queria lhe dizer várias asneiras... – Olhou para Felipe num semblante amigável e provocador. O empresário ficou sem graça - Eu desejava ver minha esposa e beijá-la também... Eu ria por dentro, estava bobo, afinal, meu filho nasceu! – falou amargamente. – Eu agradecia a Deus... Prometia a ele que criaria o meu filho dentro dos ensinamentos bíblicos... – olhou para o teto – Até que veio um médico, seu semblante era triste e sua postura era firme... Ele me olhou, colocou suas mãos no meu ombro e disse 'Nós fizemos o possível... Mas sua esposa morreu'. – Jaime chorou. – 'O quê?', eu perguntei... Na verdade não acreditava... Eu fiquei desesperado! Em seguida me veio a imagem do meu filho, o qual nem tinha visto... Olhei para ele e perguntei 'E o bebê?' – O reverendo retirou um lenço do bolso e secou suas lágrimas. – O médico sorriu e me falou que ele estava vivo, seu peso era 3,270 kg... O pior dos sentimentos me invadia... Eu estava feliz pelo meu filho e sofrendo pela minha esposa... – fez outra pausa – Desejei ver a única coisa que me faria feliz naquele momento... Desejei ver o meu filho... O tempo passou, eu fiquei desesperado, uma enfermeira me pedia para assinar papéis e mais papéis os quais não li nenhum... Pois a única coisa que eu queria era ver meu filho e.... Mesmo morta, eu desejava ver o corpo da minha esposa... Até que chegou uma hora em que surtei! – sua voz ficou gutural – Gritei 'Cadê o meu filho?'. Fui até a recepção e exigi que me deixassem entrar para vê-los... Não me autorizaram... Eu não sabia o porquê... – acalmou o tom de voz – Eu fiquei mais de 24h naquele hospital até que chamei a polícia... Eles foram ao local e eu os expliquei o que ocorrera... Imediatamente eles conseguiram que eu entrasse... Fui até o berçário, estava feliz, contente, afinal, agora sim, eu veria o meu filho – fez um semblante de desgosto – Meu bebê não estava lá... Um policial que me acompanhava perguntou amigavelmente 'Qual é o seu filho?' Eu respondi 'Ele não está aqui' ... Nenhum bebê que estava ali estava marcado com o meu nome e o nome de Lisa...

Fiquei louco, surtei... Vi a primeira enfermeira e disse 'Cadê meu filho? – fitou todos que estavam ali, inclusive Felipe e falou – Ela me disse que todas as crianças que nasceram nas últimas vinte e quatro horas estavam ali... Eu sem fôlego olhei para ela e falei 'Meu filho não está aqui!' ... Ela estranhou, foi falar com os médicos, em seguida com os enfermeiros, depois com a administração do hospital... O policial que estava ali percebeu que algo de errado acontecera e já chamou mais viaturas... Eu estava sofrendo e querendo acreditar que aquilo era um pesadelo... Mas era real... Alguém havia sequestrado o meu filho...

O espanto foi geral, praticamente todos estavam emocionados, compadecidos da situação. Benjamin se levantou e foi até o reverendo abraçá-lo. Todos, até mesmo Felipe sentiu vontade de abraçar Jaime. Foi uma emoção muito grande. Estranho era notar que Mary era quem mais sofria com toda história, inclusive, para não demonstrar a dor que sentia foi até o banheiro chorar. – Tinham que receber uma prisão perpétua ou pena de morte os responsáveis por esse sumiço. – bradou Steve.

Max para finalizar, olhou a todos e falou:

– Até hoje não conheci meu filho. Oro a Deus para que

um dia eu possa conhecê-lo. Sei que hoje ele já é um homem formado... – um modesto sorriso apareceu no semblante de Jaime – E, apesar de todo esse sofrimento, o Senhor tem me sustentado até aqui...

Benjamin o aplaudiu e todos fizeram a mesma coisa. Foi de admirar uma pessoa temente a Deus que, mesmo nos momentos de dor, não abandonou a fé. O reverendo, durante anos teve que lidar com a morte da esposa e o desaparecimento do filho. A partir daquele dia, sua vida nunca mais fora a mesma, eram depoimentos na delegacia, ações judiciais, inclusive, recebera uma alta indenização do hospital, mas ele nunca fizera questão de usá-la. O mesmo carro que possuía quando sua esposa morrera permanecia com ele até aquele momento.

Jaime, contudo, não se alegrava em ver as pessoas tristes. Pelo contrário, aquela noite era para se alegrarem, por isso olhou para Francis e falou:

– Meu amigo? Que tal uma musiquinha para alegrar o ambiente? – pegou as chaves do fusca e as deu ao amigo – Pegue seu violão.

O músico gostou da atitude do reverendo e o obedeceu. Em

seguida, afinou o velho violão e começou a cantar 'My De- sire' reconhecida na voz de Jeremy Camp. A letra dessa música fazia com que todos repensassem suas vidas. O testemunho de vida de King somado ao que diz essa canção foi um toque de Deus nos corações ali presentes. Somente Mary não conseguia se alegrar, sua cabeça doía, sentiu-se muito mal. Por isso, chamou Steve e pediu para que fossem embora. Isso deixou ainda mais estranho o ambiente, já que o combinado era de que todos os avós dormissem ali. O filho não quis impedir, afinal, muita emoção ocorrera por uma única noite. Jaime, no entanto, tinha certeza que conhecia aquela mulher, só não conseguia se lembrar de onde.

O clima tinha ficado estranho e isso fez com que Isabel também desejasse ir embora, em seguida Jaime e o amigo também partiram. Só ficaram o senhor e a senhora Wade. Eles dormiriam na casa da filha e iriam embora no dia seguinte. Benjamin, apesar de tudo, amou sua comemoração de aniversário. Desejou que outros momentos semelhantes aos daquela noite ocorressem novamente. Ben finalizou o dia ajudando arrumar a cozinha. Joseph lavava as louças enquanto o neto as guardava. Enquanto secava alguns pratos, Benjamin, inesperadamente, teve uma leve e misteriosa dor de cabeça. Ele se sentou, ficou zonzo; Agnes imediatamente lhe deu um medicamento. O jovem Johnson achou estranha aquela dor, temeu ser o HIV. Sua avó o acompanhou até o quarto e arrumou a cama para ele se deitar. Após Alice sair, ele se sentou na cama, arrancou a roupa e vestiu, com muita dificuldade, um short e dormiu. Estava passando mal, torcia para não ser nada de mais, contudo, piorou no dia seguinte.

HEMATOMA

Era ainda madrugada e Benjamin sentia fortes dores na cabeça, estava com febre, sentia calafrios. Não desejou acordar ninguém, contudo, o instinto maternal de Agnes estava apurado, uma vez que desejou saber se o filho estava bem. Ela lentamente abriu a porta e foi até a cama do filho. A senhora Johnson trouxera um termômetro, mas não foi necessário. Ben suava, sentia frio. Ela não titubeou, pediu para o filho trocar de roupa para que ela o levasse ao hospital.

A "mãe-enfermeira" não desejou acordar ninguém e brevemente foi até seu quarto, escovou os dentes, deu uma simples arrumada no cabelo, trocou de roupa. Felipe estava com uma pequena enxaqueca, era devido à quantidade de álcool ingerido. O marido acordou com a luz do banheiro e com uma voz de cansaço disse:

– O que você está fazendo?

Agnes, ouvindo a pergunta do marido, saiu do banheiro tentando colocar o segundo brinco na orelha e, aproximando-se dele, falou:

– Não precisa se preocupar... Vou levar o Benjamin ao

médico... Em breve, estarei de volta...

O empresário estava sonolento, por isso, não prestou muita atenção na esposa e tornou a dormir. Ela, contudo, saiu de seu quarto e foi até o quarto do jovem. Cestinha estava com dificuldades para colocar a camiseta, parecia que era pequena para ele, mas, na verdade, a dor dificultava aquela ação. Ele virou de um lado para outro e sem querer bateu o braço na porta do guarda-roupa, não fora uma forte pancada, mas foi no braço onde ele tinha se cortado, por isso, sentiu um leve incômodo. Sua mãe, ao abrir a porta o viu sofrendo para colocar a camiseta, sem pensar, ajudou-o. Em seguida, ele foi até o banheiro do seu quarto, escovou os dentes e saiu com sua mãe em direção ao hospital.

Chegando lá, não havia muitos pacientes e Benjamin foi consultado rapidamente. O médico, após uma rápida investigação dos problemas, durante o exame clínico, notou alguns hematomas no jovem que os justificou como algo já antigo. O doutor mediu a temperatura e concluiu a febre, aferiu a pressão arterial, observou a pulsação e a respiração do jovem, o apalpou, auscultou várias partes do corpo do adolescente, enfim, fez um exame clínico eficiente. Ben ainda estava com forte dor de cabeça, mas o médico estava preocupado com os hematomas, pois pareciam recentes e, portanto, contradiziam a fala de Cestinha. Agnes conhecia o médico e percebeu sua preocupação, ela confirmou o que o filho falava a verdade. Desse modo, após examiná-lo, concluiu ser apenas um simples resfriado, todavia, achou que seria mais prudente o jovem fazer um exame de sangue. Benjamin ficou bravo com a atitude do médico e falou:

– Doutor, o único inchaço recente que eu sofri foi este aqui.

– Mostrou a mão. – Agorinha há pouco, eu bati minha mão na porta do meu guarda-roupa.

– Façamos assim – pronunciou o médico –, verifiquem até quando esse hematoma ficará visível, caso demore mais de duas semanas, por favor, procurem um especialista para realizarem alguns exames... Tudo bem? – prescreveu alguns medicamentos, carimbou e assinou – Aqui está: tome esses remédios e você ficará bem.

Agnes nutria um respeito por aquele médico, mas ela pensou ser o HIV o motivo que levou seu filho ao hospital. Ela nada disse ao especialista, mas pensou "Se os remédios não fizerem efeito, aí nós iremos fazer o teste de AIDS, afinal, cada organismo reage à sua maneira".

Benjamin ainda sentia dores; Agnes, percebendo o sofri- mento dele, disse:

– Doutor ele ainda sente dores... O senhor não poderia receitar alguma medicação para ele?

O médico ficou com pena dela e receitou antitérmico e analgésico. Ben e a mãe foram até o local onde uma enfermeira ministrou a medicação.

Após o ocorrido, o sol começava a raiar, Agnes e o filho foram em uma farmácia próxima ao hospital, ali compraram os medicamentos e, em seguida, voltaram para casa. Cestinha estava melhorando, sua aparência já era outra. Sua mãe, por- tanto, concluiu que poderia ser um simples resfriado, todavia, ficaria atenta ao hematoma da mão esquerda do filho.

FORMIGA

Passaram-se vinte e um dias após aquela consulta, Benjamin ainda possuía a marca da leve pancada na mão, inclusive, qualquer pancada que recebera nesses dias, fosse leve ou intensa, já era motivo para surgir um "roxo", definindo novos hematomas. Apesar disso, já não dava mais importância para os machucados, até mesmo sua mãe se esquecera de ficar conferindo. Mesmo assim, o jovem suava muito quando ia dormir e, ainda, sempre que passava fio dental e acabava machucando a gengiva, notava-se que ela demorava a parar de sangrar. Achava esquisito tudo isso, porém, pensou que era apenas coisa da sua cabeça. Enfim, ele levava a vida normalmente. Seu senso crítico melhorava com o passar dos dias, estava aprendendo a gostar de ler. Pesquisava muito e fazia parte de alguns fóruns na internet sobre AIDS. Até tentava jogar basquete em sua casa, mas sentia-se cansado. Culpava-se por não continuar treinando, achou que a causa do extremo cansaço que sentia após alguns arremessos era consequência da falta de preparo físico.

Fazia algum tempo que não via Jaime e isso o fazia se sentir desestabilizado, ele se achava uma pessoa 'mal-agradecida', após tanto tempo, não fora em nenhum culto na igreja do reverendo. Queria rever essa atitude, e, aproveitando que acordara cedo no domingo, resolveu ir até a casa de Max. Tomou um banho e vestiu-se bem, uma vez que Victória poderia estar lá. Antes de sair, escreveu um bilhete avisando os seus pais que ele iria à igreja. Não queria suar, por isso, pegou um transporte público e foi para lá. O culto começava às oito horas e trinta minutos, Benjamin estava atrasado. Mesmo assim, quando o ônibus parou no ponto próximo à casa de King, rapidamente desceu do veículo e correu para igreja.

Ficou com falta de ar, isso o deixou irritado uma vez que quando jogava basquete era reconhecido por nunca se cansar. Ele adentrou àquele templo pequeno. Francis tocava piano. Jaime, após o jantar na casa da família Johnson, percebera que o instrumento alegrava Francis e possibilitou que ele o tocasse mais vezes. Então, o maltrapilho, juntamente com um coral formado por quatro pessoas, adoravam a Deus com o hino "Hallelujah".

De cima do altar, King se surpreendeu ao ver o jovem entrando templo, isso alegrou o seu coração. Benjamin procurou um lugar vago e o encontrou próximo à uma senhora de aproximadamente setenta anos, ela usava um vestido amarelo-claro e um chapéu combinado. Ao olhá-lo ela sorriu e disse:

– Deus te abençoe, meu jovem!

– Amém! – respondeu.

Todos estavam em pé, aquela parceria musical entre o coral e Francis faziam algumas pessoas se emocionarem. O músico cantava, com sua voz aveludada e cheia de emoção e quando chegava ao refrão ouvia-se a mistura de vozes, o maltrapilho aumentava a intensidade de sua voz e o coral o sustentava com tom mais baixo, aquilo parecia o céu na terra. Ao finalizarem a canção, todos aplaudiram a Deus. Benjamin estava encantado com tudo aquilo, mas estava atrasado e já foram cantadas as quatro canções de adoração que antecediam a pregação.

O reverendo King era carismático e deixava transparecer isso aos que ali estavam. Sua pregação, naquela manhã, falava sobre a bondade de Deus em permitir que Cristo Jesus fosse crucificado por amor à humanidade. Jaime tinha simplicidade na pregação, pois segundo ele, todos deveriam ter acesso a Palavra de Deus e, portanto, um vocabulário rebuscado ou uma mensagem prolixa não cativava a todos. Para facilitar, usava comparações e parábolas. Naquele domingo, para simplificar a mensagem que desejava transmitir disse:

– Você daria a sua vida por uma formiga? Você daria a vida do seu filho para salvar milhões de formiguinhas? – fez uma pausa – Talvez você me julgue louco por lhe perguntar um absurdo desse, mas um dia alguém com uma soberania inestimável em relação a nós, deu o seu único filho pela humanidade. – Com uma voz calorosa perguntou:– Você já parou para pensar na grandeza de Deus? Já parou para pensar o quão grande é o poder de Deus? – Argumentou num tom calmo e sereno. – Perante a grandeza do Pai Celestial, somos infinitamente mais insignificantes do que uma formiga... Mesmo assim, Deus amou o mundo de tal maneira que deu o seu único filho para que todo aquele que nele crer não pereça, mas tenha vida em abundância – sorriu e fez uma comparação – A formiga é limitada se comparada a nós, afinal quem é mais inteligente: você ou uma formiga? – Expressou-se em um tom de brincadeira. – Pois é.... Pare de ficar julgando o seu irmão... Ele é mais inteligente do que uma formiga... – retomando um tom sério continuou– Agora me responda: quem possui o conhecimento além da capacidade humana? – olhou profundamente para todos e prosseguiu – Não precisa nem pensar muito... A resposta é Deus. Desse modo, por qual motivo desejamos que Deus faça tudo o que queremos? E ainda, como queremos, na hora que desejamos... Oras, será que as nossas vontades são melhores do que as de Deus? Será que os nossos pensamentos são maiores do que os de Deus? É óbvio que não! Pelo contrário, os pensamentos de Deus são maiores do que os nossos pensa- mentos... Afinal, em Isaías 55, versículo oito nos diz "Porque os meus pensamentos não são os vossos pensamentos, nem os

vossos caminhos os meus caminhos, diz o Senhor" ... – Jaime ficou com o semblante mais sério e falou– Amigos, por mais absurdo que pareça o que vou dizer, respondam-me com toda sinceridade... Suponhamos que uma formiga pudesse falar conosco, será que as decisões dela seriam mais sábias do que as nossas? Será que os desejos e as escolhas que a formiga teria, por acaso seriam superiores aos nossos? – sorrindo falou – Deus em todo o seu poder, soberania e graça nos amou tanto... Que mesmo nós nos assemelhando à uma formiga, se comparado com Ele... Ele nos ama... – apontou o dedo indicador para cima falou – Sua glória é infinita, seus quereres edificam e a sua vontade é inquestionável... – tornou a fazer uma pausa, olhou novamente para todos os presentes e prosseguiu – Afinal, se um dia alguém lhe pedisse uma opinião, desejando saber se deveria ou não dar a vida por uma simples formiga, qual seria a sua resposta? – ficou um pouco pensativo – Você, por acaso diria: "Sim, a vida de uma formiga tem um valor inestimável... Sim, um formigueiro vale a sua vida!" – outra pausa – Meu irmão e minha irmã, eu acredito que vocês diriam à essa pessoa suicida: "Você é louca!" – King fez um semblante irônico – Então né?! Já pensou se a lógica de Deus fosse igual a sua? Já pensou se Deus falasse assim: "Eles são tão pequenos e frágeis, por qual motivo, eu, com toda minha grandeza darei o meu filho por eles?". Somos pequenos e insignificantes se nós nos compararmos a Deus, e mesmo assim ele teve misericórdia de nós... Por favor, aplaudam ao Senhor Todo Poderoso!

Assim, todos aplaudiram a Deus. Em seguida, o reverendo fez uma oração final pedindo as bênçãos do Pai Celestial aos que estavam presentes na igreja. Em seguida, consagrou os dízimos e ofertas depositados pelos irmãos e encerrou o culto. Benjamin se sentia contente por ter ido adorar ao Senhor naquele dia, além disso, ele se sentia amado pelo Pai Celestial. Terminado o culto ele cumprimentou alguns irmãos e ficou próximo à entrada da igreja para ver se via Isabel e a filha ou o reverendo King. Muitos irmãos aproveitavam aquele momento para uma breve confraternização, tinha pessoas que só iam uma vez por semana no culto. Ben, desse modo, aproveitava para observar toda aquela situação, achou bonito, ficou pensativo.

Cestinha estava desatento quando se sentiu tocado no ombro, assustou-se e ao olhar de lado viu Victória. Ele ficou muito feliz e ao mesmo tempo muito apavorado, aquela menina realmente mexia com os sentimentos dele. A jovem sorria e logo perguntou:

– Cadê seus pais?

– Vim sozinho...

Isabel, que estava ao lado da filha, admirou-se com aquela

atitude, cada vez mais, ela estava convencida naquilo que sua filha falara sobre a mudança dele.

– Veio a pé? – perguntou a enfermeira.

– Não... Vim de ônibus.

Nesse momento, o reverendo notou os três conversando, aproximou-se deles e falou:

– Bom dia!

– Olá, reverendo Jaime – disse Victória.

– Então recebemos uma visita esperada, mas não prevista? – Jaime questionou, enquanto olhou ao jovem.

– Resolvi vir aqui. Já faz dias que venho ensaiando para vir.

– Se os seus pais não vêm, bastava me ligar que eu iria lhe buscar. – Argumentou Max.

– Eu também! – disse Isabel.

– Eu agradeço a vocês, não gosto de incomodar... – olhou ao pastor – Mas, às vezes, eu incomodo e muito! – riu.

King deu uma risadinha. Só ele sabia o que passou diante de Rubens para ajudar aquele rapaz, mas tudo valera a pena quando o viu na igreja naquela manhã de domingo.

Isabel e Victória convidaram o jovem para ir embora com elas, todavia, Jaime queria conversar com ele, por isso, disse a elas que ele o levaria. O jovem Johnson não ficou tão feliz com essa ordem, já que se aceitasse a carona delas, estaria mais perto de sua paixão. Mesmo assim, não demonstrou insatisfação ao reverendo e ficou. Após todos irem embora e só restarem os dois ali na igreja, King o convidou a se sentar num banco. Ali iniciou uma conversa:

– Seu pai o permitiu vir aqui?

– Eu escrevi um bilhete dizendo que viria.

Max fez um semblante de reprovação, mas pensou por alguns instantes e mudou a fisionomia. O reverendo, na verdade, queria conversar sobre o desenvolvimento do jovem e, assim, perguntou:

– Como está a sua saúde?

– Olha... Eu passei muito mal esses dias... Mas de acordo com o médico era um resfriado – sorriu – Ele estava mais preocupado com meus machucados do que com o que eu sentia...

– Por quê?

– Era de madrugada, talvez ele estivesse com sono. – brincou.

– Benjamin, os médicos são profissionais qualificados, talvez tenha motivos para se preocuparem...

Cestinha mostrou a mão esquerda e disse:

– Esse machucado eu fiz antes de ir me consultar... E o médico me falou que se ele não melhorasse era para eu fazer um exame.

– E você ainda não fez o exame?

– Não! É só um machucado...

– Quando você fará o teste de HIV?

– Não precisa se preocupar, reverendo, meu pai me disse que fará questão de que o senhor vá junto.

– Sim, claro! Irei com maior prazer... – refletiu e perguntou – Você sentiu algum sintoma, alguma dor?

– Sinto-me mais cansado, tenho suado muito de madrugada e veja:– mostrou os braços – tenho essas manchinhas que não são normais.

– Você tem uma enfermeira em casa... Você contou para ela?

– Não é nada! AIDS não pode ser, né?

– Até aonde eu sei... Alguns sintomas que você me falou se encaixam, mas eu confio no poder da oração e sei que não será AIDS...

– Pode ser alguma outra coisa, então?

– Não vou ser hipócrita, Benjamin, pode ser sim... Eu sempre falei que você não está infectado pelo HIV... Mas o meu medo... Sei lá... Seu pai ficou profetizando coisas ruins para você... Eu temo e muito que... Que você esteja doente por outra coisa.

– Nossa!

– Quando o vi hoje entrando pela porta da igreja, eu fiquei muito feliz e ainda estou... Mas, em seguida, senti no coração que deveria falar contigo sobre sua saúde...

– Se o senhor quiser, posso pedir para minha mãe me levar ao médico para fazer alguns exames... Acho que o tempo de verificar se estou infectado pelo HIV ainda não é o ideal, mas já posso fazer vários exames de uma só vez... É isso que o meu pai quer mesmo.

– Acredito ser uma boa ideia! – revelou o reverendo.

– Combinado! – disse animado o jovem. De fato, ele confiava nas palavras do reverendo de que ele não estaria com AIDS.

– Mudando um pouco de assunto... – argumentou King –
Você tem notícias de Michael?

– Não! Ainda bem que não o vejo.

– Tenha cuidado, Benjamin, pois é no silêncio que as armadilhas se disparam...

Cestinha fez um semblante duvidoso, mas ficou em silêncio.

King e o jovem entraram no fusca branco e partiram para a casa da família Johnson. Apesar de tudo, o jovem estava tranquilo, mas os exames preparavam surpresas.

VINGANÇA

Michael e Silas estavam planejando tomar o império criminoso de Rubens. No entanto, para conquistarem o respeito dos capangas e o temor da polícia deveriam matar Del Rey, e eles estavam dispostos a isso. Dentro da quadrilha de El Patrón, os irmãos Collins tramaram uma conspiração para derrubar o líder. Vale dizer que o irmão mais novo fora aceito como membro da gangue após passar por intensos testes que comprovavam sua eficácia. Silas, seu irmão mais velho, via potencial semelhante ao do pai nele, já que nem todos, por exemplo, teriam a frieza em planejar algo tão maligno quanto ao que foi feito a Benjamin. Silas via o pai no pequeno Collins:a filosofia de August parecia estar nos genes do filho. Tanto o pai quanto Michael pensavam "Se não serve para mim, então é melhor que esteja morto".

Silas planejou uma emboscada para Rubens e Michael

apoiou o irmão. O plano consistia em pegá-lo desprevenido. Silas sabia que El Patrón nunca saíra sozinho e desarmado. Sempre estivera acompanhado de três ou quatro seguranças. Del Rey sempre se acomodava no meio do banco de trás de seu carro, um sedã branco e todo blindado. O chefe do tráfico não era muito de viajar, preferia oscilar sempre em dois lugares, isto é, em sua cobertura na parte central da cidade ou aos fundos do bar onde Benjamin tivera a infelicidade de conhecê-lo.

O único medo dos irmãos era que a informação saísse do seu grupo de confabuladores. Caso isso ocorresse, certamente, seriam mortos. Mesmo assim, valeria o risco. O retorno financeiro seria enorme e, ainda, vingariam a morte do pai. Dois dos maiores problemas que enfrentariam para colocarem o plano em ação eram a popularidade e o temor das pessoas a Rubens. O traficante tinha informantes em todos os pontos da cidade, em todas as instituições públicas, inclusive, na polícia. Na verdade, ele até que era uma personalidade fácil de encontrar, mas o difícil era capturá-lo e passar despercebido por tantos informantes. Quem aceitasse trabalhar para El Patrón recebia uma boa quantia em dinheiro por mês, além de proteção, serviços médicos e jurídicos. Em contrapartida, quem fizesse um serviço mal feito ou resolvesse sair do grupo de Del Rey não teria outra escolha, senão a morte. O jogo era sujo para alguns, mas muito vantajoso para outros.

Apesar disso, Silas sabia com quem estava lidando. Para o plano ser viável, os três dos cincos conspiradores teriam que dar um jeito de serem seguranças de Rubens e, assim, entrarem no carro junto com ele para que, desse modo, eles o levassem para um local afastado, onde Michael colocaria um fim na vida de Del Rey e vingaria a morte do pai. Silas Collins era o braço direito de El Patrón, e o chefe do tráfico sempre ouvia os conselhos dele. Muita gente teve que morrer para que o filho mais velho de Collins conseguisse esse reconhecimento. Enfim, o irmão mais velho sempre fora o motorista do traficante, então para o plano dar certo, os outros três comparsas teriam que fazer parte da segurança, mas como? Simples: era Silas quem nomeava e administrava os serviços que cada um dos capangas de Del Rey teria que fazer, mas tudo o que Collins organizava precisava da aprovação do chefe. Assim sendo, Silas nomeou três conspiradores para serem os seguranças pessoais de Rubens naquela noite.

Tudo estava pronto para o transporte de Del Rey ao seu apartamento, os que ficariam ao fundo do bar teriam que ensacar o dinheiro adquirido naquele dia e armazená-lo no cofre.

Os quatro conspiradores até então não tinham recebido aprovação de Rubens para fazerem a escolta.

As coisas pareciam estar indo bem, El Patrón fumava um charuto quando tocou seu telefone, ninguém conseguiu ouvir a conversa e nem saber quem era:

"Quem és tu?"

"Hum... Muy Bien!" – Um silêncio dele. "Estás seguro de lo que estás diciendo?" "Un desafio... Hasta luego!" – Sorria.

Rubens mantinha a mesma fisionomia inicial, e antes de sair, chegou próximo de um de seus capangas, o Akira, e disse: – Seu dia chegou! – apontou para o celular – Vai ser como deve...

O rapaz permaneceu sério e não se mexeu. Del Rey, em seguida, virou-se para Silas e acenou positivamente com a cabeça. Ele aprovou os seguranças sugeridos por Silas e todos foram até o carro. Collins se sentiu um gênio, ninguém desconfiara de nada, ele conseguiu o seu objetivo. Quando chegaram ao trevo que dava acesso ao centro da cidade e que levava ao apartamento de

Rubens, pegaram o caminho oposto e entraram na rodovia. Del Rey perguntou:

– Para onde estão me levando? Silas o que é isso?

– Cale a boca! – respondeu Silas.

– Como assim? – Ficou possesso e gritou. – Cale a boca você... Por acaso quieres tomar un tiro na cara? – Colocou as mãos na cintura para pegar o revolver, mas um dos conspiradores segurou a mão do traficante, o outro lhe apontou uma arma.

– Acho melhor Usted calar tua boca – bradou Silas ironicamente. Rubens percebeu que caíra numa emboscada, contudo, permanecia arrogante e falou:

– Olha... Olhaaaa... O Collins sendo um Collins.

– Rubens, cale a boca!

Ele riu, gargalhou:

– Vai vingar la muerte de su padre...

– Eu não!

– Quem então? Su hermano? – gargalhou.

Silas ficou em silêncio. Eles estavam numa rodovia vicinal, raramente passavam carros por ali, nas margens da estrada havia uma enorme e bela plantação de trigo. Conforme se deslocavam, era visível na borda esquerda da estrada um estreito espaço entre as sojas, o qual formava uma "estrada de chão" que penetrava aquela plantação. Para onde iria esse caminho? A estrada de terra ligava a rodovia à uma casa de madeira toda estragada e sem teto. Somente a luz refletida da lua brilhava ali dentro. Eles desceram do veículo e prenderam as mãos de Del Rey, que não esboçava medo, pelo contrário, estava paranoico, ria. Collins sem titubear lhe deu um soco na face. El Patrón cuspiu o sangue e depois sorriu. O sangue em sua boca lhe dava uma aparência diabólica.

Eles entram na casa, Michael estava em pé esperando-os.

Um silêncio. O irmão mais novo disse:

– Solte ele – jogaram-no próximo ao jovem Collins. Ru- bens ficou de joelhos diante de Michael.

– Venha aqui, Silas – disse num tom acolhedor, o irmão mais novo.

Os irmãos Collins ficaram lado a lado. Michael mirou a arma para Rubens, fez uma pausa.

Os planos do Michael eram outros, ele odiava Rubens, mas temia que seu irmão fosse desejar ser o líder do tráfico, sendo assim, inesperadamente ele mudou a direção da arma e a apontou para Silas. Rapidamente, Akira chegou com outros homens e apontaram as armas em direção aos conspiradores. Michael denunciou o plano do irmão, queria ganhar a confiança de Del Rey para que um dia pudesse matá-lo e retomar aqui- lo que pertencia aos Collins. Como queria triunfar sozinho, não desejava o seu irmão por perto.

Rubens sempre combinara algumas frases com sentidos diferentes com os seus capangas, logo, cada frase significava uma ordem e não aquilo que ela propriamente expressava. Para cada empregado, os significados das frases mudavam, portanto, ninguém imaginava o que realmente Del Rey queria dizer quando emitia uma ordem oculta. Assim foi com Akira que ao ouvir "Seu dia chegou", na verdade, recebeu a mensagem: "Siga-me, armaram uma emboscada"; quando El Patrón apontou para o celular e disse "Vai ser como deve", significou ao capanga "Ligue para o último número que me ligou".

Del Rey gargalhou e disse:

– Collins versus Collins, nem no meu melhor sonho isso aconteceu... – Akira retirou a amarra que colocaram em El Patrón e o ajudou a ficar em pé. Ele se aproximou de Silas e falou:

– Yo sei de tudo... Yo vejo tudo... Eu soy dios... – gargalhou – Sendo traído pelo suhermano? – Deu-lhe um soco e riu. Em seguida, olhou para Michael e ordenou – mate-o.

Silas viu um filme passar pela sua mente, a decepção de estar naquela situação foi muito grande, preferiu morrer. Ele olhou para o irmão e falou:

– Você teve coragem de trair nosso pai?

Michael respondeu secamente:

– Nosso pai morreu! – atirou e viu seu irmão caindo morto.

– Um brinde aos Collins! – Rubens gritou enquanto se aproximou do jovem – Usted fez bien em me ligar...

Michael ficou em silêncio, Del Rey, contudo, deu um sinal para Akira se aproximar dele, o capanga obedeceu.

– Collins... Usted no és confiable...

– Como não? Acabei de te provar isso... Matei meu irmão, denunciei o plano dele.

– Se mata su Hermano que tiene tu sangre... Imagina se no eres capaz de coisa pior... Não puedo confiar em usted. – ele retirou a arma da cintura de Akira e atirou em Michael que caiu sobre o irmão.

El Patrón encarou os três conspiradores que restaram e sorriu a eles, em seguida olhou para o seu capanga e disse:

– Sua hora chegou... Usted es mi brazo direito – apontou aos três rapazes que ajudara Silas e ordenou – torture-os até la muerte. – saiu, pegou o mesmo carro que o trouxeram e foi ao seu apartamento. Rubens estava muito feliz com a morte daqueles dois irmãos, a saber, o falecimento de dois humanos não fazia a menor diferença para ele. Del Rey não sentia remorso, não sentia compaixão, matar para ele era algo comum, às vezes, fazia isso por diversão. Era louco, era temido, até que era procurado pela polícia, mas ninguém tinha coragem de desafiá-lo. Os falecimentos ocorridos a mando dele sempre eram notícias nos jornais, ele comemorava isso. Às vezes, ele mesmo ligava na imprensa para contar os detalhes de seus crimes. De fato, ele não deixaria de notificar sobre a morte dos irmãos Collins.

TESTE

Um dos prazeres de Felipe ao acordar era tomar café e ler jornal, praticamente todos os dias fazia isso. Antes de folhear o noticiário ele sempre lia as notícias da capa e as que o interessassem, aprofundava-se em suas reportagens. Na manhã de segunda-feira, o empresário manteve sua rotina, contudo, chamou-lhe atenção quando viu no jornal: "Rubens faz mais cinco vítimas". Johnson leu a notícia e buscou a página da reportagem. Seu coração acelerou ao ler que uma das vítimas era Michael Collins. Sem titubear, chamou o filho. Benjamin desceu as escadas rapidamente, pensava ser uma emergência devido ao tom de desespero que seu pai usara e perguntou:

– O que aconteceu, pai? – estava quase sem fôlego.

– Qual era o sobrenome de Michael? Ele tinha irmão?

– Acho que era Collins o sobrenome dele. E sim, ele tem irmão. Você não se lembra de que o irmão dele era o braço direito de Rubens... E por isso eu tive que ir naquela festa... Felipe ficou chocado e sem deixar o filho concluir disse:

– Olhe! – deu o jornal ao filho – Rubens matou os dois.

Ben, de início, ficou apavorado, pegou o jornal e leu a reportagem. Naquele momento, veio em sua mente o dia em que Jaime lhe falara que a justiça vem de Deus, ele não esboçou alegria, mas em seu íntimo estava contente. O pai lhe questionou:

– Ele quem foi o responsável por você estar com AIDS, não é?

Cestinha não gostou da pergunta do pai, mas evitou a discussão. O jovem tinha fé de que não estava infectado, mas respondeu:

– Foi ele quem armou tudo para eu ser infectado.

– E agora?

– E agora que ele pagou o preço pela vida que escolheu

– argumentou o jovem – Vou contar pro reverendo essa notícia.

– Por quê? – perguntou Johnson enciumado.

– Ele me disse... – pausou, refletiu um pouco e percebeu que o seu pai poderia ficar bravo, então silenciou-se.

– O quê? – Felipe o indagou.

Cestinha tinha um raciocínio rápido e expressou:

– Ele me disse que seria interessante se eu fizesse exames.

Felipe estranhou a mudança de assunto, entretanto, agora possuía uma excelente oportunidade para zombar de Jaime:

– Ele está com medo do quê? Não foi ele quem falou que você não tinha nada?

– Ele só disse que eu não tenho AIDS...

– Por que você está falando assim...?

– Eu estou com frequentes dores de cabeça, durante a noite fico suando e mais... – mostrou a mão esquerda – quando fui ao médico com a mãe, eu bati minha mão no guarda-roupa...

E até agora não sarou totalmente, além disso, olha: – mostrou algumas manchas no braço – Eu não tinha isso!

– Pois é meu filho... Você tem dúvidas de que está com AIDS? Olha... – o empresário fez um semblante comovente – Nós estamos aqui e vamos te apoiar para o que der e vier... Sei que não estive presente em sua vida... Sei que você errou muito... Contudo, o que importa é que você mudou. Afinal... – mostrou a reportagem – você poderia estar aqui, não é?

Pai e filho se abraçaram, um momento único na vida da- queles dois. A morte de Michael fez com que Felipe valorizasse mais o seu filho e, também, fez com que Benjamin continuasse firme na mudança que tivera.

– Vamos ao médico hoje! – expressou o senhor Johnson.

– Tudo bem! Após o almoço?

– Você já comeu alguma coisa hoje?

– Não – respondeu o filho.

– Qual foi o horário de sua última refeição ontem?

– Aproximadamente às 21 horas.

– Ótimo! Vamos agora então... Ligue pro reverendo... Quero que ele vá junto!

Cestinha já imaginara que o pai lhe pediria isso. O jovem queria muito saber o que Jaime falaria sobre a morte de Michael, então, não titubeou em chamá-lo. Max prontamente aceitou o convite. O combinado seria que Felipe o pegaria em sua casa e assim procedeu. Benjamin e o pai se sentaram nos bancos da frente, King ficou no banco de trás. A princípio, ficaram em silêncio, todavia, Cestinha estava curioso e perguntou:

– O senhor ficou sabendo o que aconteceu com Michael?

– Eu li no jornal! – Jaime respondeu.

– Ainda bem que o senhor me falou que era para eu confiar em Deus, porque ele faria a justiça – sorriu.

– Que Deus bravinho, hein! – Johnson expressou sarcasticamente.

– Benjamin.., Nossas decisões decidem o nosso futuro... O livro de Gálatas, capítulo seis, versículos sete e oito nos diz "Não erreis: Deus não se deixa escarnecer; porque tudo o que o homem semear, isso também ceifará. Porque o que semeia na sua carne, da carne ceifará a corrupção; mas o que semeia no Espírito, do Espírito ceifará a vida eterna"... Ou seja, Michael e o irmão dele colheram o que eles plantaram... Se analisarmos bem, a justiça de Deus foi feita por ter se cumprido o que a Palavra diz... Isto é, a morte deles não foi culpa do Pai Celestial, mas sim das decisões deles mesmos.

Felipe mentalmente concordou com as palavras do reverendo, todavia, nada dissera. Ben refletiu sobre as ações de sua vida, sobre os motivos que o levaram a ter amizade como jovem Collins, sobre as consequências dessa amizade e, por fim, caindo em si falou:

– Eu sei que não estou com AIDS – esboçou um semblante duvidoso – Mas se eu tivesse sido infectado pelo HIV, a culpa não era de Deus, mas sim, minha, pois mesmo eu tentando mudar de vida... As minhas decisões passadas influenciaram no presente.

King ficou eufórico, estava contente pela percepção do jovem. Já o senhor Johnson apenas observava, apenas mantinha o silêncio. Enfim, eles chegaram ao laboratório do hospital. Felipe era ágil e não gostava de enrolar, desse modo, foi até a recepção e falou:

– Viemos trazer um jovem para fazer teste de HIV.

– Vocês têm hora marcada? – perguntou a assistente.

– Não, mas minha esposa é chefe do departamento de enfermagem e me disse que geralmente não precisava marcar hora para esse teste, pois é um procedimento rápido... Enfim... Não marquei hora.

– Só um instante, vou verificar... – conferiu os horários no computador – Temos um horário sim, mas antes preciso fazer um cadastro.

Benjamin apresentou todas as informações necessárias pedidas por ela. Em seguida, ela o encaminhou à sala de coleta. Fizeram o teste rápido, que consiste em retirar uma amostra de sangue do dedo do paciente por meio de uma pipeta. Geralmente, em menos de trinta minutos saía o resultado, mas a secretária não gostou do jeito que o senhor Johnson falou com ela, por isso, mentiu a eles que o resultado demoraria duas horas. O empresário achou estranho, mas preferiu não entrar em conflito com aquela mulher, por isso, decidiu que depois eles voltariam para ver o resultado.

Como desejava que o filho fizesse um check-up, pensou em qual médico poderia atendê-lo sem ter marcado um horário. Resolveu ligar para a esposa, afinal, ela tinha vários contatos e colegas que poderiam ajudar. Felipe explicou à esposa que o filho já fizera o teste de HIV e que só estavam esperando o resultado, mas enquanto isso, eles queriam consultar um médico para pedir alguns exames ao Benjamin para analisar a saúde do jovem, já que ele se queixava de dores. Agnes ficou um pouco chateada, queria estar presente, mas preferia que o seu filho ficasse bom logo. Sendo assim, ela sugeriu ao marido a doutora Judy River, que em outros tempos fora muito amiga dela. Antes, porém, a "mãe-enfermeira" disse que ligaria para a médica.

– Bom dia, doutora... Aqui é a Agnes!

A médica achou estranho, depois de tanto tempo que elas não se viam e não se falavam, receber uma ligação de sua amiga naquela hora do dia.

– Quanto tempo, Agnes! Como está a família? – ela sabia dos problemas que o Benjamin causara.

– Então... É justamente por isso que eu te liguei... Meu filho não está bem, na verdade, desconfiamos que ele esteja com AIDS. Hoje ele fez o teste de HIV, mas ainda não saiu o resultado. Além disso, meu esposo quer que o Benjamin faça um check-up completo. Benjamin se queixa de dores. Gostaria de saber sua disponibilidade em atendê-lo hoje.

Doutora River reduzira seu contato com Agnes quando Ben estava se drogando, ela tinha medo de ir à casa da senhora Johnson e sofrer alguma ação negativa por parte do jovem. Infelizmente, o medo as separou. Judy ficou com remorso por ter se afastado da casa dos Johnsons, ainda mais na hora em que sua amiga mais precisava de apoio. Por isso, mesmo se preparando para viajar aquela tarde a Paris, compadeceu-se com o pedido e concordou em atender Cestinha. Por isso, respondeu:

– Claro que eu atendo o seu filho! O único problema é que hoje à tarde estarei indo à França. Por isso, vocês devem ir ao meu consultório imediatamente.

– Tudo bem! Obrigada – Agnes agradeceu.

– Vou-me trocar aqui e já chegarei lá.

– Novamente, muito obrigada!

– O que é isso, amiga... Nós temos que combinar de jantarmos juntas por esses dias – Falou a médica.

– Com certeza, tenho muita coisa para te contar – respondeu a enfermeira.

Agnes, após conversar com Judy, retornou a ligação do marido e lhe contou o que falara com a médica. Felipe estava aliviado com a notícia e a comunicou ao Benjamin e ao Jaime. Assim, foram ao consultório.

Ao chegarem lá, os três se sentaram no sofá, na sala de espera. Uma secretária foi até eles e falou:

— A doutora Judy River está de férias, caso queiram marcar horário.

Senhor Johnson sempre preponderante falou:

— Nós já conversamos com a médica e ela virá nos ante- der, obrigado!

A secretária achou incomum a médica fazer isso, mas nada falou e se retirou dali.

O reverendo permanecia em silêncio, parecia não estar presente. Benjamin após fazer o teste de HIV se sentia ansioso, uma carga de adrenalina tomava-o, pois, como se não bastasse o resultado, estava em cheque a fé dele e a de King e a incredulidade do pai. Além disso, o destino de uma vida estava naquele exame, tudo poderia mudar para melhor ou para o pior.

Johnson também estava ansioso e impaciente e se sentiu aliviado com a chegada de Judy. A médica rapidamente os convidou a entrar em sua sala. Jaime, a princípio, permaneceu sentado, contudo, Ben queria sua presença.

Após todos se cumprimentarem, Felipe começou a falar:

— Então doutora, o Benjamin está com dores...

— Por favor, senhor Johnson, deixemos o jovem falar... Por favor, Benjamin me diga o seu problema.

— Doutora, eu estou tendo dores de cabeça com muita

frequência, suor noturno, estou me cansando com muita facilidade...

Judy anotava todas as informações.

– Teve uma vez que eu tive febre e fui ao hospital... Mas

antes de sair de casa eu bati minha mão – mostrou-a para a River.

– Já faz uns vinte dias aproximadamente, o médico que me atendeu me falou que se esse hematoma não sarasse em duas semanas era para eu procurar um especialista.

– Você tem certeza que já se passaram mais de duas semanas?

– Sim!

– Você come bem? – perguntou a médica.

– Já fui de comer mais.

– Você emagreceu?

– Não sei, acho que não.

– Por favor, sente-se na maca. Felipe estava impaciente e falou:

– Doutora, ele tem AIDS.

Todos ficaram espantados com Johnson. Jaime ficou bravo, mas se manteve quieto. A médica, todavia, disse:

– Os sintomas se enquadram em outras doenças... Mas sua esposa me falou que vocês já fizeram o teste de HIV... Ao saírem daqui vocês verão se é ou não.

– Doutora... Não tem como você pedir um monte de exa- mes ao Benjamin? Sei lá, sangue, urina, fezes, Ressonância de alguma coisa, coração... Enfim... – indagou o empresário.

– Não podemos ser tão invasivos assim, senhor Johnson... Sua esposa me avisou sobre o check-up. Pedirei um exame de sangue completo e outros exames.

– Só isso? – Felipe ficou bravo pela atitude da médica.

– Só! – respondeu autoritária.

– Tem como verificar se ele tem AIDS também?

– Mas o senhor já não viu isso hoje?

– Seria uma segunda prova.

– Tudo bem, incluirei isso – mentiu– Mas se der alguma coisa no exame que já fizeram eles já tomarão as devidas providências.

A médica continuou a examinar o jovem e percebeu uma alteração nos gânglios linfáticos e uma alteração no tamanho do fígado. Ela desconfiou de algo, mas precisava dos exames para confirmar o diagnóstico.

– Vou pedir uma biópsia da medula óssea também, mas isso após o exame de sangue.

Felipe ficou contente e expressou:

– Agora sim, doutora!

Após prescrever alguns medicamentos falou:

–   Pedirei ao laboratório para me enviar um e-mail com o resultado do exame, conforme for, ele será encaminhado a outro médico. – Ela estava preocupada, seu semblante parecia triste. Jaime percebeu isso e quebrado o seu silêncio perguntou:

–   Doutora, a senhora suspeita que Benjamin esteja muito doente?

"Sim!", pensou a médica, todavia, ela era muito ética e respondeu:

– Eu gosto de ter certeza antes de me pronunciar, nós médicos somos surpreendidos a toda hora e em todos os instantes. O reverendo acenou positivamente com a cabeça. Benjamin ainda permanecia ansioso esperando o resultado do teste de HIV.

Felipe estava agitado, mas fazia parte do jeito de ser. Antes de sair, perguntou:

– Doutora, por que você já não pede a biópsia, você não irá viajar?

– Sim... Conforme for, eu já deixarei pronto o pedido para a biópsia e caberá a vocês vir aqui buscá-lo. – olhou ao jovem e falou. – Quero vê-lo assim que eu chegar... Em exatos oito dias...

Eles agradeceram à médica e se retiraram da sala. Felipe foi até a recepção para pagar a consulta, contudo, a secretária disse que a doutora River pediu para não cobrar o serviço dela. Johnson, como um bom empreendedor, ficou atônito, achou muito estranho, mesmo assim, agradeceu a funcionária. Estava ansioso para voltar ao laboratório para finalmente ver o resultado do teste de HIV do Benjamin.

HAPPY DAY

pós saírem do consultório médico, retornaram ao hospital. Durante o percurso, resolveram parar em um laboratório de Análises Clínicas, para que mais uma vez coletassem sangue do jovem para realização de exames. Cestinha estava muito tenso, isso dificultava localizarem sua veia.Sua mão suava, apresentava palidez. Como se isso não bastasse, Benjamin estava com fome, uma vez que quando saiu de sua casa não comera nada. Furaram-no três vezes até encontrar o vaso sanguíneo que possibilitou recolher as amostras. No pedido de exame tinha o e-mail da médica, desse modo, ela seria avisada dos resultados antes mesmo deles, conforme ela havia dito.

Após a coleta, Jaime, Ben e Felipe foram até uma lanchonete e comeram sanduíches, na verdade, engoliram o alimento, pois estavam ansiosos pelo resultado do teste de HIV. Sem delongas, eles retornaram ao laboratório do hospital. Ao chegarem lá, Felipe se dirigiu até a secretária, que antes o atendera, e falou:

– Olá... Cadê o exame? ... Ou melhor, vim pegar o teste do meu filho.

Ela fez pouco caso dele e o enrolou mais um pouco, o resultado do exame estava sobre a mesa dela, contudo, ela fingiu que olhava no sistema para verificar se, de fato, estava pronto. Johnson estava apavorado, queria ver o resultado o quanto antes, mas se conteve. Faltava-lhe informação sobre como ocorre tal procedimento, uma vez que se soubesse, não precisaria esperar tanto e, perceberia, que aquela secretária estava "brincando" com ele.

A moça o enrolou até o instante que sentiu pena dele e, disfarçadamente, retirou o exame de baixo de uma pasta e o deu. Felipe ficou contente, parecia ter recebido um bilhete premiado. Sem esperar, chamou Benjamin e Jaime para segui-lo até à entrada do hospital. Quando os três chegaram lá, o empresário falou:

– Muito bem! Chegou a hora da verdade! – abriu o envelope e leu – "Amostra Não Reagente para HIV".

Benjamin e King sorriram, comemoram. Felipe, no entanto, pareceu triste diante do resultado, era estranho, mas parecia que ele queria que o filho tivesse a AIDS.

– Como assim?! Negativo? – expressou Johnson.

– Eu sempre soube que seria negativo, senhor Johnson. –

falou o reverendo.

– Não pode ser! – esbravejou o pai.

Max ficou enfurecido com a atitude do pai de Benjamin e

o repreendeu:

– O que é isso, Felipe? Seu filho não tem AIDS e é assim que você fica? Bom para você seria se tivesse o vírus? Não estou compreendendo como um pai pode desejar algo assim ao filho.

O empresário ficou sem graça, de fato, tinha passado dos limites com o seu modo arrogante de agir. Ele, então, olhou ao filho e disse:

– Que bom! Você não tem AIDS.- Riu laconicamente.

– O correto mesmo será o Benjamin refazer outro exame daqui dois meses, só para garantir. Mas por enquanto vamos comemorar – expressou o reverendo todo alegre e concluiu – Agora o senhor Johnson poderá fazer uma visita em nossa igreja, não é?

Felipe não disfarçou a insatisfação de ouvir aquela pergunta, mas como prometera, certamente, iria cumprir. Apenas deu um sorriso ao King. Disfarçando, pegou o seu celular e ligou para Agnes desejando comunicá-la sobre o resultado. Enquanto isso, Benjamin perguntou ao reverendo:

– Como Jesus me curou? Ele matou os vírus? Ou não permitiu que eu pegasse mesmo?

– Não sei, Benjamin... Tantas coisas podem estar envolvidas... Sim! Ele pode curar. Sim! Ele pode matar tudo aquilo que causa infecção... Por exemplo, certa vez, Cristo desceu de um monte e se aproximou dele um leproso que lhe falou "Eu sei que, se quiser, o senhor pode me curar" ... E Jesus respondeu àquele doente "Eu quero, fique curado!" E... Pronto! No mesmo instante, a lepra desapareceu... Essa história se encontra em Mateus, capítulo oito. – fez uma pausa refletiu e continuou – Sim! Ele pode ter lhe protegido de pegar a doença... Uma vez que "Os que confiam no Senhor são como o monte de Sião que não se abala, mas permanece para sempre" ... Isso se encontra em Salmos. – Olhou paternalmente ao jovem e disse – Você, Benjamin, não se abalou...

– Reverendo, eu quero ser como você. – o jovem falou em um tom decisivo.

– Como assim, Benjamin? – perguntou Max.

– Eu quero saber todos os versículos bíblicos, eu quero falar de Jesus para as pessoas, eu quero viver com Deus...

– Você precisa aceitar a Jesus.

– Vamos! – Felipe chegou inesperadamente e interrompeu aquela conversa.

Jaime deu um sinal com a cabeça para que em outro momento conversassem sobre esse assunto. Benjamin compreendeu e assim adentraram no carro de Johnson e partiram.

Um silêncio se alojava naquele veículo, eles estavam cansados com toda aquela correria do dia. Ben se encostou no vidro do carro e começou a cochilar, seu pai mantinha a visibilidade ao longo do tráfego urbano. Jaime não queria que aquele momento de tanta alegria terminasse assim, sem graça, sem brio. Por isso, inesperadamente começou a cantar "Oh Happy Day". Johnson olhou assustado pelo retrovisor frontal, Cestinha teve um susto. Max estalava os dedos como fundo musical, o jovem sorriu e começou a acompanhar o amigo. King olhou para Felipe e falou:

– Qual é, cara, seu filho não está com AIDS vamos come- morar... Cante conosco! – e retornou a cantar.

Ben olhava para o pai na esperança de que ele cantasse, entretanto, prevaleceu o óbvio, ele fez um semblante de deboche e continuou dirigindo, enquanto ouvia os dois celebrando um dia feliz.

Era distante o caminho do hospital até a casa dos Johnson, todavia, tinha suas vantagens para Benjamin. Quando foi possível avistar a casa de Isabel, imediatamente, o menino sentiu o sabor da paixão, um calafrio, um sorriso envergonhado, o coração palpitante. Apesar das desavenças, Jaime e Felipe se entreolharam pelo espelho. O reverendo piscou e mexeu a cabeça em direção ao jovem, Johnson acenou positivamente e deu um sorriso. Enfim, concordaram telepaticamente em surpreender o jovem. Cestinha não esperava, mas seu pai parou em frente da casa de Isabel. O jovem olhou apavorado e envergonhado para os dois. Felipe tomou a iniciativa:

– Vá falar para Victória que você não tem AIDS – sorriu maliciosamente.

Ainda tenso, o jovem virou a cabeça esperando ouvir algo do reverendo. Jaime apenas deu um leve sorriso e falou:

– Concordo com o seu pai.

"O que?", Benjamin pensou.

Isso foi inesperado, eles nunca se concordavam, mas se esse milagre aconteceu, então, coisas boas estavam para vir. Benjamin olhou para eles e desabafou:

– Vocês são os meus melhores amigos... – ao ouvir isso, Felipe ficou eufórico, parecia ter reconquistado o filho – Vou dizer o óbvio. Estou apaixonado por essa garota... Eu não digo um amor de verão, mas realmente sinto que a amo. Desde quando a vi... Lá no hospital – olhou para seu pai – Você se lembra daquele dia que você deu bola fora sobre o pai dela? – ele balançou a cabeça afirmando – Então... Eu a vi e.... – enquanto Benjamin falava, os dois prestavam a atenção nele.

Em sua casa, Victória observou pela janela da sala que um carro estacionara ali na frente. Reconheceu que era o auto- móvel do senhor Johnson. Achou estranho ninguém descer e, por isso, foi até lá.

– Como posso dizer a ela que eu a amo? – Ben continuou ao mesmo tempo que procurava uma posição mais confortável. Ele virou o corpo para ficar de frente com o pai e, obviamente, de costas para o vidro da porta lateral.

Johnson percebendo que Victória se aproximava do carro disse:

– Calma, vou ligar o som. – Tocava uma canção de Lionel Richie, "Say you Say me". – Nooossa... Essa é boa hein, Jaime... Vou aumentar – Fez isso propositalmente, ele exagerou na intensidade sonora à medida que sua mão esquerda apertava o botão que baixava o vidro da porta onde Ben se sentava – Sinto muito, aumentei demais o volume – E lentamente ajustou o som numa altura discreta – O que você falava, Benjamin?

O dia estava agradável, não ventava muito e por isso o jovem nem percebeu o vidro aberto.

– Eu amo a Victória, era isso que eu falava, mas não consigo dizer a ela... Pois ela me faz sentir medo e admiração, encantamento e loucura... Quando estou perto dela, meu coração pulsa exageradamente, às vezes, acho que ela até consegue ouvir ele de tão forte que é a sua batida... Vocês querem que eu saia do carro e diga o que pra ela? Minha voz não vai sair! – Benjamin sentiu um perfume familiar.

– Você não precisa dizer mais nada... – falou o pai – Olhe para trás.

Faltou-lhe o ar, aquele famoso "frio na barriga" se transformara em tempestade, seu coração pulsava loucamente, sentiu uma fadiga, um cansaço enorme, mas lentamente tomou forças para olhar para trás. De fato, era Victória. Ela também estava atônita, queria chorar de emoção, mas ficou envergonhada diante dos três homens que estavam à sua frente. Os jovens se olharam, não tinha como Benjamin voltar no tempo, ela ouvira tudo, desde o momento em que os vidros foram abertos. Felipe, sempre impaciente, olhou para o reverendo e falou:

– E agora, o que faremos?

Raramente Jaime não sabia o que fazer, entretanto, aquela pergunta o deixou sem respostas. Por esse motivo, apenas mexeu as mãos afirmando um "Não sei!".

Victória não queria deixar Benjamin ir embora, por isso, falou:

– Senhor Johnson, você se importa se Benjamin ficar aqui para o jantar? Depois o levamos. Acredito que precisamos conversar.

– Não me importo. Até mais, Romeu! – brincou com o filho – Fique e converse com a sua Julieta.

Ben ainda estava admirado e não conseguia esboçar nenhum movimento. Ele, na verdade, queria sair correndo dali. Seu pai, contudo, apertou o botão que destravava as portas, o que fez com que o jovem tivesse um estalo mental. Cestinha abriu a porta e percebeu que a calçada era alta em relação ao asfalto e por esse motivo a jovem conseguiu ficar na altura correta que possibilitava vê-lo e ouvi-lo. Cestinha desceu, Jaime e Johnson o olhavam, em seguida o pai ligou o motor e, antes de sair, conseguiu visualizar um abraço.

AMOR

King e senhor Johnson ficaram muito contentes com toda aquela situação, com certeza, Victória poderia fazer parte da vida do novo Benjamin, de fato, eles poderiam ser felizes. Dentro daquele carro, o som ainda estava ligado, contudo, em uma baixa intensidade sonora. Ambos ficaram refletindo. Max se lembrou da cena e da esperteza de Felipe em abrir o vidro e deixar a jovem ouvir o que Ben tinha medo de dizer. Desse modo, quebrando o silêncio falou:

– Meu Caro senhor Johnson... Meus parabéns pela esperteza e raciocínio. – fingiu aplaudi-lo. – Conseguir abrir o vidro do carro, sem que o seu filho percebesse, foi muito bom... – sorriu – Apesar de que tudo contribuiu para isso dar certo, o clima estava ameno, não ventava e Benjamin estava tão embriagado emocionalmente que seu corpo não conseguia responder pelas sensações externas.

– Concordo contigo, fui muito esperto – Riu – Tomara que dê certo esse relacionamento... Ela é uma menina boa, de uma família boa, ela é bonita... Enfim...

– Deus sabe o que faz....

– Tem certeza que irá falar de religião?

– Não falo de religião, falo de Deus que está acima de tudo e de todos...

Felipe olhou para Jaime e debochou:

– Será que essa fé não seria falta de opção para uma resposta concreta e sólida? Analisa comigo... Primeiro as pessoas procuram os médicos, mas ao ouvirem deles que irão morrer, aí sim começam a ter fé que Jesus irá curá-los para que possam continuar a viver... Nessa situação, temos duas contradições: por que não procuraram a Deus antes de ir ao médico? E por que, após a sentença de morte, as pessoas não se alegraram, já que, se creem em Jesus, morrer apenas as aproximarão DELE?

– Senhor Johnson, temos que separar o fato de ter fé... Do 'estar desesperado'. Veja meu exemplo, eu não me lembro de quando fui ao hospital necessitando de um atendimento médico por motivos patológicos, isto é, uma doença... Muitas pessoas são interesseiras e querem que as coisas aconteçam no seu tempo e da sua forma... Jesus curou vários enfermos e usou de várias formas para fazer isso, às vezes, uma pessoa deve passar por uma situação difícil... Para a fé dela ser testada. Oras, é fácil adorar a Deus quando tudo vai bem! – sorriu – Sei que você não gosta que eu cite a Bíblia, mas no livro de Tiago, capítulo quatro apresenta que várias pessoas querem ter muitas coisas, mas como não podem ter tudo, estão dispostas até a matar para conseguirem o máximo daquilo que desejam e por isso, ao não adquirirem o que desejam pelas suas próprias forças, recorrem a Deus...– Fez uma pausa– Muitas vezes, Deus não nos concede o que queremos porque aquilo que desejamos não é do agrado Dele   Você está me compreendendo?

– Até certo ponto sim. Mas por que na morte as pessoas não se alegram, já que irão se encontrar com Deus?

– O apóstolo Paulo disse em Filipenses capítulo primeiro, versículo 21, "Porque para mim o viver é Cristo, e o morrer é ganho". Nem todos pensam da forma como você expôs em sua pergunta. Querendo ou não, Felipe, ninguém nasce desejando a morte, mesmo alguém... – pensou – que tentou suicídio é apaixonado pela vida... Veja Benjamin, por exemplo, está lá com aquela que poderá ser a esposa dele. Será que ele está arrependido do que fez?

– Silenciou-se por um pequeno tempo e prosseguiu – Tudo o que aconteceu desde quando conheci seu filho foi necessário para chegarmos no dia de hoje.

– Como você conheceu meu filho, você nunca me disse isso?

– Ele me assaltou... – riu – Eu tentei acalmá-lo e consegui com que ele fosse até minha casa... Ele estava desesperado por dinheiro, precisava pagar uma dívida com Rubens... – silenciou, refletiu por alguns instantes e continuou – Veja com quem Ben estava se metendo... Ele estava todo machucado, os capangas de Del Rey surraram-no. Eu estava tentando conversar com ele quando seu filho recebeu uma ligação do traficante... Ele começou a ficar apavorado e, do nada, ele ficou desesperado, tenso... Queria dinheiro, bateu em mim e eu fiquei desorientado. Destruiu minha casa.

– Que isso? – Felipe argumentou indignado.

– Eu tive pena do seu filho... Eu tinha um dinheiro guardado... Criei coragem e fui até Rubens...

– Você é louco? – expressou o pai espontaneamente.

– Amar o próximo, às vezes, leva-nos à loucura – sorriu com o canto da boca – cheguei lá, tive que passar por três seguranças para ficar na presença dele. Rubens sorria, era sarcástico. Quando pegou o meu dinheiro sem titubear me deu um soco. Perguntei o porquê de ele ter me batido, já que o dinheiro estava com ele. Ele, sem compaixão, falou que estava a fim de surrar alguém... – Jaime fez um semblante de dor, parecia que se lembrava da surra que tomara. – E assim eu apanhei muito naquela noite...

Um sentimento dúbio tomava Johnson, a razão dizia: "que cara idiota ter dado a cara tapa por alguém que nem conhecia e, ainda, que o maltratou em sua própria casa"; maso coração gritava: "esse cara salvou a vida do seu filho, fez por ele aquilo que nem você faria. Você está vendo? Se ele não fosse conhecedor da Palavra de Deus, seu filho estaria morto". O empresário ficou perturbado com as palavras de Jaime, mas reconheceu:

– Obrigado por tudo o que você fez e faz ao meu filho...

– sorriu para King.

***

Após o pai e Jaime saírem da presença dos dois apaixonados, eles,por alguns segundos, ficaram parados se olhando. Não havia mais segredos ali, Victória abraçou Benjamin calorosamente, sentiam-se seguros nos braços um do outro. Não tinham pressa, mas laconicamente seus rostos ficaram frente a frente, era possível um sentir o respirar do outro. Fecharam os olhos e se beijaram. Iniciou-se ali uma história de amor. Benjamin ainda estava embriagado com toda aquela situação, parecia não acreditar que aquela menina que aos olhos dele parecia ser intocável, estava beijando-o. Novamente seus olhos se encontraram e Ben sussurrou:

– Você aceita namorar comigo?

Victória sabia como deixá-lo desesperado, por isso, franziu a testa, fez um semblante de repreensão, afastou-se repentinamente dele e falou:

– Namorar contigo? Eu?

– Não é necessário falar agora... Assim....É. - Cestinha ficou embaraçado.

A jovem riu e lhe deu mais um beijo enquanto dizia:

– É claro que somos namorados - pegou nas mãos dele – Vamos lá contar para minha mãe.

– O quê? Como assim falar com tua mãe? Eh...

– Amor, ela já imaginava que ficaríamos juntos uma hora ou outra.

"Amor?!", Benjamin pensou, "Nossa!".

Benjamin estava realizado, finalmente as coisas estavam num rumo bom, sem imprevistos. Primeiro descobriu que não estava com AIDS, depois começou a namorar com a menina dos seus sonhos e, como bônus, ouviu da boca da menina, que sempre o odiou, a palavra "amor" referindo-se a ele. Finalmente as coisas mudaram para melhor. Desse modo, mesmo timidamente, ele e a namorada entram na sala e se deparam com Isabel. A princípio, ela os olhou com estranheza, mas, em seguida, percebeu que estavam de mãos dadas e, sem titubear, deu um grande sorriso e abraçou o Ben.

– Seja bem-vindo sempre que quiser vir em minha casa...

– Obrigado?! – Agradeceu num tom de pergunta, como se

não acreditasse no que estava acontecendo.

– Vou ligar para sua mãe e contar a novidade – saiu eufórica a "sogra de Ben".

Que momento mágico para o jovem Johnson, aquele dia conquistou o posto de o melhor dia da vida dele, até então.

Victória o convidou para ajudá-la a preparar o jantar e os dois, com respeito e romantismo, fizeram uma deliciosa comida para comemorarem. Benjamin estava tão feliz que quase se esqueceu de contar uma das grandes novidades do dia àquelas duas, mas após fazerem uma oração de agradecendo pelo alimento, antes mesmo de começarem a comer, ele falou:

– Deus foi muito bom comigo... – elas o fitavam – Fiz o teste de HIV e deu negativo, assim como Jaime falou.

Victória o abraçou, Cestinha que caindo em si, percebeu que a jovem aceitou namorar com ele antes de saber da novidade, isso significava duas possibilidades na mente dele: ou ela também tinha fé nas palavras de King ou ela estava disposta a modificar toda a sua vida para ficar com ele. Seja qual fosse a sua opção, só provaria que Victória, realmente, o amava. Depois que a filha largou o namorado, Isabel conseguiu abraçar o rapaz.

Estavam contentes, estavam vibrantes. Não havia palavras para descrever a emoção que Benjamin sentia. O único problema daquela noite era que o jovem Johnson não tinha fome, comeu uma quantidade muito pequena; mãe e filha estranharam, mas não queriam estragar o brilho daquele momento em família. E assim sucedeu até às nove horas da noite, quando Isabel e Victória levaram–no para casa. Ben viveu momentos ímpares naquele dia, todavia, o amanhã também lhe reservava mais emoções.

TELEFONEMA

O celular de Felipe tocou, ele estranhou ao ver que eram seis e meia da manhã, era uma chamada via internet da doutora Judy. Atendeu com uma voz embargada:

– Olá, doutora!

– Bom dia! Desculpe-me o horário, mas eu olhei os exames de seu filho aqui e ele precisará ser internado e fazer um Mielograma urgente.

– O que isso é,doutora? É uma doença grave? – perguntou um pouco apavorado.

– Por favor, senhor Johnson, minha secretária já avisou ao laboratório, comunicou ao médico que fará o procedimento e já reservou um quarto no hospital, por favor, leve-o o mais rápido que puder. Além disso, o doutor Willian Murphy cuidará do caso a partir de agora.

– O que ele tem?

– Por gentileza, senhor Johnson, faça o que estou lhe pedindo. Não posso ter esse tipo de atitude por telefone, mas como sou amiga de Agnes... – desligou.

Agnes, ao ouvir o telefone tocar, acordou e ouviu os dize- res do marido. Sem delongas perguntou:

– O que aconteceu?

– Eu não sei! A doutora me falou que o Benjamin terá que fazer um Mielo... Melogra... – Não se lembrava do nome, uma vez que sua mente ainda estava desorientada devido ao sono.

– Mielograma! – disse espantada a esposa.

– Isso mesmo. E que um tal de Willian Murphy cuidará dele.

– Ele é Hematologista – falou pensativa.

– Ah tá... O que é isso?

– Especialista em estudar e tratar doenças no sangue... No caso do doutor Murphy ele é especialista em tratamento de leucemia e linfomas.

– Você está me dizendo que nosso filho tem...

– Não estou dizendo nada, mas pode... – ela não conseguiu concluir.

Agnes, rapidamente, colocou seus chinelos e foi até o quarto do filho acordá-lo. Enquanto isso, Felipe foi lavar o rosto e escovar os dentes. Pelo tom de voz da médica, precisavam ser rápidos. O hemograma de Benjamin apresentou uma baixa quantidade de plaquetas no sangue e um número desordenado de glóbulos brancos, além disso, uma baixa quantidade de hemácias foi detectada, por isso, necessitavam ir imediatamente ao hospital e fazer uma internação, pois, havia o risco de hemorragia em algumas partes do corpo. E naquela afobação todos foram rapidamente ao hospital.

Ao chegarem lá, Felipe correu à recepção para fazer a par- te burocrática, Agnes foi se trocar, pois queria ver o procedimento, e Benjamin foi encaminhado para a internação.

O doutor Murphy possuía o exame em mãos no instante que adentrou ao quarto do jovem Johnson.

– Bom dia... – o médico olhou o exame – Benjamin Johnson!

– Bom dia, doutor!

– Cadê o seu acompanhante?

– Meu pai está preenchendo os papéis na recepção e minha mãe foi se trocar para acompanhar o procedimento médico que farão em mim...

– Quem é a sua mãe? – perguntou Willian estranhando.

– Agnes. Ela é enfermeira...

– Ah! Sim... – disse o médico interrompendo Ben.

– Bom... Nesse caso falo com ela lá dentro – referia-se a uma sala reservada onde fariam a coleta.

Naquele momento Felipe entrou na sala e já foi logo perguntando:

– Doutor, meu filho tem câncer?

O médico se espantou com o modo de falar do pai e respondeu:

– Iremos fazer esse procedimento antes de dizer qualquer coisa. Mas seu filho está com algumas alterações no sangue.

– Doutor Murphy! – entrou uma enfermeira na sala – Podemos levá-lo?

– Sim, Claro! – olhou para o senhor Johnson e falou– Em breve traremos o seu filho de volta.

Assim levaram Benjamin até uma sala, onde estavam um enfermeiro e Agnes, que ao ver o filho sentiu um aperto no peito e uma vontade de chorar. Todavia, precisava ser forte. O local era bem iluminado, tinha cor bege, bem suave. Ao lado da porta, embutido na parede, encontrava-se um recipiente para armazenar álcool gel. Próximo à cama, notavam-se a anestesia e uma agulha especial protegida pela embalagem.

O hematologista pediu para que o jovem se virasse de lado. Cestinha estava com a camisola fornecida pelo hospital, por isso, foi mais fácil expor o local da coleta. Seria na crista ilíaca, popularmente conhecida como região da bacia. O doutor higienizou o local passando tintura de iodo, em seguida, apalpou a área em que introduziria a anestesia. Após ter certeza do local, massageou-o com o polegar enquanto lentamente aplicava a anestesia. Benjamin sentiu um incômodo no momento da 'picada'. Na sequência, introduziu a agulha especial – ela era maior e mais grossa do que as agulhas comuns de injeção – até atingir o interior do osso. Cestinha sentiu uma moderada e suportável dor nesse momento. Sua mãe estava apreensiva, mesmo acostumada com tais procedimentos. A "mãe-enfermeira" temia. Seguindo a ação, colocou-se uma seringa na parte posterior da agulha especial e aspirou algumas gotas de material do interior do osso. Quando atingiu a quantidade de líquido adequada, retirou-se a seringa e a agulha.

– Muito bem, Benjamin! Terminamos... – disse o médico. Cestinha estava aliviado, aquilo o incomodava. Os doze minutos de todo o procedimento demorou uma eternidade para ele. A "mãe-enfermeira" se sentiu aliviada após o procedimento.

– Agora é só esperarmos quatro dias para teremos o resultado. – expressou Murphy, enquanto notava algumas manchas na pele morena do jovem Johnson.

Retiraram-no dali e o levaram até seu quarto. Felipe, ao vê-lo chegar, falou:

– Mas já?

Agnes ajudava no transporte da maca, ao ouvir as palavras do marido olhou repreensivamente para ele. Johnson encolheu os ombros como se dissesse: "O que eu falei demais?". Após ajeitarem o jovem, o enfermeiro que auxiliava Agnes se retirou do lugar. O empresário olhou para filho e perguntou:

– Dói muito isso?

– Incomoda bastante – respondeu o filho.

Todos ficaram pensativos, o silêncio se estabeleceu ali. Um ficava olhando para o outro. E o pai querendo dar uma animada nas coisas falou:

– Você ficou sabendo quem está namorando? – disse olhando maliciosamente para Agnes.

Ben ficou tímido. Agnes sabia, mas preferiu entrar na brincadeira do marido.

– Não! Quem?

– O Romeu ali – apontou para o jovem.

– Eu falei que não sabia de nada, mas Isabel me ligou e contou tudo ontem mesmo – confessou.

O casal ficou com um olhar abobalhado no filho, que, se pudesse, sairia correndo dali de tanta vergonha.

– Você falou pra ela que estaria aqui? – Agnes perguntou.

– Mãe... Eu não sabia que estaria aqui hoje não é? Lembra- se de que tudo foi às pressas?

– Ah é mesmo! – pegou o celular – Vou ligar para ela.

– Mãe! Não!

– Escute aqui! – argumentou num tom de brincadeira– Antes de vocês namorarem ela era MINHA amiga igual a mãe dela – E brincando mostrou a língua para o filho.

Ele sorriu e seu pai não podendo perder uma piada falou:

– Vai, Romeu... Cada um tem a Julieta que merece, a minha ainda não está adestrada – riu.

– Já o meu Romeu... Eu já adestrei há muito tempo. – Agnes expressou debochando do marido.

Benjamin olhou para Felipe e disse:

– Essa você perdeu, hein, pai! – sorriu.

– Pois é! – sussurrou.

Agnes comunicou Victória sobre a situação de Benjamin. A senhora Johnson também avisou ao reverendo que se prontificou a ir visitá-lo no dia seguinte.

Ironicamente, no hospital, mais uma vez, a família se uniu, mas a situação era bem diferente daquela quando Cestinha tentou suicídio. Pai e filho faziam brincadeiras um com o outro. E a mãe, depois da mudança radical de vida do jovem, não estava mais com sintomas de depressão. Enfim, há traumas que fazem valer a pena as cicatrizes. Assim se resumia aquela família.

O empresário estava cansado e com sono, sua esposa também, era folga dela naquele dia, mas ambos permaneciam firmes ali com o filho.

O celular do senhor Johnson tocou:

– Olá, grande empreendedor Felipe Johnson! – era Yudi Yamada.

– Olá, senhor Yamada... Em que posso ser útil?

– Dez milhões de dólares lhe parece útil?

– Não pretendo vender minhas ações.

– Você tem que vender senão irá perdê-las.

– Por quê?

– Porque estou disposto a ir ao inferno para ter o que é seu.

– Eu estou dentro da lei... Tudo dentro da empresa está correto... Acho que vale arriscar vê-lo se rastejando até o... – ficou em silêncio, olhou para a esposa e o filho e continuou

– Não quero vender...

– Vou te infernizar até conseguir o que eu quero! – Yama- da argumentou provocando.

– Ah que medo! Façamos assim.   Quer comprar? Então me pague 30 milhões – falou em tom de brincadeira e desligou.

O patrimônio de Felipe era grande, todavia, não chegava a 15 milhões e, ainda, ele era o sócio majoritário e não o único dono.

– Era o japonês Yamada querendo minhas ações. Ele me ofereceu 10 milhões. E para provocá-lo, eu disse que se ele quisesse minhas ações deveria me pagar 30 milhões   Esse valor é um absurdo perto do que vale – teve uma ideia, riu maliciosamente – apesar de que ele faria qualquer coisa para conseguir o que quer... Será que...

– Será que ele não pagaria toda a grana que você pediu só para provar a você que ele pode ficar com a empresa? – Ben falou ligeiramente.

– Acho que ele não seria tão bobo assim.- Expressou o empresário.

– Pai, valoriza a empresa, já que esse cara tem muito dinheiro e nunca gosta de ouvir "não" como resposta, faça com que ele pense que não existe valor no mundo que possa comprar suas ações. Ele cederá pela arrogância e prepotência – o jovem opinou. "Nossa! Como meu filho falou bonito. Acho que ele está ficando muito próximo do reverendo", refletiu e esboçou um singelo sorriso.

– Tem razão, Benjamin! – estava saindo do quarto quando olhou para trás e disse – Vou fazer algumas ligações e já venho.

Mãe e filho permanecem ali. A senhora Johnson sabia que o filho poderia ter uma doença grave, queria fazer algo por ele, mas não tinha condições. A aparência de Ben era apática, sua coloração estava diferente. Ela temia o pior, por isso, desejou prevenir as coisas. Se o seu filho tivesse alguma enfermidade relacionada ao sangue, haveria uma grande possibilidade dele necessitar de doadores de medula óssea, já que é nesse local que se produz as células sanguíneas. Desse modo, Agnes começou a ligar para colegas e amigos convencendo-os a se tornarem doadores, houve muita recusa, afinal, o temor do procedimento médico era alto, muitos tinham medo de sentir dor. Isso a deixava desesperada, pois nem ela e nem o marido serviriam para serem doadores de medula ao filho, caso o jovem precisasse. E essa dependência da boa vontade dos outros a fazia exasperar-se.

Uma compatibilidade genética tinha que ocorrer entre o doador e o receptor, as maiores chances de isso acontecer são entre irmãos, já que recebem o mesmo material genético do pai e da mãe, mas Cestinha não tinha irmão. Mesmo isso não justificando nada, a "mãe-enfermeira" se sentia culpada por não ter arrumado outro filho. Nos momentos de dores que a vida nos impõe, sempre procuramos culpados e quando não os encontramos, assumimos a culpa. Às vezes, bastaria apenas aceitarmos que não há culpado.

Somado ao caso, uma busca estendida na família poderia elevar a chance de encontrar alguém compatível, mas as probabilidades são pequenas e, ainda, somente a família de Agnes poderia ajudar, já que o marido era adotado. Apesar disso, ela não desistia, ligou para os seus pais e tios e solicitou que eles se tornassem doadores, explicou o caso do filho, alguns dos irmãos de Joseph e Alice se sensibilizaram e prometeram que se tornariam doadores. A senhora Johnson estava agilizando as coisas.

Felipe estava contente quando entrou no quarto, afinal, contara a conversa que tivera com Yamada aos outros sócios e os convenceu de que se afirmassem uma posição dura quanto à venda da fábrica, havia uma grande possibilidade de venderem-na por muito dinheiro ao empresário oriental. Apesar disso, percebeu o rosto abatido de sua esposa e perguntou:

– Aconteceu alguma coisa? Benjamin estava cochilando.

– Eu estava ligando para algumas pessoas... – falou a mãe.

– Pra quê?

– Para elas se tornarem doadoras de medula óssea.

– Por quê? Nós não podemos doar?

– Ao nosso filho não!

– Por quê? – perguntou o marido indignado.

– Porque nós só passamos a metade da nossa carga genética pra ele – apontou ao jovem – Se tivéssemos um outro filho, poderia aumentar as chances. Ele poderia doar para Benjamin, já que teria uma maior proximidade genética.

– Mas ele vai precisar de doador?

– Eu estou sendo prudente... Não sabemos ainda.

– Vou ser doador também, vai que dá certo?! – expressou o marido mesmo não conhecendo os "trâmites".

– Amor, nós não... – ela pensou, sabia que o marido não prestava atenção nela e falou – Vai! Pode ir... Se você não ajudar o nosso filho, pelo menos ajudará outras pessoas caso seja necessário.

– Vou ligar pro reverendo para ser doador também!

– Faça isso! – expressou falsamente.

Agnes sabia que era mais fácil encontrar uma agulha num palheiro do que um doador compatível. Mas mantinha o foco, estava desesperada, precisava de ajuda, seja de onde fosse.

– Vou lá. – senhor Johnson se referia a Jaime.

Após dizer tais palavras, ele saiu.

O filho ainda dormia, a mãe enviava mensagens de celular e lia artigos na internet. Apenas o som do ar-condicionado era ouvido ali. Tudo estava calmo quando Victória chegou.

CLÍNICA

Felipe chegou às pressas na casa de Jaime. O reverendo estava em sua sala lendo quando avistou pela janela o empresário caminhando em direção à porta. Sem esperar, saiu ao encontro dele e falou:

– O que o traz em minha casa, senhor Johnson?

– O senhor é doador de medula? – perguntou apressadamente.

– Ainda não, por quê?

– Agnes acha que Benjamin precisará de um doador... Ela me falou que eu, como pai dele, não posso fazer isso... Mas vou me cadastrar mesmo assim.

– É bom termos fé!

– Não começa não! – falou agressivo.

– O senhor já aprendeu uma boa lição sobre a fé e oração, não é mesmo? – Referia-se a falta de fé de Felipe quanto ao filho não ter AIDS.

– Uma jogada de sorte. Li recentemente que algumas pessoas podem ser imunes ao vírus HIV.

– Tem razão, senhor Johnson.Concordo contigo... Eu sempre tive fé de que seu filho não teria a Síndrome da Imunodeficiência Adquirida. E quanto a você, o que falou mesmo?

Felipe ficou sem jeito, fora pego de surpresa.

– Enquanto eu falava que seu filho não tinha AIDS... Você... – apontou para Johnson – falava que ele teria câncer, pois tudo estava dando errado para ele... Eu falei para você não dizer tais coisas, mas você me ouviu? Não! – num tom de voz irônico falou – Acho que quem teve uma... – imitou o sinal das aspas com os dedos – Jogada de sorte – fez uma pausa – foi o senhor.

O empresário ficou com uma aparência lúgubre, ele se lembrava dos absurdos que falara e começou a se culpar.

– Sinto muito! – falou arrependido.

Jaime não esperava um reconhecimento de Felipe, sabia que ele não admitia quando estava errado, mas aquela dialética começou a modificá-lo. King teve pena dele, de fato, era muita coisa acontecendo na vida daquela família.

– E disse a Palavra de Deus em Primeira Carta aos Coríntios, capítulo dez, versículo 13 "Não veio sobre vós tentação, senão humana; mas fiel é Deus, que não vos deixará tentar acima do que podeis, antes com a tentação dará também o escape, para que a possais suportar". – Max colocou as mãos sobre o ombro de Johnson e falou – Deus não nos dará provações as quais não possamos suportar...– olhou fixamente os olhos de Johnson – Se Deus só nos permite passar por tentações que NÓS conseguiremos suportar, então, quanto maior as provações, mais forte somos aos olhos de Deus... Vale dizer também que a Palavra de Deus afirma que o Pai Celestial nos dará o escape.

Felipe começou a refletir sobre o assunto, naquele momento não foi arrogante ou incrédulo, apenas ficou pensando sobre as palavras que ouvira.

– Eu sei que um dia vou encontrar o meu filho e sei que um dia você encontrará a sua família verdadeira – pronunciou o reverendo.

– Você colocaria suas mãos no fogo se isso não ocorrer? – perguntou o empresário.

– Sim – respondeu sem titubear.

Felipe estava conturbado mentalmente. Desejou parar com aquele clima "meloso" e, ao se recompor, falou:

– O senhor topa se tornar doador de medula? vai que o reverendo é compatível com o meu filho!?– sorriu.

– Tudo bem!

– Vamos ao laboratório?

– Vamos!

Eles discutiram bastante durante os dias passados, contudo, ambos adquiriram respeito e consideração um pelo outro. Eram amigos e não sabiam. Assim seguiram, entraram no carro e partiram em busca de algum local para se cadastrarem como doadores de medula. O empresário não tinha ideia de onde eles poderiam ir, pensou em voltar ao hospital e, se por acaso aparecesse algum ponto de coleta no caminho, ali iriam. Sucedeu como deduzira.

Após estarem próximos ao hospital onde Benjamin estava, viram uma clínica que possuía um outdoor próximo à faixada dizendo "Que tal ser um doador de medula óssea e salvar vidas? Cadastre-se aqui!". O prédio era grande, viam-se muitos carros no estacionamento.

– Vamos ali? – perguntou Jaime.

– Vamos, né?!

– Parece lotado.

– Ah! Vamos lá... Nem que fiquemos esperando por algum tempo.

– Tudo bem! – Jaime concordou para evitar uma possível discussão.

Assim, estacionaram o carro e adentraram à clínica. Estava um caos, muita gente estava ali para ser consultada, pois aquele lugar era o consultório de quatro médicos, dois fisioterapeutas, um psicólogo e, ainda, um laboratório de medicina diagnóstica. Devido à uma parceria com o governo, cederam uma parte do local para ser um hemocentro. Enfim, era um prédio que realizava vários tipos de atividades de saúde, tanto particular quanto serviços públicos. O local era enorme e muito requintado, havia ali vários quadros com imagens da anatomia humana feita por artistas plásticos; A parede era de uma cor clara e o teto era rebaixado em gesso, com iluminação e sistema de som embutidos. Várias cadeiras almofadadas compunham o local de espera dos pacientes, ainda, continha uma pequena brinquedoteca, para entreter as crianças. Havia uma copa, onde os que ali estavam poderiam tomar um café, beber água e comer algumas bolachas. Um pouco afastado dali, estavam os banheiros, os quais mantinham a mesma fineza do local.

Apesar disso, reuniam-se muitas pessoas ali. Para falar com alguma secretária, precisava pegar senha, mas devido à demora de dois médicos em atender os seus pacientes, alguns indivíduos estavam eufóricos, bravos, queriam respostas e, a todo o momento, atrapalhavam as funcionárias da recepção. Felipe, ao ver toda a situação, quase voltou embora, entretanto, precisava tornar-se um doador, ele sempre cumpria o que dissera. Por isso, chegou até o atendimento eletrônico, era um computador touchscreen, na tela, apareciam várias opções com os serviços do local. Felipe selecionou a opção que sina- lizava: "Vim me tornar doador de medula" e também "Estou com um acompanhante". Em seguida, sentou-se para esperar que os monitores do local anunciassem a sua senha e para qual balcão ele deveria se deslocar. Jaime preferiu ficar em pé e observar os que ali estavam. Naquela data, uma jovem chamada Louise estava em seu primeiro dia de serviço, logo, ainda era inexperiente e se atrapalhava muito com as atividades do local. Ela se encontrava nervosa e estressada por tantas reclamações e impaciência das pessoas que estavam ali. Coincidentemente, foi o número do balcão de Louise que o sistema apresentou quando selecionou o número de Johnson.

– Boa tarde, senhor! – disse impaciente a secretária.

– Nossa... Boa Tarde?! Que horas são? – perguntou o empresário suspeitando já se encontrarem no período vespertino, uma vez que ainda era de manhã quando chegara ali.

– 12h14min, senhor! – ela estava com fome – Em que posso ajudar?

– Moça, cadê o médico?! – gritou uma senhora.

– Já está vindo, senhora... – respondeu a jovem ao ouvir os murmúrios. Tornou a olhar impaciente para o empresário – Muito bem, o que deseja?

– Eu e ele – apontou para Jaime que havia se sentado– viemos fazer o... Aquilo que está na placa ali fora! – O termo "doação de medula" lhe fugiu da mente.

– Vou processar esse médico! – gritou um homem todo engravatado, enquanto tomou a frente de Johnson.

Louise o ignorou e com a cabeça acenou para Felipe continuar.

– Um teste... Para ver se sou compatível – não conseguia

se lembrar, deu um "branco" na cabeça dele. Ele odiava quando as pessoas o interrompiam, isso o confundia, ele ficava todo atrapalhado. O ambiente barulhento o estressava.

– Ah! Sim. O senhor e ele. – Ela apontou para Max, que ao vê-la apontando a ele, levantou-se e foi lentamente até lá. – Preencham esses papéis e assinem, por favor – entregou uma ficha para cada um. Jaime, querendo se afastar do tumulto, foi preenchê-la no banco de espera.

– Você entendeu, não é? – disse Felipe num tom aliviado ao julgar que a secretária tivesse compreendido o que ele desejava.

– Cadê o médico, minha filha! – um senhor impaciente esbravejou.

Louise olhou no seu relógio e percebeu que era o horário do seu almoço. Assim sendo, começou a cadastrar no sistema os dados entregues a ela. A funcionária nem reparou que, no atendimento eletrônico, o empresário havia solicitado ser doador de medula. Louise deduziu que aquele senhor e aquele homem "perdido" estavam ali para fazerem um outro exame. A confusão do empresário em explicar corretamente o porquê estava ali e os estresses das pessoas fizeram que ela cadastrasse um exame específico que envolveria Felipe e Jaime.

– O senhor irá pagar como?

– Isso é cobrado? – estranhou o empresário que ainda

pensava que se tornaria doador.

– Lógico, senhor! – expressou bravamente a jovem.

– Para ser doa...

– "Vamos logo! Vou chamar a polícia". – gritou um moço bem

na hora que o empresário concluiria a frase, fato que impediu a clareza das palavras de Johnson.

A jovem, querendo sair dali o mais rápido possível, fingiu ouvir as palavras de Felipe e falou desinteressada:

– Sim! Todos os procedimentos são pagos!

Ele ficou indignado, mas pelo bem de seu filho, uma vez que nutria uma pequena esperança de que ele poderia ser o doador, aceitou fazer o pagamento. O reverendo nem percebera nada, pois estava sentado conversando sobre as histórias da Bíblia com uma senhora. Em meio ao tumulto, a moça terminou os procedimentos e solicitou que eles fossem até a sala de coleta. Max, gentilmente, pediu licença à idosa com quem conversava e a entregou o seu cartão de apresentação, no caso de um dia ela se interessar em fazer uma visita à igreja. Assim sendo, a biomédica recolheu umas amostras de sangue deles e falou:

– Venham pegar o resultado daqui a uma semana. – E se retirou dali.

Johnson olhou com estranheza para o reverendo, que o retribuiu com semblante negativo. Mas a falta de paciência do empreendedor o fez desejar sumir daquele lugar, por isso, pronunciou:

– Vamos sair daqui... Esse lugar está me deixando louco! Achei que retiraria uma amostra de sangue e pronto... Ah! Vamos embora!

Estavam exaustos, Louise e o tumulto das pessoas deixaram o empresário cansado. Felipe se dispôs a levar o reverendo embora; King respondeu:

– Se você for ao hospital... Irei contigo. Falei para sua es- posa que iria amanhã ver o Benjamin, mas vou hoje mesmo... E amanhã também.

Desse modo, partiram até o hospital.

***

Victória parecia estar ao lado de Benjamin há alguns anos, tinha intimidade com ele, não restavam dúvidas que ela realmente o amava, não lhe sobrava mais aquele sentimento de ódio de outros tempos. De fato, o amor é estranho. Ben ainda não conseguia disfarçar sua timidez diante dela, parecia não acreditar que ela era sua namorada. Cestinha a achava uma jovem muito bonita para ficar com ele, em outras palavras, o jovem Johnson se rebaixava perto dela, ele se achava feio para uma menina tão linda. Já a filha de Isabel, no entanto, apesar de em outros tempos não suportá-lo, sempre o achou muito bonito. Uma das coisas que a deixava com raiva dele era justamente o fato de que ele, ao usar drogas e beber, promovia uma usurpação da sua beleza.

No entanto, as coisas caminhavam diferentes, Benjamin mudara sua postura diante da vida, ele almejava crescer, estudar, trabalhar; Vida que antes era desperdiçada, agora era vivida e planejada. Antes, o jovem Johnson não tinha sonhos, mas agora os têm. Inclusive os dois primeiros versículos bíblicos que ele decorou foram: "Isaías 55:8-9 'Porque os meus pensamentos não são os vossos pensamentos, nem os vossos caminhos os meus caminhos. Porque assim como os céus são mais altos do que a terra, assim são os meus caminhos mais altos do que os vossos caminhos, e os meus pensamentos mais altos do que os vossos pensamentos'". Benjamin enfim sabia que Deus sempre tem o melhor para aqueles que Nele creem.

Agnes e a nora ficaram ao redor da cama de Cestinha conversando e rindo muito, afinal, eram amigas. Victória era muito carinhosa com o Ben, antes mesmo de concretizarem o namoro, sentia muita falta da companhia dele, pois juntos brincavam, trocavam olhares e, agora, com o relacionamento amoroso, acrescentavam-se os beijos, os abraços carinhosos, o andar de mãos dadas, os planos, a amizade. Agora eles eram muito mais do que amigos.

Quando o amor é sincero, não serão os dias que determinarão o tempo da união, mas sim as batidas do coração, afinal, somente o fim do pulsar colocará o fim do amor verdadeiro. E quando isso acontecer, a saudade o lembrará de que a verdadeira paixão ainda vive. Pois é, a jovem amava estar com o namorado e ele amava estar junto dela. Um começo perfeito para em breve se tornarem um.

Senhor Johnson e Jaime chegaram ao quarto de hospital indignados. Agnes, vendo-os concordando com algo teve uma sensação estranha e, por isso, perguntou:

– Vocês estão bem?

– Amor da minha vida... – falou Felipe em tom sarcástico

– Por acaso é correto pagar para ser doador de medula?

– Não! Por quê?

– Aqueles safados... – percebeu Victória no quarto, ficou sem graça e justificou a atitude – Sinto muito, é que eles passaram do limite.

Ela riu e ele prosseguiu:

– Eles me cobraram!

– Eu falei para o Felipe que eles não deveriam cobrar... Mas como eu nem fiquei perto dele, não posso falar muita coisa – esboçou o reverendo.

– Voltem lá e exijam o dinheiro de volta – disse a mãe de Benjamin.

– Ah! Deixa pra lá! Daqui a uma semana eu terei que pegar "não sei o quê" lá! Aí eu falo umas verdades pra eles...

– Você não precisa pegar nada... Após a doação, vocês só estarão registrados no Banco de Dados e pronto! Se alguém precisar, eles ligarão para vocês, só isso. – Agnes falou indignada.

Os dois ficaram confusos.

"Por que teremos que pegar algo daqui uma semana?",

pensaram.

Todos os quatro permaneceram ali até 21h. Victória queria pousar no hospital com o namorado, mas Felipe não deixou, ele agradeceu a disponibilidade da menina, entretanto, temia que Isabel não gostasse que a filha dormisse ali, por isso, pediu que Agnes a levasse, assim como o reverendo, para suas respectivas casas. O empresário ficaria ali com o filho. Todos se despediram e fizeram como combinado. Estavam cansados após um dia bem movimentado.

Nos dias seguintes, eles combinaram de que cada um deles ficaria um tempo determinado até que outro o substituísse na companhia de Benjamin, assim, ninguém ficaria cansado. Cestinha até tentou dizer que estava bem de saúde e que poderia ir embora. Agnes, contudo, devido à influência que tinha no hospital, mesmo não sendo necessário, conseguiu garantir que o filho ficasse ali até o resultado da pulsão medular ficar pronto. Como Ben sentia dores, ele estando ali, daria para medicá-lo.

RESULTADO

O quarteto se reuniu bem cedo no quarto de Benjamin. O pai, a mãe, a namorada e o amigo reverendo estavam afobados pelos dizeres médicos. Como Ben aparentava uma boa saúde, todos ficaram esperançosos que o resultado seria bom. Apenas Agnes ainda estava receosa sobre a melhora do filho.

Jaime lia a Bíblia para tentar se acalmar, Felipe lia os e-mails e analisava os relatórios dos supervisores de sua empresa, Victória segurava nas mãos de Benjamin e com um toque macio acariciava os seus cabelos, a "mãe-enfermeira", contudo, não conseguiu fazer nada para se distrair, estava tensa, sabia dos riscos, mas disfarçava e mantinha o controle emocional na presença deles, sua profissão a ensinara isso.

O relógio indicava 10h quando o doutor Willian Murphy entrou na sala com uma aparência abatida. O silêncio imediato de todos deixou o ambiente mais tenso. Agnes ficou em pé, conhecia os semblantes dos médicos e percebeu que algo ruim estava por vir. Ele olhou para mãe e falou:

– Preciso falar com você e com o seu marido a sós...

– Doutor, eu o autorizo a falar tudo o que tem para dizer
aqui mesmo! – argumentou Felipe.

– Concordo – expressou Agnes.

– Bom – respirou fundo–, os exames comprovaram aquilo que
o hemograma nos fez suspeitar... O paciente Benjamin Johnson
está com Leucemia... Ou seja, "câncer no sangue".

A mãe não suportou a notícia e começou a chorar
disfarçadamente. Victória abraçou o jovem. O hematologista
continuou: – Essa doença é o resultado de um ou mais eventos
malignos que ocorre no precursor das células sanguíneas.
Ocorre uma redução na produção de células vermelhas normais,
plaquetas e células brancas. Em outras palavras, a medula deixa
de produzir as células que compõem o sangue... – fez uma
pausa e continuou – Com o tratamento adequado podemos
curar o Benjamin... Não é mesmo, Agnes? – Falou na esperança de
que ela pudesse acalmar os ânimos de todos, todavia, foi
uma atitude sem sucesso, ela estava abatida.

Felipe, por incrível que pareça, era o mais calmo diante daquela
notícia, até mesmo King ficou aterrorizado com a descoberta
médica. Benjamin estava sereno diante daquele alvoroço e
tomando fôlego falou:

– Olhem para mim! – o quarteto e mais o médico o fitaram – Já
estive na beira da morte várias vezes quando eu usava drogas e
andava com Michael... Ninguém chorou! Não é agora que vocês
devem se desesperar, pois lá eu estava morto, mas agora eu vivo
em Cristo Jesus... – Jaime ficou encantado, já que ele também
ficara preocupado com a situação. Cestinha olhou para King e
solicitou – Por favor, quero a sua bíblia – o reverendo obedeceu e

lhe entregou. O jovem folheou algumas páginas e leu – "Os que confiam no Senhor são como o monte de Sião que não se abala, mas permanece para sempre"

... Minha confiança está em Deus, pois sei que, por meio da sabedoria que Deus deu aos médicos, eu serei curado – olhou para Victória – Amo você! Eu me casarei contigo. Acredite! – olhou para Willian e firmemente expressou – Doutor, qual o próximo passo?

O doutor Murphy ficou um pouco perdido com todo aquele discurso de Benjamin, na verdade, estava até comovido. Mesmo com a voz falhando, devido à sua comoção, falou:

– Faremos quimioterapia e depois uma radioterapia – tossiu – Chamamos esse procedimento inicial de indução da remissão. Seu objetivo é eliminar as células enfermas. Acredito que em duas semanas essas células sumirão do sangue... Depois, faremos outros exames para verificar como o organismo reagiu ao medicamento... Fiquem todos tranquilos, eu garanto que não está grave a situação do... – olhou na ficha médica – Benjamin Johnson. – Após dizer tais palavras, se despediu e saiu. Os que estavam ali presentes ficaram com um sentimento paradoxal, estavam tristes pelo diagnóstico e felizes pela atitude de Ben. Os olhos de Jaime brilhavam, ele sentiu que tudo o que fizera por aquele jovem valeu a pena, sem titubear ele o

abraçou e falou:

– Como eu queria ter um filho como você! Hoje o reverendo foi você, meu jovem. Estou feliz pela atitude corajosa, pela atitude de um vencedor, não se deixou abater... Meus parabéns e muito obrigado pelo aprendizado.

Agnes e Felipe não se renderam ao momento e foram abraçar

o filho. Benjamin nunca se sentiu tão amado na vida, o fato de estar bem consigo e com o Pai Celestial faziam valer os momentos de superação diante do vício que abandonara. Ele sofria com a abstinência, mas preferiu falar "Não" para aquilo que destruía a vida dele e começou a dizer "Sim" para Jesus Cristo. Cestinha observava todos que ali estavam, como se eles estivessem em slow motion, cada sorriso recebido, cada beijo, cada olhar de aprovação eram percebidos. Sua mãe agora chorava de alegria; Seu pai, que um dia o expulsou de casa, agora queria sempre estar perto do filho; Sua namorada, que um dia o odiava, agora, não conseguia ficar longe dele; seu amigo, que já apanhou por ele, agora, alegrava-se e se orgulhava da transformação que sofrera.

Esse apoio era o combustível que Benjamin precisava para vencer o câncer. Sua mãe o orientou que ele perderia o cabelo, poderia ter náuseas, vômitos, falou que as medicações são fortes e isso causaria desconforto durante o tratamento, mas ele estava tranquilo diante de tudo isso. Agnes ficou mais segura pela confiança que o filho lhe passava. Ben estava pronto para começar o tratamento e assim aconteceu. Um dos enfermeiros chegou com alguns medicamentos.

Como o jovem estava tomando soros, optaram por aplicarem a medicação por via intravenosa. Assim começou o tratamento, assim aumentaram-se os mimos da família com ele.

***

Após uma semana e três dias do início do tratamento, a pele do jovem Johnson estava acinzentada, em sua boca havia feridas, seus olhos estavam amarelados e perdera os cabelos. Isso não o abatia, sua família, namorada e amigo nunca o deixaram desamparado. Jaime queria fazer uma surpresa ao Cestinha, que consistia em trazer o Francis para tocar e cantar algumas músicas para o jovem. Todavia, Agnes deveria conseguir uma autorização do hospital, pois isso incluiria mais uma pessoa dentro do quarto, o que não era aceitável, já que o limite era de dois visitantes no horário estipulado pelo hospital. Às vezes, Jaime e Victória tinham que revezar para saber quem ficaria no quarto junto com Ben, uma vez que a mãe podia estar ali por trabalhar na instituição e o pai raramente queria sair dali. Mesmo ocupando um cargo de respeito naquela instituição, Agnes não conseguiu a autorização da diretoria. Isso frustrou a surpresa que eles desejavam fazer.

Jaime, Felipe e Agnes estavam no refeitório conversando sobre o assunto. O empresário queria ajudar e, após refletir por alguns instantes teve uma ideia. Antes, porém, perguntou à esposa:

– Benjamin pode ir lá fora por alguns instantes?

– Claro que sim... Só que deve ser rapidinho. – Agnes tinha medo de que o filho, por estar com a imunidade baixa, pegasse alguma doença, por isso, preferia mantê-lo somente no ambiente hospitalar. Essa superproteção era a causa de o jovem estar há tanto tempo no hospital.

– Muito Bem! – sorriu – Vamos levá-lo lá fora... Já que mais ninguém pode entrar.

– Boa ideia! – disse o reverendo enquanto virou-se para Agnes esperando a aprovação dela – Benjamin, ao sair poderá 'dar de cara' com Francis tocando.

– Por mim tudo bem! Desde que seja rápido – expressou
a mãe.

– Ótimo! O senhor me acompanha, reverendo? – Johnson o convidou para buscarem o Francis.

Eles se levantaram, King ainda estava em pé tomando o resto de café quando ouviu de Agnes:

– Vocês não vão pegar o resultado de 'algo' que vocês fizeram lá na clínica? Lembram-se de que era uma semana o prazo?

– Pois é, senhor Johnson! – o reverendo concordou com a mulher.

– Ah! Na volta nós passamos lá e pegamos! – Felipe respondeu esbravejando.

Max sorriu por conta do jeito estressado que o empresário falara. Johnson deu um beijo de despedida em sua esposa e saiu com o amigo. Agnes, em seu íntimo, ficou emocionada com aquele beijo, pois o marido sempre saia às pressas e quase não se lembrava dela, contudo, ele estava diferente. Tudo era novo. "Será que Jaime está mudando-o?", refletiu.

Sozinha ali na mesa, ela se lembrou dos momentos de dor que passou por causa do filho e os compararam com a harmonia que sua vida estava iniciando, mesmo com a doença de Benjamin, as coisas estavam se ordenando. Sua fé em Deus começou a aumentar, pois sua vida só melhorou quando um verdadeiro servo do Senhor começou a fazer parte dela. Ela ria ao se lembrar das dicas malignas que Victória lhe dava nas noites em procurava refúgio na casa da amiga, era um verdadeiro milagre vê-la ao lado do filho amando-o sinceramente. Sua vida antes era sofrida, afinal, quantos remédios antidepressivos ela tomara? Quantas noites não foram dormidas enquanto seu filho estava nas festas realizadas por Michael? Quantas lágrimas foram derramadas pelo desespero de vê-lo trocando tudo o que tinha por uma droga? Como foi difícil para Agnes esconder tudo isso do marido, como foi árduo para ela passar por tudo praticamente sozinha. No entanto, as palavras e ações de Jaime, por meio de Cristo, transformaram aquela família. Claro, o processo foi lento e penoso, mas teve resultado.

Felipe não sabia que Francis era um maltrapilho, fato que o surpreenderia.

VALEU A PENA

Felipe e Max chegaram à igreja onde o reverendo ministrava os cultos. O empresário, como sempre, estava apressado e queria rapidamente levar o músico ao hospital, por isso, mal estacionou o veículo e perguntou:

– Onde ele mora? Jaime riu e respondeu:

– Numa casa enorme... Onde as estrelas podem ser vistas da sala... – Ria-se por dentro ao imaginar o semblante de Felipe quando descobrisse a verdade.

– Nossa! Ele é rico? – o empresário se espantou.

– Sim...

– Ele mora aqui perto?

– Logo ali na frente.

Johnson não avistou nenhuma casa grande, como imaginava a que Francis morava. Ambos desceram do automóvel e andaram até chegar num beco, onde junto com alguns mendigos, estava o amigo de Jaime.

"Ele é um maltrapilho!", gritou mentalmente. King pareceu ter ouvido essa indagação pelo semblante do empresário.

– Olá, senhor Johnson! – falou Francis cordialmente.

– Oi...

– Está surpreso em me ver assim, não é?

– Sim, estou! Devo confessar que, pelo talento que tem e pelos trajes que o vi em minha casa, jamais deduziria que você era... – fez uma pausa, olhou aos demais que ali estavam e se silenciou.

– Mendigo! – Francis esboçou um sorriso.

– Sim.

Jaime interferiu:

– Ele escolheu viver assim, não podemos obrigar as pessoas a fazerem aquilo que nós deduzimos ser o correto... Concordo que Francis poderia ser brilhante em teatros, universidades, nos estúdios musicais que têm por aí... Mas não posso interferir na vida dele.

Os três ficaram se olhando por algum tempo. Felipe real- mente ficou chocado ao saber a verdade sobre aquele rapaz, contudo, Jaime estava correto sobre o fato de impor nossas vontades em outras pessoas. O que devemos fazer, na verdade, é sugerir e explicar ao máximo os detalhes, para que, aí sim, o indivíduo possa tomar uma decisão. Impaciente com o silêncio, Johnson falou ao maltrapilho:

– Você se lembra do meu filho?

– Claro que me lembro do Benjamin.

– Então, já faz algum tempo que ele está no hospital por causa de uma doença relativamente grave.

Francis o observou espantado enquanto ele continuava a falar.

– Eu gostaria, por gentileza, que você fosse até o hospital junto conosco para que, por meio da sua música, ele possa se sentir mais alegre...

– Claro que eu vou... Só tem um probleminha – olhou
para suas roupas. – estou sujo.

– Vá à minha casa tomar um banho e trocar de roupa –
falou Jaime.

Assim sucedeu. Enquanto o músico tomava banho, King queira agradar suas visitas e, portanto, preparou a sua especialidade: café. A semente havia sido torrada naquela manhã, antes dele partir para o hospital. A água fervente, quando mergulhava no pó de café, fazia Felipe sentir o cheiro do campo, o aroma da fazenda. Era surreal. Francis sentiu o aroma da bebida que superava até a essência do sabonete e do xampu que usava durante o banho.

Enfim, a bebida estava pronta. Felipe nunca havia provado um café tão bom, estava na medida certa. Ele apreciava aquela bebida, afinal, há muito tempo não sabia o que era sentir o gosto do café, a saber, sempre os engolia apressadamente, uma vez que julgava não ter muito tempo para essas formalidades do cotidiano. O músico, após terminar o banho e se trocar, sentou-se à mesa junto deles para saborear o tão aromático café de king.

– Jaime, Jaime... Meus parabéns pelo café! – falou Francis.

– Devo concordar com ele. Muito bom, reverendo.

Jaime ficou contente em agradá-los, mas em nenhum momento se sentiu envaidecido pelos elogios. Após uma rápida conversa entre eles, o maltrapilho concluiu seu café e eles puderam retornar ao hospital.

Durante o trajeto, Felipe se preparava para dar uma dura na jovem funcionária da clínica por ter cobrado algo que, segundo o pensamento dele, não poderia ser pago. Mas desistiu da ideia, afinal, ela só cumpria ordens. Por isso, prometeu para si que nunca mais pisaria lá depois daquele dia. Enfim, ao chegarem naquele lugar, notaram um clima mais tranquilo, as pessoas estavam serenas e acomodadas nas cadeiras, parecia piada para Jaime e Johnson verem a calmaria ali. Sem titubear, Felipe olhou na recepção e foi falar com Louise:

– Olá! Vim buscar alguma coisa aqui!

– O senhor tem senha? – perguntou a jovem.

–Não!

– Tem que pegar a senha, senhor.

O empresário começou a ficar enfurecido, entretanto, precisava se esforçar para manter a calma, já que apavorar não resolveria nada. Sendo assim, obedeceu a funcionária e se dirigiu ao atendimento eletrônico. Apertou o botão: "Vim buscar um exame" – era a única opção que se referia em pegar algo ali –, em seguida, digitou um de seus documentos e aguardou sair a sua senha para o atendimento. Após alguns minutos, outra funcionária do local chegou com um envelope e entregou à secretária, que apertou o botão "entrega de exame" do seu computador e o programa logo apresentou o número da primeira pessoa que estava ali esperando os resultados laboratoriais, era Felipe. Ele estranhou o tamanho do envelope e, sem demonstrar cordialidade, pegou-o da mão da atendente e saiu sem se despedir.

Jaime teve a mesma sensação de estranheza ao ver o exa- me laboratorial. Por isso, perguntou a Johnson:

– Nossa! Isso é algum exame que fizemos? Você viu do que se refere?

–   Entregaremos a Agnes, ela nos explicará melhor o que

aconteceu.

E, assim, os três homens retornaram para o carro e continuaram com destino ao hospital. No caminho, eles permaneceram em absoluto silêncio, salvo quando estavam próximo ao hospital, quando o empresário jogou o celular sobre o colo do reverendo e falou:

– Procure aí na agenda o nome "Amor" e ligue para Agnes. Fale para ela levar o Benjamin lá fora daqui a dez minutos – o objetivo era Cestinha, ao sair, ver Francis tocando uma canção para ele.

King obedeceu. Agnes atendeu o telefone e prometeu que Benjamin estaria fora do hospital em dez minutos. A partir dali, começava uma contagem regressiva.

O empresário não encontrava nenhum lugar para estacionar e o tempo ia passando. Agnes, junto com a nora e o filho, já se encaminha para a portaria, o local era grande. Felipe começou a ficar tenso por não encontrar uma vaga. Finalmente, surgiu um lugar próximo a uma faixa de pedestre junto de uma pequena rampa de acesso para o hospital. Johnson acelerou o veículo com o desejo de pegar o espaço para estacionar, contudo, inesperadamente uma senhora pisou na faixa de pedestre e começou a atravessar a rua, ele freou bruscamente, deveria esperá-la atravessar a rua para conseguir fazer a baliza. A idosa andava lentamente, sem pressa. O empresário, hiperativo como era, queria descer do carro e ajudá-la; Jaime ria do desespero do amigo e Francis apenas observava.

As pupilas se dilatavam enquanto aquela senhora estava se aproximando da calçada, os três pareciam que assistiam a momentos finais de uma corrida. Uma comemoração ao nível de campeão olímpico aqueles três fizeram quando, enfim, ela chegou do outro lado da rua. Sem perder tempo, Johnson estacionou o carro. Eles desceram do automóvel, riam de toda situação, mas se lembrando de que Benjamin já poderia estar na portaria, correram para a entrada. Puderam ver por entre o espelho da porta principal que Agnes, Victória e Cestinha estavam se aproximando da saída do hospital. Felipe sussurrou eufórico:

– Ainda bem que deu tempo – riram-se todos.

Quando Benjamin chegou à porta e os avistou, Francis começou a cantar "Somewhere Over The Rainbow". A letra da música combinava com toda aquela situação, além disso, a voz daquele homem modificava-se conforme o tipo da canção. Ben não aguentou a surpresa e chorou. Sua namorada o abraçou e aí mesmo que ele desabou a chorar. Até Felipe deixou algumas modestas lágrimas caírem dos seus olhos. Agnes viu o marido se emocionando e correu em direção a ele e o abraçou. Realmente, Francis sabia mexer com os sentimentos das pessoas, cada canção que ele cantava parecia ser a última que sua voz emitiria e isso explicava a afinação dele. Conforme as pessoas saíam do hospital, ali mesmo ficavam, pois aquele velho violão acompanhado daquela nobre voz balançavam o coração de muitos.

Por incrível que pareça, algumas pessoas já haviam se esquecido de que tinham sentimentos. O mundo é concorrido e, por isso, o amor, infelizmente, parece já não ser assim tão necessário no coração dos homens, uma vez que amar toma tempo.

Os pacientes, enfermeiros, médicos que não estavam atarefados foram visualizar o que acontecia na frente do hospital e, também, foram contaminados pelo clima musical. Quando Francis abriu os olhos, visto que gostava de fechá-los ao cantar, surpreendeu-se com o número de gente ali em tão pouco tempo. Uma estudante de medicina que se encontrava ao lado de Benjamin gritou:

– Mais um! Mais um!

As vozes foram aumentando e o mendigo teve que cantar outra vez, desta vez, escolheu "Worth It All". Mas como a ideia inicial era homenagear Benjamin, ele fez diferente. Seus olhos fitavam os de Ben e, após um sorriso, iniciou a canção. Algumas pessoas foram estimuladas à autorreflexão, pensavam sobre a vida, sobre os problemas que passavam e o modo como superá-los.

Quando o músico iria chegar ao refrão, pausou brusca- mente. Todos se espantaram e ele falou:

– "Eis que estou à porta e bato; se alguém ouvir a minha voz, e abrir a porta, eu entrarei em sua casa, e com ele cearei, e ele comigo". Assim diz o Senhor em Apocalipse três, versículo 20... Sabe o que acontecerá se vocês abrirem a porta para Jesus? – começou a cantar o refrão de "Worth It All" – "Vai valer a pena; Vai valer a pena mesmo..."

Alguns choraram, outros que eram céticos voltaram para dentro do hospital abruptamente, alguns começaram a orar a Deus. A Glória de Deus tomou aquele lugar, Jesus afirmou que onde houver duas ou três pessoas reunidas no nome Dele, ele estaria presente; ali tinha muito mais do que três pessoas. Jaime vendo isso colocava as mãos sobre os que falavam com o Senhor, ao mesmo tempo que orava junto com eles. Enfim, aquilo que era para ser uma simples homenagem para o jovem Benjamin se transformou na salvação de muitas almas que estavam perdidas, algo que possibilitou a reconciliação delas com Deus. De fato, naquele dia houve festa nos céus.

Felipe ficou atônito com todo aquele reboliço, ele sentira seu coração queimar quando ouviu as palavras de Francis.

Estava relutando, tinha vergonha do que Agnes e o filho pensariam dele se ele acabasse aceitando a Jesus, todavia, o inesperado ocorreu. Benjamin foi até Jaime e solicitou:

– Eu quero aceitar Jesus!

O reverendo sorria e chorava ao mesmo tempo. E sem perder tempo colocou as mãos sobre a cabeça de Ben e falou a Deus:

– Pai, aqui está um jovem diante de ti. O Senhor é pode- roso, tua sua glória é eterna... Que o nome dele seja escrito no Livro da Vida... – olhou para Benjamin que estava com os olhos fechados e disse – repita comigo. – Pai Eterno – o jovem obedeceu – eu aceito a Jesus como o meu único e suficiente salva- dor... Escreva Senhor... O meu nome no Livro da Vida... Amém!

King o abraçou fortemente e disse:

– Parabéns pela coragem!

Agnes ao ver o filho aceitando a Cristo sentiu um desejo enorme de fazer o mesmo ato, porém, temia uma repreensão do marido e, por isso, nada fez. Felipe, contudo, relutava com os seus sentimentos diante de tudo aquilo, ele permaneceu firme e falou para si mentalmente:

"Quando eu encontrar minha família eu aceitarei a Jesus... Ele me deve isso!".

Esse modo de pensar do senhor Johnson é totalmente errado, mas não se pode repreender os pensamentos.

Francis terminou a canção, alguns até ousaram em pedir para ele cantar mais um pouco, todavia, ele amigavelmente se recusou.

Aos poucos, as pessoas foram deixando o lugar e só sobraram os que estavam ali desde o início: Benjamin, Agnes, Felipe, Jaime,

Victória e o músico. Eles achavam que viveram momentos de muita surpresa e comoção, contudo, o dia reservava ainda mais coisas.

ORAÇÃO

O grupo de amigos ficou ali fora conversando por algum tempo, uma vez que não podiam ficar todos no quarto. Benjamin agradeceu a Francis pela homenagem e pela disposição em alegrar o dia dele. Felipe também o agradeceu.

Assim sendo, eles voltariam à rotina de antes; e quem estava escalado para ficar com o Cestinha o resto do dia era Victória. Por isso, o empresário se dispôs a levar o músico e o reverendo embora. Agnes decidiu ficar com a nora.

Elas se despediram de King e Francis e ficaram à porta do hospital junto com o jovem Johnson acompanhando com os olhos os três amigos se direcionando para o carro. Apesar disso, Jaime se lembrou do exame e comunicou ao empresário: – Senhor Johnson, posso pegar o envelope da clínica em seu carro e dar para sua esposa olhar?

– Ah Sim! Aqui estão as chaves – concordou.

A "mãe-enfermeira" viu que Francis e Felipe estavam retornando, achou estranho, mas preferiu esperá-los para saber o motivo da volta.

– Jaime foi pegar um envelope que o pessoal da clínica nos deu para você dar uma olhada – o empresário falou enquanto se aproximava da esposa.

Esperaram por algum tempo, quando viram que Max estava vindo. Agnes achou muito estranho o envelope, aquilo confirmava sua teoria de que eles, na verdade, fizeram algum exame e não o cadastramento para doador de medula.

Jaime entregou o envelope para a enfermeira. Na parte externa nada estava escrito nele, apenas o logotipo da clínica havia ali. Como estava lacrado, a senhora Johnson o rasgou e pegou alguns papéis que estavam ali. Ficou surpresa ao ler "Teste de Paternidade" e deu risada.

– Isso aqui é um teste de paternidade...

– Ah pelo amor de Deus! Aquela... – Felipe iria dizer um

palavrão, mas se silenciou. – Por isso que paguei.

Jaime achou engraçada a situação.

O empresário, contudo, olhou para o reverendo e Francis e falou:
– Vamos?!

Os três se despediram novamente dos que iriam ficar, em seguida, viraram-se lentamente e começaram a deslocar até o carro. Agnes ria e falou para Victória:

– Já pensou se Jaime fosse o pai de Felipe? – tornou a rir – Vou ver.... – abriu o exame e leu o seguinte: "Resultado Positivo". Ela começou a suar e a ficar desesperada, suas mãos tremiam, o ato de respirar começou a se tornar difícil. Apesar disso, tomou fôlego e gritou – Jaime! Felipe!

Eles ainda não estavam muito longe e olharam para trás e a viram pedindo para retornarem.

– É hoje que não sairemos daqui! – falou ironicamente Felipe.

Eles retrocederam como solicitado pela "mãe-enfermeira" e ficaram frente a frente com ela, que por sinal estava atônita, parecia ter ganhado na loteria. Agnes olhou para King e Felipe e falou:

– O exame diz que Jaime é o seu pai, Felipe!

Benjamin sorriu, Victória ficou boquiaberta, Francis gargalhou, o reverendo começou a tremer, Felipe ficou perdido mentalmente, olhou para a esposa e falou:

– Você tem certeza?

– Aqui está – entregou o exame para ele.

Após o empresário ler dinamicamente todo o exame, ficou sem reação, precisou se sentar, mas antes, entregou o teste ao Jaime que o leu demoradamente, ele parecia não acreditar no que estava acontecendo. A cada palavra apresentada ali que confirmava a paternidade dele, seu coração acelerava. Benjamin percebeu o espanto dos dois e querendo fazer com que a ideia fosse absorvida para ambos, correu até Max, o abraçou e disse:

– Vovô!

Ao ser abraçado, Jaime chorou como uma criança, afinal, era o sonho de sua vida. Felipe era o seu filho. Imediatamente sua mente se remeteu ao passado, lembrou-se de sua esposa Lisa, relembrou o desespero que tivera ao saber que sequestraram o seu bebê e ao fato de nunca poder ver o seu filho. Felipe olhava desnorteado para Ben abraçando King, o empresário estava feliz, contudo, não esperava uma surpresa tão grande. Agnes, Victória e Francis estavam emocionados, pois sabiam o quão importante era aquele momento. Benjamin olhou ao reverendo e falou:

– Deus me presenteou com uma linda namorada – olhou para Victória – e agora com um avô, que, na verdade, já era o meu melhor amigo – tornou a abraçar King.

Jaime falou retribuindo o ato do neto:

– Deus sabe o tempo das coisas... Ainda bem, Benjamin, que um dia você veio me assaltar – riu em lágrimas – Porque se não fosse aquele dia, eu não conheceria... - o choro o interrompeu – meu neto e filho amados.

Felipe se levantou e caminhou até o pai, Ben saiu de perto deles. Ambos ficaram se olhando, um silêncio gritante reinava ali. Jaime reparou nos olhos de Johnson e viu os olhos de Lisa neles, mesmo sendo amigos, nunca reparara nisso, em seguida, olhou na boca do empresário e viu que era semelhante à sua.

"Ele é do jeito que pedimos a Deus", refletiu. "Como nunca reparei nisso?".

Os dois já não puderam mais aguentar a saudade que instantaneamente preencheu o peito deles, ambos queriam a mesma coisa, buscavam o mesmo objetivo. King falou:

– Por quanto tempo te esperei, meu filho... Quantas noites eu clamei a Deus para não me deixar morrer sem ver a tua face...

– Eu não acredito que o meu pai é um reverendo – Felipe disse em tom de brincadeira e emocionado.

Um sonho duplo se realizou ali, ambos tinham fé que um dia saberiam a verdade, mas o tempo dessa descoberta, isso não lhes cabia. Jaime sempre confiou em Deus e sabia que, se fosse da vontade do Pai Celestial, veria o seu filho, já Johnson tinha esperança que sua 'mãe' um dia lhe contasse a verdade. Na realidade, quando Deus dá a bênção, os olhos e sentimentos humanos não conseguem acreditar no tamanho da vitória.

Assim foi com Max, pois, além de encontrar o filho, descobriu que já era avô.

A única coisa que atrapalhava os benefícios daquele dia era a doença de Benjamin. Ele precisava retornar ao quarto, uma vez que o doutor Willian o examinaria e apresentaria os próximos passos dos procedimentos médicos. Agnes, por esse motivo, falou:

– Felipe, o médico irá examinar o nosso filho. Temos que entrar.

O marido olhou para esposa respondeu:

– Vou levá-los e depois eu volto... – olhou para Francis e Max – Vamos?!

– Vô! – gritou Benjamin – O senhor vem amanhã?

– Claro, meu querido neto! – sorriu. Não acreditava que dissera aquilo.

Assim cada grupo seguiu o seu caminho: as mulheres e Ben retornaram para o hospital, os homens foram para o carro. Felipe estava perturbado com a notícia que recebera, mas sua alegria era enorme, já que, enfim, encontrara o seu verdadeiro pai. Ele não queria ser 'meloso' nessa situação.

Enquanto Johnson levava o reverendo e o músico de volta para casa, não conseguia deixar de pensar na história em que Jaime contara na noite do aniversário do filho, no sofrimento de Lisa. Era uma pena sua mãe verdadeira ter morrido, todavia, por amor a ele, ela sofreu até onde suas forças foram suficientes. Sua indagação era outra, como fora parar na casa de Steve e Mary? Será que eles o sequestraram? Johnson estava disposto a saber e decidiu que investigaria o caso.

Ao chegarem à casa do reverendo, Francis agradeceu a

oportunidade e o dia que tivera, em seguida, voltou ao seu grupo de maltrapilhos.

Felipe e King estavam sozinhos, contudo, Johnson era imperativo e não hesitou em começar a falar. – Pois é   Então o senhor é meu pai!

– Segundo o tal exame sim.

– Olha... Reverendo... Eh, digo, pai. - Estava confuso.

–   Tudo bem! – interrompeu-o – Continue me chamando de reverendo ou Jaime... Sei que será difícil tanto eu quanto você nos acostumarmos com a novidade... Eu apenas fico feliz porque minhas orações foram atendidas – fez uma pausa, sorriu e indagou –, um dia você me falou, dentro de um hospital, que orou para Deus lhe proporcionar conhecer sua família, porém, segundo você, Deus não te ouviu... Será que depois do dia de hoje e da forma como as coisas aconteceram, você me diria que Deus não ouviu sua oração, meu amado filho?

Johnson se sentiu pressionado, estava aflito, seu "pai-
- amigo" sempre soube como fazê-lo se sentir mal por duvidar da grandeza do Pai Celestial. Seu ceticismo sobre o assunto já não tinha mais significado. Agora o empresário compreendeu o que significava "esperar em Deus", afinal, a forma como tudo acontecera para que descobrisse sua origem não poderia ser obra do acaso. Sendo assim, ao ouvir a pergunta de seu pai, respondeu:

– Já chega de ser cego diante das coisas proporcionadas por Jesus Cristo. Seria um louco em negar a Deus. Minha oração foi atendida. – Ele olhou ao reverendo e disse – Ensina- me a orar?

Jaime já havia chorado praticamente o dia todo, se ou- visse aquelas palavras de um homem qualquer já lhe causaria comoção, mas escutar aquele pedido na voz de seu filho, que até então não acreditava nos valores cristãos, certamente, era especial. Sem titubear, King falou:

– Meu filho, ninguém sabe ao certo como orar a Deus, por isso, temos o Espírito Santo, que por meio de gemidos inexprimíveis intercede por nós diante do Pai... Isso está no livro de Romanos, capítulo oito, versículo vinte e seis... – riu e concluiu – Dessa vez eu não citei a passagem bíblica eu a expliquei, afinal, sei que você não gosta que eu fique...

– Pai! – interrompeu – Fale sobre a oração... Eu preciso agradecer a Deus.

Max teve um susto ao ouvir a palavra "Pai" e querendo sanar as dúvidas de Johnson continuou:

– Em Mateus, capítulo seis, do versículo cinco ao oitavo; o próprio Jesus nos ensina como devemos orar ao pai. E está escrito "E, quando orares, não sejas como os hipócritas; pois se comprazem em orar em pé nas sinagogas, e às esquinas das ruas, para serem vistos pelos homens. Em verdade vos digo que já receberam o seu galardão. Mas tu, quando orares, entras no teu aposento e, fechando a tua porta, ora a teu Pai que está em secreto; e teu Pai, que vê em secreto, te recompensará publicamente. E, orando, não useis de vãs repetições, como os gentios, que pensam que por muito falarem serão ouvidos. Não vos assemelheis, pois, a eles; porque vosso Pai sabe o que vos é necessário, antes de vós lho pedirdes" ...Compreendeu meu filho?

– Entendi! – Felipe não tinha certeza se entendera.

– Uma dica: tenha fé que Deus ouvirá suas palavras, muitos oram ao Pai, mas se esquecem de que estão falando com Ele...
Felipe ficou confuso e Jaime explicou:

– Muitos se ajoelham e semeiam palavras ao vento ao invés de falarem verdadeiramente com o Criador... Temos que ser submissos a Cristo e acreditar, verdadeiramente, que estamos falando com o maior autor do universo.

As coisas começaram a se clarear na mente de Johnson. Por um tempo, ficou reflexivo, seu pai respeitou o seu silêncio. Ambos olharam ao relento, notaram uma rua vazia, pouco iluminada. Observaram um carro sedã indo na direção deles, era Rubens.

FÉ

Del Rey estava em seu carro branco e luxuoso e, como sempre, sentava-se no banco traseiro entre dois seguranças. O traficante avistou Jaime e o reconheceu de quando ele pagara a dívida de Benjamin. Sentiu uma vontade de incomodá-lo. Na verdade, Él Patrón desejou matá-lo apenas pelo gosto de matar, algo típico de um psicopata. Desse modo, ordenou ao motorista que parasse o carro diante do reverendo e de Felipe.

Pai e filho observavam aquele carro, ambos estranharam ao vê-lo parando próximo a eles. Seus olhares permaneciam fixos. Rubens ordenou aos seus capangas para que descessem do carro. Jaime ficou furioso ao ver o traficante. O empresário, contudo, temeu, pois só o conhecia pelos jornais.

– Ora, ora se no eres el anciano que paga dívidas de niños... – gargalhou e ajeitou seus óculos escuros – Estoy com saudades de usted... Na verdade, estou com saudades de bater em usted.

– Pai, quem são eles? – sussurrou Felipe.

– Eles são traficantes, perturbadores da lei e destruidores de famílias... – Jaime falou num tom alto e provocante.

– Acho melhor você calar a boca! – falou um dos capangas.

– Olha pai... Eu concordo com ele – desesperou-se Felipe.

– Em Salmos está escrito "Não terás medo do terror da noite nem da seta que voa de dia".

– Ora... Ora eres religioso... – aproximou- se da face de Max e sussurrou – Mas aqui yo soy dios!

Jaime gargalhou e disse:

– Coitado de você diante do Deus todo poderoso! Rubens retirou calmamente uma pistola da cintura, colocou-a na testa de King e falou:

– Ajoelha-se diante de mim... E diga que yo soy o teu dios, se no desejar morrer...

– "Nem da peste que anda na escuridão, nem da mortandade que assola ao meio-dia. Mil cairão ao teu lado, e dez mil à tua direita, mas não chegará a ti. Somente com os teus olhos contemplarás, e verás a recompensa dos ímpios. Porque tu, ó Senhor, és o meu refúgio. No Altíssimo fizeste a tua habitação. Nenhum mal te sucederá, nem praga alguma chegará à tua tenda". – O reverendo citou mais alguns versículos de Salmos.

– Pai! Ele vai atirar! – Felipe gritou desesperado.

– Hum! Pai?! – Del Rey apontou a arma para Johnson e falou – Vamos ver se o tu Dios és más poderoso do que yo? – Riu e se aproximou do empresário – Se yo atirar e ele no morrer, eu me mato, porque dois deuses no puede viver aqui... – olhou para Jaime e falou – Um de nós está já está muerto... Yo soy real e su Dios?

– "Mas o Senhor Deus é a verdade; ele mesmo é o Deus vivo e o Rei eterno; ao seu furor treme a terra, e as nações não podem suportar a sua indignação". – King citou a passagem de Jeremias 10:10 e falou cheio do Espírito Santo – Pode atirar! Sua arma irá falhar. Para onde você mirar e disparar sairá munição, menos se atirar em mim e no meu filho... Eu declaro isso em nome de Jesus.

– Adoro mágica! – gargalhou – Vamos testá-la antes? – Sem piedade, mirou a arma para um de seus capangas. Jaime tentou dizer "NÃO!", mas, sem compaixão, o traficante atirou, matando-o.

Felipe ficou desesperado, queria correr dali, todavia, seu pai permanecia impassível. O empresário não sabia o que fazer, até que mentalmente começou a orar a Deus, seus olhos queriam se fechar. Seu pavor era tanto que ele desejou se ajoelhar e dizer tudo aquilo que Rubens ordenasse, entretanto, King lhe apresentava uma esperança no meio daquele caos.

– Filho! Pare de temer este humano, que do pó veio e ao pó voltará, creia no Pai e Ele tudo fará – expressou Jaime com uma voz distinta e grossa.

Rubens mirou a arma em Max.

– Para de ser burro, renda-se a mim! – Del Rey também não acreditava que aquele homem não o temia. Pela primeira vez, alguém o enfrentava.

– Atire! – King falou.

Felipe virava o rosto de desespero.

– Vamos atire! – falou serenamente o reverendo.

Del Rey puxou o gatilho. A arma não funcionou. Ele não compreendia o que estava acontecendo. Rapidamente pegou outra arma que estava no lado oposto da cintura e sem titubear tornou a atirar. Não saía munição. Ele mirou em outro capanga e atirou. O rapaz caiu morto. Os outros dois pistoleiros que ali estavam, simultaneamente, caíram de joelhos e começaram a adorar a Jesus, pediram perdão de seus pecados, todavia, faziam isso com medo de morrerem, já que era Cristo quem protegia o reverendo e o filho. Él Patrón mirou a arma em Felipe. O empresário suava frio, estava apavorado. Jaime falou:

– Filho, a munição não irá sair da arma, continue orando! "Como ele sabe que eu estava orando", Johnson pensou.

Aquelas palavras de seu pai levemente o tranquilizaram.

Rubens se aproximou do filho do reverendo encostou a

arma na testa dele e gritou:

– Morra! – atirou.

Felipe fechou os olhos. Ao abri-los estava aliviado por ainda permanecer vivo.

Rubens se irritou, colocou sua arma na região temporal,

olhou para o alto e gritou:

– Tá bom! Você é Deus! – arrancou seus óculos, jogou-os

ao chão.

Todos viram que ele só possuía intacto o olho esquerdo, já o direito estava fechado por meio de uma cicatriz nas pálpebras. Ele tinha vergonha disso, August Collins, o pai de Michael, quem o feriu antes de morrer. Ele mais uma vez mirou em Felipe e tentou atirar, porém, sem sucesso. Estava vencido, caiu de joelhos enquanto viu um camburão da polícia se aproximando. A luz do farol do carro aumentava, o policial rapidamente desceu do carro, escondeu-se atrás da porta e apontou a arma para Del Rey. Ele, sentindo-se humilhado, colocou a arma em sua própria boca e suicidou-se.

Em seguida, chegaram outros carros de polícia. Rapidamente, reconheceram Rubens e seus capangas. Os pistoleiros que estavam ajoelhados foram presos, Jaime e Felipe foram chamados para depor na delegacia.

Naquele departamento, eram tidos como heróis, pois deram um fim no líder do tráfico. Francis foi quem vira a cena às escondidas e o responsável por chamar a polícia. Ele também foi testemunhar os fatos. Após algumas horas de conversa, saíram dali aplaudidos pelos policiais, nem todos acreditaram na versão do depoimento deles, acharam surreal a história, mas o que importava era que Del Rey já não iria perturbar mais ninguém.

– Filho... Não conte nada a ninguém sobre o que aconteceu esta noite – falou King, assim que saíram da delegacia.

– Por que não? –Felipe perguntou indignado.

– Porque eu estou pedindo para não contar... Por favor!

Apenas adore a Deus por ele ter preservado as nossas vidas.

– Tudo bem... – concordou ao mesmo tempo em que discordava.

***

Passados algumas horas após voltarem ao quarto, doutor Willian chegou ao apartamento de Benjamin, estava acompanhado por uma enfermeira. Eles traziam os instrumentos de coleta de sangue. Fariam isso para verificarem se o procedimento quimioterápico surtiu efeito, além disso, realizariam um novo Mielograma.

Cestinha fora pego de surpresa, já que não esperava uma repetição do exame num período tão curto de tempo. Agnes estava novamente tensa sobre o que os resultados apresentariam. Como toda mãe, queria que seu filho fosse curado o mais rápido possível. Após alguns minutos que a equipe médica levou seu filho dali para fazerem a pulsão medular, a senhora Johnson olhou à amiga e nora e falou:

– Vamos orar?

A jovem se surpreendeu, contudo, cedeu ao pedido. Ambas fecharam os olhos e Agnes falou:

"Amado Deus, sei que há muito tempo não busco a ti e aos teus caminhos. Por favor, aceite o meu pedido de desculpas... O Senhor já se mostrou presente em nossas vidas... Deus! Meu filho já fez muita coisa errada, mas agora ele se arrependeu e, inclusive, hoje mesmo aceitou a Jesus como o único e suficiente salvador... Senhor, minha nora será testemunha do que irei dizer... Se nos exames do meu filho apresentar que ele está curado do câncer, eu aceitarei o Senhor como o meu único e suficiente salvador, independente do meu marido concordar ou não. Além disso, conversarei com Jaime para eu trabalhar, seja do que for, na obra de Deus... Que assim seja... Amém!". Victória a abraçou após o término da oração.

Após algum tempo, coincidentemente, Isabel estava entre os enfermeiros que trouxeram Benjamin de volta ao quarto, ela se alegrou ao vê-las se abraçando.

Ben, apesar da serenidade diante do problema que enfrentava, estava com semblante abatido quando entrou no quarto. Fazer aqueles exames, o deixava irritado, contudo, era necessário o procedimento. Victória, quando viu o namorado, abraçou-o. Para Cestinha, aquilo o confortava, o amor de sua família e de sua namorada o faziam se fortalecer diante dos problemas.

Era final de turno, Isabel iria embora, por isso, falou à filha: – Vamos para casa?!

Agnes reforçou:

– Verdade, Victória, vá com sua mãe você deve estar cansada.

– Ah! Queria ficar aqui... – expressou a menina, mas vendo os semblantes das enfermeiras, concordou – Então tá, vamos! – deu um beijo no namorado e falou para ele – Amanhã eu venho! – Benjamin sorriu e acenou positivamente com a cabeça.

Assim, Isabel e sua filha se despediram da amiga e saíram do quarto, ficando apenas Agnes e o filho.

***

Após retornarem à casa de Max, Francis tornou-se a despedir dos amigos e, novamente, o reverendo e o filho ficam de frente com a igreja. Felipe já havia se recomposto do susto, mas uma dúvida o perturbava:

– Reverendo! Como você sabia que o tiro não nos acertaria?

– Eu tive fé em Deus, apenas isso.

– Em nenhum momento você achou que pudéssemos ser mortos?

– Sim, inicialmente, eu achei!

– E, mesmo assim, você falou tudo aquilo para o maior traficante da cidade?

– Filho, ter fé em Deus não é ter a certeza de que ELE fará o que eu quero, mas sim ter a plena e absoluta certeza que a vontade DELE será feita... Se eu fosse morto, assim seria a vontade de Deus! Outra coisa, eu senti a presença de Deus ali, estava cheio do Espírito Santo...

– Pai... – estava pensativo– Eu quero aceitar a Jesus! – falou decidido – Depois de hoje... se eu não O aceitasse, deveria fazer igual ao Rubens... Que dia foi esse, que lições eu aprendi!

– Ótimo! Feche os olhos... – ordenou sem perder tempo.

Apesar de emocionado, conseguiu segurar as lágrimas.

– Nossa, mas ficaremos aqui mesmo no meio da rua?

– E tem algum lugar específico para falar com Deus, pedir perdão dos nossos pecados e aceitar a Cristo?

– Não sei!

– Feche os olhos... E repita comigo:

Felipe obedeceu, e as mesmas palavras que o seu filho dissera naquele mesmo dia, naquela noite, ele mesmo as pronunciou. Após o ato sublime, Jaime abraçou o seu filho e chorou. Afinal, no mesmo dia em que descobriu aquilo que ele sempre quisera conhecer, isto é, seu filho, ainda, eles passaram por situações de fé juntos e, para finalizar o dia, Johnson aceitou a Jesus. King pensou:

"Foi o melhor programa de pai e filho de que eu tenho conhecimento."

Enfim, aquele agitado dia não apresentaria mais surpresas. Qual seria o próximo dia em os corações seriam testados? Em que suores escorreriam? Em que o sorriso seria o reflexo da alma? Será que os resultados dos exames de Benjamin promoveriam isso?

RECEBA

Na manhã seguinte, enquanto aquela família esperava o médico dar alta ao Benjamin, Johnson recebeu uma ligação:

– Alô? – disse Felipe.

– Sua empresa será minha e pronto! – falou Yudi Yamada.

– Senhor Yamada, eu estou no hospital, por favor, ligue

outra hora...

– Pago 20 milhões! – interrompeu.

– Como?!

– Isso mesmo... Vamos ver se agora sua empresa tem tanto valor sentimental para você... – riu, após dar um lance alto. Yudi caíra na armadilha de Johnson, que, por sinal, foi sugerida por Benjamin. O empresário oriental não admitia ouvir "não" e, ainda, apesar do alto valor que pagaria, por meio de seus cartéis e holding, ganharia muito mais dinheiro. Felipe, contudo, não podia aceitar de primeira a proposta, necessitava

apresentar certa resistência.

– Não vendo!

– Como?! Estou pagando muito mais do que ela vale... Eu já disse! Me venda sua empresa!

– Sinto muito! A resposta é não...

– Veja em sua conta! – fez uma pausa – Depositei 30 milhões – um valor muito superior ao que, de fato, valia as ações de Johnson–, agora ela é minha... – Se você discordar... Você mostrará que não tem palavra!

Felipe estava em êxtase, afinal, era muito dinheiro para algo que não valia tudo isso, sendo assim, fingiu:

– Nossa! Você me pegou... – fez uma voz triste.

– Isso! – comemorou Yamada – Irei até sua sede para assinarmos o contrato!

–   Mas Yamada, minha empresa... – Felipe fez uma voz melancólica para cativar Yudi.

–Sem mais! Agora é minha e você perdeu! – interrompeu

num tom conquistador.

– Tudo bem! – respondeu fingindo tristeza.

Após desligar o telefone, Felipe sorriu. Seus olhos brilhavam, sua alegria era enorme. Jaime e Benjamin olhavam desconfiados, já Agnes, como conhecia o marido, sabia que algo muito bom ocorrera.

– Acabei de vender a empresa! – falou sorrindo.

– Como assim, Felipe? – questionou a esposa.

– Yudi Yamada pagou uma boa quantia em dinheiro pelas ações... Mas não ficarei com toda a grana.

– Quanto? – perguntou Benjamin.

– Eu não vou falar o valor. Só quero dizer que doarei a metade de toda a minha parte das ações.

– Para quem você doará? – questionou a senhora Johnson.

– Dessa metade, 30% do valor irão para as universidades que pesquisam o desenvolvimento da cura da Leucemia; 30% para as campanhas e pesquisas de combate ao câncer; 5% serão para a construção de uma nova igreja – olhou para Jaime – porque aquela está bem pequena, não é, pai?!

King não respondeu e nem se expressou.

–5%serão destinados a Francis, para ele investir numa escola de música... E o que sobrar disso tudo, eu doarei às clínicas públicas de tratamento para viciados em drogas, uma vez que o meu filho já estivera numa situação assim....

– Pai, e os outros 50% do valor da venda, o que você fará?

– Será nosso! Desfrutaremos desse dinheiro... Foram anos de trabalho, luta e suor para um dia ter essa quantia em dinheiro... Portanto, vocês, minha amada esposa, meu filho, minha nora e meu pai curtirão a vida com responsabilidade junto de mim! – olhou para eles e falou – Quero estar presente em tudo, quero amar minha família que um dia estava perdida, mas graças a Deus, hoje, está reunida para a honra e glória Dele.

Max não conseguia acreditar nas palavras do seu filho, uma vez que, antes, ele até zombava de Deus, vê-lo falar assim o emocionava.

Após alguns minutos do discurso de Felipe, doutor Willian Murphy entrou no quarto com um sorriso até então não conhecido deles. Agnes arrepiou-se quando o viu. O hematologista, sem delongas, falou:

– Uma vez, eu entrei aqui e este jovem – apontou para Benjamin – ensinou-me a ter um pouco de fé. Aquelas palavras mexeram comigo, contudo, ainda permaneci cético sobre algumas questões. Há muito tempo que sou médico e especialista em sangue humano e nunca tinha visto uma melhora tão exponencial quanto a de Benjamin Johnson... Os resultados de Benjamin serão parte de pesquisas e dados nos periódicos de medicina, pois eles afirmam cura total, sem necessidade de estratégias de consolidação... Ou seja, o tratamento chegou ao seu fim e ele está curado antes do prazo estipulado, para o espanto da medicina.

Agnes e Felipe se abraçaram; Jaime ergueu as mãos para o céu e agradeceu a Deus pela cura repentina do neto. Todos ficaram felizes, mais uma batalha na vida do jovem que foi vencida.

– Poderá ir embora, Benjamin... Você receberá alta, mas somente amanhã... Quero fazer mais alguns exames só para ter certeza dessa decisão.

– Tudo bem, doutor! – falou alegremente.

Benjamin estava finalmente curado, sua vida agora retornaria ao normal, mas, dessa vez, sem imprevistos, como sempre ocorrera. A verdade é que a vida sempre nos pregará uma peça, no entanto, caberá a nós estarmos ou não preparados para isso. Nossas decisões decidirão nosso amanhã. Muitas vezes, culpamos a Deus por nossa vida não sair do lugar, contudo, depende de nós mesmos o nosso sucesso. Deus quer nos abençoar, no livro de Jeremias 29, versículos 11, 12 e 13 nos diz: "Porque eu bem sei os pensamentos que tenho a vosso respeito, diz o Senhor; pensamentos de paz, e não de mal, para vos dar o fim que esperais. Então me invocareis, e ireis, e orareis a mim, e eu vos ouvirei. E buscar-me-eis, e me achareis, quando me buscardes com todo o vosso coração". Muitas vezes, nós mesmos nos atrapalhamos de recebermos as bênçãos do Senhor, afinal, Jesus é o caminho a verdade e a vida. No entanto, será que estamos buscando a Cristo de todo o coração?

Jaime estudava a bíblia diariamente e, por isso, sempre conseguia dizer as palavras corretas nos momentos corretos. Ele tinha fé em Deus e nunca desistiu de ver o seu sonho se realizar. Somando-se a isso temos Felipe, que até a adolescência, orou a Deus pedindo para conhecer a sua verdadeira família, mas o tempo do Senhor não era o tempo dele. Johnson se rebelou contra o Pai Celestial devido à demora em realizar o seu desejo. Contudo, Deus não se esquecera daquele clamor de outrora.

Aquela notícia do doutor Willian agradou a todos, mas Felipe ainda não estava satisfeito, algo lhe faltava, na verdade, desejava respostas. Queria saber sobre como chegou até sua mãe adotiva, por isso, como teria que voltar para sua empresa e assinar a documentação de venda, julgou melhor chamar seu pai para acompanhá-lo na viagem, para, em seguida, iriam à casa de seus pais adotivos. Jaime também desejava saber de tudo, porém, só não sabia se estaria preparado para lidar com a situação. Eles iriam naquele mesmo dia.

SEQUESTRO

Pai e filho estavam apreensivos. Por isso, sem titubearem, após Felipe concluir o acordo de venda com Yudi, partiram em direção à casa dos pais adotivos. Steve e Mary não os esperavam, portanto, seria uma surpresa ao casal quando os vissem com o teste de paternidade.

O reverendo era quem mais estava nervoso, tinha medo de sua reação sobre os fatos, temia perder a razão e, como consequência, desagradar a Deus. Eram longos anos desejando saber a verdade, almejando a prisão a quem fosse o responsável pelo sequestro.

Johnson parou o carro longe da entrada da casa de seus pais, não queria estragar a surpresa. Desse modo, lentamente partiram até a entrada da residência e bateram à porta; todavia, ninguém se manifestou, tornaram a bater, nada de respostas. Felipe perdeu a paciência e entrou na casa chamando pelos pais. Mary estava dormindo no sofá da sala, enquanto Steve fora ao mercado.

Mary se levantou repentinamente ao ouvir a voz do filho e teve um enorme susto quando viu que Jaime o acompanhava.

– Oi, filho! – disse assustada.

– Mãe, é o seguinte... Estamos aqui para resolver um problema!

King ficou enciumado ao ouvir o filho chamando-a de mãe, pois para ele Lisa e, somente ela, merecia este posto, contudo, ficou observando.

Ela desconfiou do que seria o assunto e falou:

– Sobre o que você quer falar... Pra que o desespero?

– Simples... Por que Jaime é o meu verdadeiro pai e a senhora nunca me falou? – perguntou secamente o filho.

O reverendo suava, seu coração palpitava, seus olhos ficaram avermelhados.

Mary percebeu que sabiam a verdade, mesmo assim, tentou retardar em contar a verdade e perguntou:

– Como você descobriu isso?

– A senhora me enrolou por tantos anos para, enfim, eu descobrir a verdade, então a senhora fale primeiro... – disse ironicamente.

A idosa percebendo que não poderia esconder mais nada, falou:

– O que irei contar poderá mudar os rumos de nossa relação, Felipe, mas como você insiste que eu diga...

– Não só ele deve saber, mas eu também! – expressou bravamente o reverendo ao interrompê-la.

Mary ficou pensativa, já não conseguia olhar para os dois, sabia que os magoaria ao contar a verdade, mas era necessário, por isso, pronunciou:

– Eu vi entrar no centro cirúrgico uma moça linda... Ela estava com muitas dores e sangramentos...

Jaime sentiu seus olhos se lacrimejarem, de imediato sua mente o remeteu ao dia que Lisa sentira muito dor e teve uma hemorragia, relembrou-se de que precisara ir às pressas ao hospital.

– Fizemos de tudo! Mas ela era alérgica a anestesia e, assim que aplicamos a medicação, ela começou a passar mal. Percebemos o choque anafilático, precisávamos ser rápidos, uma vez que cuidaríamos da mãe e do filho que estava nascendo... – ela olhou para janela, sua voz ficou embargada – O médico retirou a criança e a entregou em meus braços... Eu nunca pude ter filhos... Olhei para aquele menino e me apaixonei... Ouvi a mãe sussurrar algumas palavras e levei a criança até ela... Quando a moça viu o seu filho disse: "Tem a boca do pai" – respirou fundo e prosseguiu – Seus olhos se fixaram na criança enquanto seu corpo se rendeu à vida.

King chorou amargamente, parecia ver em sua mente a cena descrita por Mary, sentiu falta de Lisa.

– Nós fizemos o procedimento médico na criança, mas como eu já disse... Eu me apaixonei por ela – olhou para Max e completou –, você ficou desesperado para ver seu filho... e eu... aproveitei isso! Quando levei vários papéis para você assinar, neles estava o de adoção... Eu sempre tive uma cópia desses documentos em meu escritório... Eu sempre planejei... – ela se silenciou. Olhou para Jaime e continuou – Você assinou um termo que seria incapaz de cuidar sozinho de uma criança e que eu seria a pessoa a quem você recomendaria os cuidados de mãe e a Steve os de pai... Após você assinar os papéis, eu transferi Felipe para um hospital em outra cidade, para receber os cuidados médicos de lá... Aleguei que ali não havia vagas... Subornei álgumas pessoas para me ajudar... Por isso, você não viu seu filho! – chorou falsamente.

O reverendo ficou atônito, cego, uma raiva que nunca sentira tomou o corpo dele. Jaime queria gritar com aquela mulher, queria denunciá-la à polícia imediatamente. Contudo, seu filho disse:

– "O Senhor faz justiça e defende a causa dos oprimidos".

King olhou assustado para ele e perguntou:

– Como?!

– Andei praticando – riu –, não sou como você que sabe tudo certinho, mas esse versículo eu decorei, só não me lembro em qual livro está... – argumentou pensativo.

– Salmos 103, versículo seis, mas têm algumas versões bíblicas em que se localiza em outro capítulo... – sussurrou sem acreditar no que ouvira do filho. Ficou surpreso. Em meio ao caos emocional que estava, começou a se recompor. Em seguida, olhou para Mary e disse – Você me roubou aquilo que eu e minha mulher sonhávamos...

Steve chegou em casa, os viu na sala e percebeu que se tratava de uma conversa séria. Sem se importar com a compra, colocou-a na mesa da cozinha e, se chegando ali, perguntou:

– O que está acontecendo?

– Eu sou filho legítimo de Jaime! – proferiu Felipe, sem titubear.

Mary se apavorou ao ver o seu marido, pois ele não sabia a verdadeira história.

– Como assim? – o engenheiro perguntou olhando para a esposa.

– Ela me roubou de Jaime e me pegou para vocês – Felipe novamente antecipou as coisas.

– Explique-se, Mary! – falou raivosamente.

– Desculpa... Por favor... – chorou amargamente – Eu menti para você que abandonaram Felipe, mas eu o sequestrei no hospital... Ele é filho do reverendo...

– Você mentiu para mim todos esses anos? – Steve a indagou – Será que não pensou nas consequências?

Steve precisou se sentar, acabara de receber a pior notícia dos últimos quarenta anos. Sentiu raiva de sua esposa. Ele era justo e correto com suas coisas e não admitia injustiça, por isso, olhou para Max e perguntou:

– Você vai denunciá-la?

King queria fazer isso, contudo, olhou para filho que respondeu balançando a cabeça negativamente. Percebendo que tal atitude magoaria Felipe disse:

– Não farei nada. Apesar da dor de longos anos esperando pelo meu filho... O que importa agora é que Deus me presenteou. - Depois de tantos anos, agora posso estar próximo dele – apontou para Felipe.

Steve estava sério, ficou pensativo, seus olhos se avermelharam, uma cólera surtiu nele. Ele se colocou no lugar de Jaime, imaginou a dor que o reverendo sentira, lembrou-se da noite do aniversário de Benjamin, ficou se imaginando no lugar de King. Após algumas reflexões, olhou para Max e disse:

– Se você não irá denunciá-la... Eu vou!

– O que?! – gritou Mary desesperada.

– Você mentiu para mim... Você destruiu os sonhos desse homem, você o impediu de educar o filho dele, você o impediu de abraçar o filho que ele tanto esperou... – estava furioso – Quando Jaime contou sua história no dia do aniversário de Benjamin eu pensei: "Quem poderia ser o psicopata que teria coragem de roubar um filho do pai!". E agora eu descubro que é a minha própria mulher... Além disso, você mentiu para mim....

– Por favor, Steve, não precisa ser assim – falou o reverendo.

– Tem que ser assim! – retirou o celular do bolso, ligou

para a polícia.

Mary não queria ser presa, estava desesperada, mas ao ouvir as palavras do marido, acabou tendo raiva de si mesma e esperou a polícia chegar.

Apesar do modo rude como Mary fizera Felipe chegara naquele lar, ele recebera dela todo o amor de mãe. Apesar do que ela fez, quem o criou foi Mary. Desse modo, tentou falar com o pai adotivo para não prestar queixa, entretanto, ele estava decidido. Um silêncio reinou na casa, Mary chorava, mas estava decidida a pagar pelo crime que cometera. Ela não estava brava com o marido, pelo contrário, concordava com ele. Após alguns minutos, os policiais chegaram e ela confessou o crime que fora tão polêmico na época. O empresário chorou ao vê-la entrando no camburão e sendo levada. Steve sofria por dentro, mas seu semblante era de um homem forte diante dos fatos. Jaime antes desejava a prisão dela, depois desistiu da ideia. Apesar de tudo, ele sentiu pena dela. Após os homens da lei se retirarem dali, Max olhou para Steve e falou:

– Obrigado por tudo que você fez pelo meu filho... Não precisava ser assim. - Mary o amou, cuidou dele. - E eu estava disposto a perdoá-la.

Com os olhos lacrimejantes e semblante triste, ele sorriu laconicamente. Felipe percebeu a dor do pai adotivo e expressou:

– Não é porque eu sou o filho legítimo de King que você também não é meu pai – abraçou-o e continuou –, eu tenho o Pai Celestial, você e o reverendo.

Steve também se emocionou e falou:

– Não deixe de me visitar como fazia antes... Por favor! – ele estava apavorado, pois em um dia perdera a esposa e sentia que estava perdendo o filho.

– Claro que não, pai! – Johnson proferiu.

Em meio àquela comoção, o celular de Felipe tocou, era Agnes toda alegre:

– Benjamim saiu do hospital!

– Que bom! – respondeu com a voz embargada.

– Que voz é essa... Aconteceu alguma coisa?

– Vamos comemorar, prepare uma festa... Depois eu te explico tudo! – despediram-se e ele desligou.

Aqueles dois senhores o fitavam, afinal, era uma notícia de Ben. O empresário sorriu e disse:

– Pais! – expressou em tom de brincadeira– Vamos ter uma festa em minha casa hoje!

– Filho, como eu irei à sua casa? Sua mãe acabou de ser presa! – Steve falou.

– Seu neto estava com câncer e Deus o curou antes do tempo previsto pelos médicos! Bola para frente, pai – Apesar de tentar confortar Steve, Felipe também estava triste.

– Câncer?! O Benjamin? – O engenheiro não acreditava, seu semblante triste se transformara em preocupação.

– Eh! Mas são águas passadas e ele está curado... Vamos festejar?

– Vamos... – Steve respondeu receosamente. Enquanto se lembrava de Mary.

O coração do pai adotivo estava machucado, triste, sem fôlego, mas a situação pedia uma comemoração. Ele amava sua esposa, porém, sua integridade não permitia viver ao lado de uma mulher disposta a tudo pelo que quer, inclusive, roubar uma criança. Apesar de infeliz, ele foi junto com o filho adotivo e o reverendo, precisavam chegar até o anoitecer.

CELEBRAR

Benjamin estava fraco, careca, com um tom de pele acinzentado, contudo, o que importava era sua cura. Todos estavam felizes. Agnes e Isabel foram ao mercado comprar as coisas para um jantar comemorativo. Victória e Benjamin ficaram responsáveis por buscarem Francis. Como somente a jovem tinha carteira de motorista, foi ela quem assumiu o volante. Era a primeira vez que eles saíam juntos, Ben estava no lado do passageiro. Sua namorada estava nervosa em dirigir junto com alguém que não era sua mãe. Apesar disso, Cestinha demonstrava confiança nela e, querendo acalmá-la, ligou o som do carro da mãe da menina. Tocava Bob Marley "Three Little Birds", mesmo querendo encontrar alguma rádio gospel, preferiu deixar aquela música. Afinal, a letra era apropriada para aquele momento. Assim foram até próximo à casa do reverendo. Victória sentiu uma dificuldade em estacionar, mas conseguiu. O casal desceu do carro e foi até ao local onde o maltrapilho costumava ficar. Francis se surpreendeu ao ver Ben, correu em sua direção e o abraçou.

Cestinha ficou enjoado pelo cheiro exalado do mendigo, vale ressaltar que o jovem ainda estava debilitado. Benjamin quase vomitou e quando passou o mal- estar, respirou fundo e falou:

– Faremos uma festa em minha casa e viemos buscá-lo.

– Ah! Não irei... Estou sujo... E....

– Tome banho em minha casa, Francis! – falou o jovem Johnson

– Comemoraremos a minha cura... Você não pode ficar de fora!

O músico se sentiu intimidado pelo jovem, não estava a fim de ir, contudo, era um momento importante. Após uma longa reflexão respondeu:

– Jaime irá?

– Claro! Só que ele chegará mais tarde junto com o

meu pai.

– Vamos então! – falou ao mesmo tempo em que colocava

o seu violão nas costas.

Assim, os três retornaram à casa dos Johnson. Francis tomou banho no banheiro do quarto de Benjamin e vestiu uma roupa do jovem. Em seguida, os ajudou com os preparativos.

***

As horas foram passando e tudo começou a tomar forma. A mesa estava posta, a comida que serviriam no jantar estava quase pronta e, por isso, Agnes e Isabel, após colocarem o peru para assar, aproveitaram o tempo para tomar banho. Joseph e Alice também foram convidados e estavam quase chegando. À medida que o tempo avançava, Benjamin ficava mais tenso, pois ele desejava que todos estivessem ali o mais rápido possível para festejar.

Os pais de Agnes chegaram e, quando eles viram o neto, se entristeceram. Primeiro, porque a filha não os havia comunicado os detalhes da doença que o neto tivera; segundo, pelo motivo de não estarem preparados para vê-lo daquele jeito. Apesar disso, Benjamin se mostrava contente, forte, alegre, afinal, ele vencera o câncer por meio de Cristo Jesus, seus avós sentiam em seu sorriso o sabor da vitória.

Só faltavam Johnson, Jaime e Steve. Todos ficaram ansiosos pela chegada deles, pois, assim, a festa poderia ter seu início. Francis, para passar o tempo, solicitou à Agnes a concessão para tocar o piano, claro que ela, sem titubear, aceitou. Ele tocou "Hallelujah" e todos ali ficaram cautelosamente ouvindo a canção. Quando a música se aproximava de seu fim, Felipe e seus dois pais chegaram.

Todos notaram que faltava alguém, contudo, não imaginavam o motivo. Desse modo, Agnes olhou para Steve e perguntou:

– Cadê Mary?

O engenheiro abaixou a cabeça, ficou ainda mais abatido e respondeu:

– Ela foi pagar uma dívida.

– Uma hora dessas? – Benjamin falou inocentemente.

Felipe não gostava de ser prolixo e já querendo acabar de vez com curiosidade de todos proferiu:

– Ela me roubou de Jaime... Vocês se lembram da triste história que o reverendo nos contou no dia do aniversário do Benjamin? – fez uma pausa e observando que eles respondiam positivamente prosseguiu – Pois bem, ela foi a responsável por me retirar de meu pai...

Todos ficaram espantados com a notícia, inclusive Benjamin,

que gostava muito da avó paterna. Johnson continuou:

– Meu pai Steve não admitiu esse erro e a denunciou às autoridades. Ela foi presa.

Mais uma vez, ficaram atônitos com o que ouviram. Até mesmo Francis ficou surpreso. O pai adotivo, contudo, percebeu o temor no rosto de todos, verificou que eles ficaram tristes pela prisão de Mary. O engenheiro falou:

– Eu estou sofrendo pela falta dela sim! Mas eu vim aqui para me alegrar com o meu neto, pois ele venceu uma doença grave... Minha esposa agora é passado... Eu sinto sim a falta dela, mas quando imagino a dor que ela causou a Jaime, logo meus sentimentos por ela se transformam em raiva e medo. Esqueçam Mary, na verdade, ajudem-me a esquecê-la – expressou seriamente.

O silêncio prevaleceu.

Felipe percebeu a angústia do pai adotivo e, querendo quebrar o clima em que todos estavam, falou:

– Francis, solta o som!

O músico ficou sem saber ao certo o que fazer, tinha dúvidas, afinal, tocaria uma canção alegre ou algo mais calmo, as declarações que ouvira foram fortes. Benjamin percebeu que o amigo estava confuso e, tentando ajudar, falou:

– Toca aquela... – pensou, não conseguia se lembrar, fez um esforço e prosseguiu – Aquela canção que você tocou lá no hospital... A primeira!

Francis se lembrou da música e começou a tocar e cantar "Somewhere Over the Rainbow". O ambiente ainda estava lúgubre, mas Steve era quem dava o tom emocional da noite. Conforme foi passando o tempo, ele foi se alegrando e todos lhe acompanharam.

Agnes percebeu que o peru estava pronto, logo o retirou do forno e o colocou sobre a mesa. Aos poucos, aquele clima angustiante foi se dissipando e todos ficaram gradativamente alegres. A primeira instituição de Deus na terra, a família, estava reunida e comemoravam a cura de uma doença perigosa. Após muitas lágrimas derramadas naquele lar, agora o sorriso permutava nos semblantes de todos. Jaime observava tudo isso e em sua mente começou a se lembrar de tudo o que eles passaram até, finalmente, as coisas se ajustarem. Estava agradecido, estava feliz, seu coração lhe dizia que ele cumpriu um dever, uma missão. A verdade é que se ele morresse naquela noite, certamente, morreria feliz. O reverendo se levantou da mesa onde todos estavam sentados, observou o clima agradável ali e começou a dizer num tom melancólico:

– "Ainda que eu falasse as línguas dos homens e dos anjos, e não tivesse amor, seria como o metal que soa ou como o sino que tine. E ainda que tivesse o dom de profecia, e conhecesse todos os mistérios e toda a ciência, e ainda que tivesse toda a fé, de maneira tal que transportasse os montes, e não tivesse amor, nada seria. E ainda que distribuísse toda a minha fortuna para sustento dos pobres, e ainda que entregasse o meu corpo para ser queimado, e não tivesse amor, nada disso me aproveitaria. O amor é sofredor, é benigno; o amor não é invejoso; o amor não trata com leviandade, não se ensoberbece. Não se porta com indecência, não busca os seus interesses, não se irrita, não suspeita mal; não folga com a injustiça, mas folga com a verdade; Tudo sofre, tudo crê, tudo espera, tudo suporta. O amor nunca falha; mas havendo profecias, serão aniquiladas; havendo línguas, cessarão; havendo ciência, desaparecerá; Porque, em parte, conhecemos, e em parte profetizamos Mas, quando vier o que é perfeito, então o que o é em parte será aniquilado. Quando eu era menino, falava como menino, sentia como menino, discorria como menino, mas, logo que cheguei a ser homem, acabei com as coisas de menino. Porque agora vemos por espelho em enigma, mas então veremos face a face; agora conheço em parte, mas então conhecerei como também sou conhecido. Agora, pois, permanecem a fé, a esperança e o amor, estes três, mas o maior destes é o amor" ... – Com os olhos lacrimejantes concluiu. – Primeira Carta a Coríntios, capítulo 13... Que os sorrisos nunca cessem, que o amor nunca deixe de prevalecer, que as famílias sempre sejam preservadas... Que o tempo não mate quem somos... – fez uma pausa e expressou – Deus abençoe a todos!

EPÍLOGO

Muita coisa mudou desde o primeiro encontro de Benjamin e Jaime. A presença de Deus era constante no lar dos Johnson. A harmonia com os dizeres bíblicos prevalecia no dia a dia de cada indivíduo.

Após alguns anos, desde aquele jantar comemorativo, Felipe cumpria o que dissera sobre a venda de suas ações, agora, ele ficava mais tempo com a família, amava mais sua esposa, frequentava a novíssima igreja onde o pai ministrava os cultos. Agnes aceitou a Jesus como prometera no voto que fizera e, assim como Lisa um dia fez, a enfermeira cuidava das crianças e a elas ensinavam a Palavra de Deus.

Benjamin refez o exame de AIDS após seis meses e novamente deu negativo. Vale dizer que ele se tornou reverendo como o avô e ambos faziam trabalhos missionários e assistenciais. Eles visitavam, juntos, aqueles que precisavam ouvir uma palavra de amor. Ben foi muito usado por Deus assim como Jaime. As frustações que passara desde aquele primeiro dia em que fumara até o dia em que fora curado do câncer, de fato, foram necessárias na vida dele, pois ele cresceu espiritualmente. O que Cestinha mais aprendeu com tudo isso foi confiar em Deus.

Somando-se a isso, ele se casou com Victória e sua es- posa lhe concedeu uma menina, a Alice. O casal desde a época de namoro sempre permaneceu firme nos propósitos de Deus. Vale ressaltar que o sonho da filha de Isabel se concretizara, ela almejara ser médica e conseguiu.

Francis aceitou o convite de Felipe e abriu uma escola de música, contudo, não cobrava pelas aulas. Seu talento era apreciado, muitos o convidaram para tocar em eventos na cidade. Ele ficava com pouca quantia do dinheiro que recebia, grande parte era revestida em alimentos, roupas e medicamentos aos maltrapilhos. Johnson devolveu o brilho que faltava aos olhos de Francis.

Steve conseguiu superar a prisão de sua esposa e aceitou morar na casa de Felipe. Ali, fora mais fácil não se lembrar do ocorrido com Mary, já que não tinha objetos, fotos, roupas que se remetessem à ela.

Jaime seguia com seu propósito de evangelizar as pessoas, mas sua maior alegria era ver o neto auxiliando-o. A verdade é que o reverendo nem mesmo em seus melhores sonhos poderia imaginar que, além de conhecer o filho, conheceria o neto; e que este neto se tornaria pregador da palavra de Deus.

Além disso, o Pai Celestial possibilitou a King conhecer a sua bisneta, Alice.

O reverendo se sentia abençoado por Deus quando pensava em tudo o que ocorrera. Por fim, a vida não cessou em promover lutas àquela família, contudo, todos estavam firmados em Jesus Cristo e, por isso, conseguiram passar pelas dificuldades confiando em Deus.

FIM!

SOBRE O AUTOR

E. Alyson Ribeiro é casado com Bruna Ribeiro. É médico, escritor e já foi radialista no interior paulista. Foi vencedor de alguns concursos literários e teve alguns de seus contos publicados com outros escritores. Dentre essses contos: "O Cárcere do Ciúme" foi escolhido no VIII Concurso de Contos de Presidente Prudente; "Eu só Queria um Texto Seu" premiado pela Academia de Letras Madureirense; "O Saber da Loucura" selecionado para participar da coletânea do 9º Prêmio Escriba de Contos. Além disso, teve dois textos expostos no 14º Congresso Brasileiro de Medicina de Família e Comunidade. O autor realizou uma autopublicação de contos com título "A Visão do Cego" disponível para download gratuito.

Instagram: @edy.a.ribeiro